# Arsène Lupin

## 7

## L'Éclat d'Obus

아르센 뤼팽 전집 7

**포탄 파편**

**1판 1쇄 펴냄** 2015년 3월 1일
**1판 3쇄 펴냄** 2021년 6월 15일

**지은이** 모리스 르블랑
**옮긴이** 바른번역
**감수** 장경현, 나혁진
**펴낸이** 하진석
**펴낸곳** 코너스톤
**주소** 서울시 마포구 독막로 3길 51
**전화** 02-518-3919
**ISBN** 979-11-85546-32-2 04860

아르센 뤼팽
전집

# 7

A r s è n e　　Lupin

## 포탄 파편

**모리스 르블랑** 지음　**바른번역** 옮김
**장경현, 나혁진** 감수

코너스톤
Cornerstone

# 차례

제1부

# 1
# 살인 사건

"이전에 내가, 그것도 프랑스 영토에서 그와 마주한 적이 있다면 믿어지나요?" 엘리자벳은 폴 들로즈를 바라봤다. 엘리자벳은 사랑하는 남편의 말 한마디 한마디가 모두 신기하게 느껴지는 새댁처럼 다정한 표정을 짓고 있었다.

"빌헬름 2세를 프랑스에서 직접 봤다는 거예요?" 엘리자벳이 물었다.

"내 눈으로 직접 봤습니다. 그때의 만남은 어느 것 하나도 잊을 수 없지요. 꽤 오래전 일이지만….."

폴은 갑자기 진지해졌다. 머릿속에 그때의 장면이 떠오르면서 가장 괴로웠던 기억도 떠오르는 듯했다. 엘리자벳이 폴에게 말했다.

"그때의 이야기를 들려줄 수 있나요, 폴?"

"이야기해줄 수 있지요." 폴이 말했다. "당시에 나는 아직 어린아이였지만, 내 인생에 너무나 비극적으로 얽힌 사건이라 아주 세세한 부분까지 이야기할 수밖에 없을 겁니다."

두 사람은 기차에서 내렸다. 기차는 종착역인 코르비니 역에

섰다. 도청 소재지에서 출발한 기차는 리즈롱 계곡으로 들어가 국경에서 24킬로미터 떨어진 이 로렌 지방의 소도시 어귀에 도착하게 되어 있었다. 그곳은 보방(프랑스의 군인이자 축성가-옮긴이)이 회고록에서 언급했던 '상상할 수 있는 가장 완벽한 반달형 보루'로 둘러싸인 곳이기도 했다.

역은 매우 붐볐다. 수많은 병사와 장교들이 오갔다. 여행객, 부르주아 가족, 농부, 노동자, 코르비니를 거쳐 인근의 온천 도시로 가는 관광객 등이 플랫폼의 짐 더미 사이에서 도청 소재지로 향하는 다음 열차가 출발하기를 기다렸다.

7월의 마지막 목요일, 징집을 앞둔 목요일이었다. 엘리자벳은 초조해하며 남편을 꼭 껴안았다.

"오! 폴." 엘리자벳이 몸을 떨며 말했다. "제발 전쟁이 일어나지 않았으면…!"

"전쟁이라니! 당치도 않은 생각입니다!"

"하지만 사람들이 전부 떠나고 모든 가족이 국경을 벗어나고 있잖아요…."

"그렇다고 전쟁이 일어난다고 할 수는 없어요…."

"그래요, 하지만 방금 신문에서 읽었잖아요. 몹시 나쁜 소식만 있다고요. 독일은 이미 준비하고 있어요. 모든 작전을 세웠다고요…. 아! 폴, 우리가 헤어지기라도 한다면…! 그리고 내가 당신 소식을 더는 모르게 되면… 당신이 다치면… 그리고…."

폴이 엘리자벳의 손을 꼭 쥐었다.

"두려워 하지 마세요, 엘리자벳. 그런 일은 절대 일어나지 않을 거예요. 전쟁이 일어나려면 선전포고가 있어야 합니다. 하지만 어떤 정신 나간 범죄자가 감히 그런 고약한 결정을 내리겠어요?"

"두렵지는 않아요." 엘리자벳이 말했다. "당신이 전쟁에 나가야 한다면 나는 분명 더 용감해질 거예요. 다만… 다만 그런 일이 일어난다면 다른 누구보다도 우리에게 가혹한 일이라서 그래요. 생각해봐요, 여보, 우리는 오늘 아침에 결혼했잖아요."

차고 넘치는 기쁨 속에서 앞으로의 행복을 약속했던 오늘 아침의 결혼식이 떠오르자 엘리자벳의 예쁜 얼굴에는 신념으로 가득한 미소가 피었다. 금발의 곱슬머리가 마치 후광처럼 드리워진 엘리자벳은 다시 한 번 중얼거렸다.

"오늘 아침에 결혼했어요, 폴…. 그러니까 이해해주세요. 우리의 행복이 깨질까 봐 불안해서 그래요."

그때 군중 사이에서 어떤 움직임이 일었다. 모두 출구 쪽으로 우르르 몰려들었다. 장군 한 명이 고위급 장교 두 명의 호위를 받으며 자동차가 대기 중인 역전 광장을 향해 가고 있었다. 군악대의 연주 소리가 들렸다. 이어서 열여섯 마리의 말이 거대한 대포를 몰고 지나갔다. 거대한 대포는 몸체가 묵직했음에도 길이가 너무 길어 오히려 가벼워 보였다. 그리고 그 뒤를 황소 무리가 따랐다.

폴은 고용인을 만나지 못해 여행용 가방 두 개를 손에 든 채 인도 위에 그대로 서 있었다. 그때 가죽 가방을 들고 짙은 초록색 벨벳 반바지에 뿔 단추가 달린 사냥용 윗옷을 입은 한 남자가 폴에게 다가와 모자를 벗었다.

"폴 들로즈 씨입니까? 저는 성지기입니다…."

성지기는 힘 있고 솔직해 보이는 인상에 햇볕과 차가운 바람에 단련된 피부를 가지고 있었다. 머리는 이미 잿빛이었다. 마치 절대적인 재량권을 가진 오랜 집사처럼 무뚝뚝한 표정이었다. 성지기는 17년 전부터 엘리자벳의 부친인 당드빌 백작을 위해 코르비니 위쪽에 있는 오르느캉의 넓은 영토를 관리하고 있었다.

"아! 제롬, 당신이군요." 폴이 외쳤다. "반갑군요. 장인인 당드빌 백작에게 편지를 받았나 보군요. 우리 하인들은 도착했습니까?"

"오늘 아침에 세 명 모두 도착했습니다. 두 분을 모시기 위해 하인 세 명이 저희 부부를 도와 성안을 정돈했습니다." 제롬이 이번에는 엘리자벳에게 인사했다. 엘리자벳이 말했다.

"나도 알아보는 건가요, 제롬? 꽤 오래전에 왔었는데 말이에요!"

"엘리자벳 아가씨는 네 살이었지요. 아가씨가 성에 돌아오지 않는다는 걸 알고 아내와 저는 무척 슬펐습니다…. 백작님도 돌아가신 마님 때문에 역시 못 오셨고요. 올해도 백작님은 이곳에 들를 계획이 없으신가요?"

"그래요, 제롬. 못 오실 것 같아요. 오랜 세월이 흘렀지만 아버지는 아직도 슬픔에 잠겨 계세요!"

제롬은 여행 가방을 들어 코르비니에서 주문해 몰고 온 사륜마차에 실었다. 큰 짐들은 농장용 수레에 실었다. 날씨는 맑았다. 마차의 덮개가 열리고 폴과 엘리자벳은 마차에 올랐다.

"그리 멀지는 않습니다." 제롬이 말했다. "한 15킬로미터 정도…. 하지만 언덕길입니다."

"성은 살 만합니까?" 폴이 물었다.

"웬걸요! 늘 사람이 머무는 성과는 비교할 수 없지요. 하지만 곧 보실 겁니다. 저희는 온 힘을 쏟았습니다. 제 아내는 두 분께서 오신다고 잔뜩 신이 나 있습니다…! 아내가 계단 앞에서 두 분을 기다리고 있을 겁니다. 제가 6시 반이나 7시에 두 분이 도착할 거라고 알렸거든요…."

"좋은 사람이군요." 마차가 출발하자 폴이 엘리자벳에게 말했다.

"하지만 사람과 이야기할 기회는 거의 없었던 것 같군요. 곧 나아지겠지요…."

길은 코르비니 언덕을 따라 가파르게 이어졌고, 시내 한가운데에는 양쪽으로 늘어선 가게, 공공건물, 호텔 사이로 중앙도로가 있었다. 중앙도로는 평소와 달리 요즘 들어 꽤 북적였다. 그리고 다시 내리막길이 이어졌고 보방의 옛 능보(성 외벽의 모서리나 중간에 배치된 방어용 도출부 – 옮긴이)를 따라 돌아가니 좌우로 소요나와 대요나라는 이름의 요새가 나왔고, 이 요새가 굽어보는 평야를 가로지르는 약간 울퉁불퉁한 길이 나타났다. 이 울퉁불퉁한 길을 따라가며 폴 들로즈는 아까 엘리자벳에게 해주겠다고 약속한 이야기를 다시 꺼냈다. 포플러 가로수들이 그늘을 드리운 길은 귀리와 밀 밭을 지나 구불구불 이어졌다.

"엘리자벳, 아까도 말했지만 그때의 일은 어떤 끔찍한 비극과 아주 긴밀히 연결되어 있어서 내 기억 속에서는 그 두 가지 일이 하나로 합쳐져 떠오릅니다. 그 비극은 당시 사람들의 입에 쉴 새 없이 오르내렸고, 알다시피 우리 아버지의 친구이신 장인어른도 신문을 통해 그 비극을 알고 계셨습니다. 장인어른이 당신에게 아무 말씀도 안 하신 이유는 내가 부탁드렸기 때문입니다. 내게는 너무나 고통스러웠던 그 사건들을 제일 먼저 내 입으로 들려주고 싶어서였습니다."

두 사람은 손을 꼭 잡았다. 폴은 자신이 해주는 이야기라면 아내 엘리자벳이 한마디도 놓치지 않고 열심히 들으리라는 것을 알았다. 폴은 잠시 침묵한 후 말을 이었다.

"우리 아버지는 만나는 사람에게서 공감과 애정을 억지로라도 끌어내는 성격이었습니다. 아버지는 열정적이고 관대하며 매력과 호탕함이 넘쳤고 대의명분과 멋진 장관에 열광했습니다. 또 인생을 사랑했고 조급해 보일 정도로 인생을 즐겼습니다. 아버지는 1870년 전쟁에 자원입대해 전쟁터에서 싸웠고 육군 중위 계급장을 받았어요. 군인과 같은 영웅적인 삶이 아주 잘 맞아서 두 번째로 자원입대해 통킹에서 싸웠고, 세 번째는 마다가스카르 정복에 나섰습니다. 이 전쟁에서 돌아온 아버지는 지휘관이 되었고 레지옹 도뇌르 훈장을 받았지요. 그런 뒤 결혼했습니다. 하지만 6년 뒤에 홀아비가 되었어요. 어머니가 돌아가셨을 때 나는 겨우 네 살이었습니다. 아버지는 아내의 죽음에 큰 충격을 받은 만큼 나에게 정성을 다해 애정을 쏟아부어 주셨습니다. 아버지는 나를 교육하는 데 노력을 기울였는데, 신체적으로 튼튼하고 용감한 청년으로 만들기 위해 훌륭한 훈련법을 개발하셨습니다. 여름이면 아버지와 나는 바닷가로 갔고, 겨울에는 눈이 오든 얼음이 얼든 사부아의 산에 가곤 했습니다. 나는 아버지를 진심으로 사랑했습니다. 지금도 아버지를 떠올리면 가슴이 뭉클해지는군요. 내가 열한 살이었을 때 아버지를 따라 프랑스 곳곳을 여행했습니다. 아버지가 나와 함께 가고 싶어서 수년 동안 미루었던 여행이었지요. 내가 그 의미를 이해할 수 있는 나이가 될 때까지 미뤄두신 거예요. 끔찍한 시절, 아버지가 전투를 벌였던 장소와 도로를 아들과 순례하는 여행이었습니다. 그때의 여행은 결국 가장 끔찍한 재앙으로 끝났지만 내게는 깊은 인상을 남겼습니다. 루아르 강가, 샹파뉴의 평원, 보주 산맥의 계곡, 특히 알자스의 마을들에서 아버지가 눈물을 흘리는 모습을 보고 나 역시 얼마나 눈물을 흘렸는지 모릅니다! 아버지가 뱉는 희망의 말을 들으며 나 역시 얼마나 순진한 희망에 가슴이 두근거렸는지! 아버지는 말씀하셨습니다. '폴, 너도 언젠가는 내가 싸웠던 적과 마주할 날이 올 거야. 그러니까 지금부터 그 어떤 평화롭고 아름다운 말이 들려도 적을 증오하는 마음을 버려서는 안 돼. 그들은 누가 뭐라 해도 야만인이자 오만한 짐승, 피와 먹이를 찾아다니는 족속이지. 적은 예전에 이미 우리를 한 번 짓누르고 괴롭혔지만, 완전히 우리를 누를 때까지 포기하지 않을 거야. 그때가 되면 폴, 우리가 함께 지나온 길을 하나하나 기억하거라. 그 길을 따라가다 보면 승리에 이를 거야. 정말이란다. 하지만 승리의 기쁨이 찾아오더라도 고통과 모욕에 찌든 이 지명들을 한순간도 잊어서는 안 된다. 프뢰슈빌러, 마르스 라 투르, 생 프리바(1870년 프로이센·프랑스 전쟁에서 프랑스가 패전한 지역 – 옮긴이) 등을 말이야! 잊지 마라, 폴….' 그런 다음 아버지는 미소를 지으며 말을 이었습니다. '왜 내가 벌써 걱정하고 있을까? 그들은 어차피 사람들의 마음속에 증오심을 불러일으킬 텐데 말이야. 적이 변할 것 같니? 두고 봐라, 폴, 두고 봐. 내가 아무리 자세히 말해준다고 한들 끔찍한 현실과 실제로 마주하는 것만 하겠니? 저들은 괴물이야'라고요."

폴 들로즈는 말을 멈추었다. 엘리자벳은 조금 조심스러운 목소리로 폴에게 물었다.

"아버님 말씀이 옳다고 생각해요?"

"아버지는 너무 근래의 기억에 사로잡혀 있었던 것 같아요. 나는 독일 여행도 많이 해봤고 그곳에서 잠시 머물기도 했어요. 그래서 정신 상태가 예전 같지 않다는 생각을 합니다. 솔직히 말해 가끔은 아버지의 말씀이 이해되지 않기도 했어요…. 하지만… 하지만 아버지가 하신 말씀이 자주 내 마음을 흔들었지요. 게다가 요즘 일어나는 일도 여간 심상치 않고 말입니다!"

마차는 속도를 늦추었다. 길은 리즈롱 계곡을 굽어보는 언덕 쪽으로 이어지는 완만한 오르막이었다. 태양은 코르비니 쪽으로 점점 기울었다. 여행용 짐을 실은 합승마차가 두 사람이 탄 마차를 지나쳤고 뒤이어 승객과 짐들이 가득한 자동차 두 대가 지나갔다. 기병 기동대가 들판을 지나 달려가고 있었다.

"걸읍시다." 폴 들로즈가 말했다.

폴과 엘리자벳은 마차를 뒤따르며 걸었다. 폴이 말을 이었다.

"엘리자벳, 당신에게 들려줄 나머지 이야기는 아주 상세히 기억나는 것들입니다. 아무것도 안 보이는 짙은 안갯속에서도 너무나 뚜렷하게 떠오르는 기억들이지요. 아버지와의 여행이 끝날 때쯤 내가 분명히 말할 수 있게 된 것은, 우리가 스트라스부르에서 포레 느와르 쪽으로 향했어야 했다는 거예요. 왜 우리가 여정을 바꾸었을까요? 잘 모르겠습니다. 어느 날 아침 나는 스트라스부르 역에서 보주 산맥행 열차를 탔습니다…. 그래요, 보주 산맥. 아버지는 방금 받은 어떤 편지를 읽고 또 읽었는데 무척 기분이 좋아 보였습니다. 그 편지 때문에 아버지가 여정을 바꿨던 걸까요? 잘 모르겠습니다. 우리는 가는 도중에 식사를 했습니다. 폭풍우가 몰아쳤고 나는 잠이 들었습니다. 독일의 어느 작은 마을에 있는 중앙광장에서 아버지와 내가 자전거 두 대를 빌리고 수화물 보관소에 짐을 맡겼던 기억만 나는군요…. 그리고… 모든 것이 뒤죽박죽이고 어렴풋해요…! 우리는 자전거를 타고 어느 지방을 다녔는데 특별히 인상에 남은 모습은 하나도 없었습니다. 아버지가 어느 순간 내게 말했습니다. '자, 폴, 우리는 국경을 넘고 있어…. 여기는 프랑스야….' 그리고 얼마쯤 지났을까요…? 아버지는 멈춰서 한 농부에게 길을 물었고 농부는 숲 속의 어느 지름길을 알려주었습니다. 하지만 어떤 지름길이었는지는 기억나지 않습니다. 그 길을 걷는 동안 마치 내 머릿속이 어둠 속에 둘러싸여 모든 생각이 묻혀버린 것 같았습니다. 그러다 갑자기 어둠이 가시면서 놀라우리만치 선명하게 눈앞에 펼쳐진 것이 있었습니다. 공터, 커다란 숲, 벨벳 같은 이끼, 오래된 예배당이었지요. 그 위로 굵은 빗방울이 점점 빠르게 떨어졌어요. 아버지가 말씀했습니다. '비부터 피하자, 폴.' 그 목소리가 지금도 귓가에 맴돌아요! 습기 때문에 벽이 푸르죽죽해진 작은 예배당도 눈에 선해요! 우리는 뒤로 가 예배당의 합창대 위로 드리워진 지붕에 자전거를 세워놓고 비를 피했습니다. 바로 그때 안에서 대화 소리가 들려왔고 옆쪽에서 문이 삐걱거리며 열리는 소리가 났습니다. 누군가 밖으로 나와 독일어로 '아무도 없다. 서두르자'라고 했습니다. 그때 아버지와 나는 예배당을 돌아 바로 그 문으로 들어가려던 참이었습니다. 앞에 가던 아버지와 독일어로 말하던 남자가 갑자기 마주쳤습니다. 아버지와 남자는 멈칫했습니다. 남자는 상당히 놀란 것 같았고 아버지 역시 낯선 이와 마주치자 꽤 놀란 듯 보였어요. 두 사람은 잠시 꼼짝도 하지 않고 그대로 마주한 채 서 있었습니다. 나는 아버지가 중얼거리며 하시는 말씀을 들었습니다. '아니, 어떻게 황제가….' 나도 카이저(독일 황제 빌헬름 2세 – 옮긴이)의 초상화를 자주 봤기 때문에 아버지의 말에 놀랐습니다. 정말로 우리 앞에 있는 남자는 독일 황제였어요. 독일의 황제가 프랑스에 있다니! 남자는 얼른 고개를 숙이고는 넓은 외투의 벨벳 깃을 모자챙에 닿을 정도로 치켜세웠습니다. 그러고는 예배당 쪽으로 돌아섰어요. 그때 어떤 부인이 누군가를 대동한 채 예배당에서 나왔습니다. 잘 보진 못했지만 하인인 것 같았어요. 부인은 키가 크고 젊었으며 갈색 머리칼을 가진 미인이었습니다. 황제는 그 부인의 팔을 거칠게 잡고는 화난 목소리로, 우리가 알아들을 수 없는 말로 몰아붙였습니다. 그리고 두 사람은 우리가 왔던 방향을 따라 국경 쪽으로 갔습니다. 하인이 숲을 헤치며 앞장을 섰지요. '정말 이상한 일이구나.' 아버지가 웃으면서 말했습니다. '무슨 일로 저놈의 빌헬름 2세가 위험을 무릅쓰고 이곳에 나타난 거지? 벌건 대낮에! 이 예배당에 예술적 관심이라도 있는 건가? 우리도 한번 보자, 폴.' 아버지와 나는 예배당 안으로 들어갔습니다. 먼지와 거미줄로 덮인 스테인드글라스를 통해 희미한 빛이 들어왔습니다. 빛은 희미했지만 뭉뚝한 기둥과 썰렁한 벽만은 충분히 볼 수 있었지요. 아버지 표현을 빌려 말하자면 황제가 친히 방문할 정도로 특별하지는 않았습니다. '분명 빌헬름 2세는 관광 삼아 온 걸 거야. 국경을 넘어온 상태라 들킬까 봐 조마조마했겠지. 아마도 같이 온 부인은 위험할 것 없다고 했겠고. 하지만 상황이 이렇게 되자 황제는 부인에게 화를 내며 뭐라고 했을 테지.' 어때요, 엘리자벳. 내 나이의 어린아이에게는 그리 중요하지 않은 사실들을 지금도 이렇게 자세히 기억하는 게 신기하지 않나요? 오히려 더 중요하게 기억해야 할 다른 일들은 별로 기억에 남지 않았습니다. 나는 그때의 일을 지금의 눈으로 보는 것처럼, 그때 들린 말을 지금의 귀로 듣는 것처럼 분명히 기억하며 당신에게 말하고 있어요. 나는 아버지와 함께 예배당에서 나왔습니다. 바로 그때 황제와 함께 있었던 그 부인이 다시 나타나 공터를 서둘러 지나오더니 아버지에게 말했습니다. '부탁 좀 할까요?' 여자는 쉬지 않고 달려왔는지 헐떡거렸습니다. 그리고 아버지의 대답이 나오기도 전에 부인이 말했습니다. '아까 마주치셨던 분이 잠시 이야기를 나누자고 하십니다.' 부인은 악센트도 전혀 없이 유창하게 프랑스어로 말했어요. 아버지는 머뭇거렸습니다. 아버지가 머뭇거리자 부인은 마치 자신을 이리로 보낸 그 남자에게 무례를 저질렀다는 듯이 화를 냈고, 날카로운 목소리로 '거절하지는 않겠지요!'라고 했습니다. 아버지는 '거절하면 안 됩니까? 나는 그 어떤 명령도 받지 않습니다'라고 말했습니다. 아버지는 초조해 보였어요. 그러자 부인은 태도를 약간 누그러뜨리며 '명령이 아닙니다. 부탁하는 겁니다'라고 했지요. 그러자 아버지는 '면담 요청을 받아들이겠습니다. 준비되었습니다'라고 말했는데, 부인은 그 말에 화가 난 것 같았어요. 부인은 '아니, 그게 아니라 선생님이…'라고 말했어요. 아버지는 '내가 움직이란 말인가요?'라고 큰 소리로 되물었습니다. '나보고 국경을 넘어 황송하게도 날 기다리는 그분께 가라는 겁니까? 유감스럽지만 그렇게 못 합니다, 부인. 가서 그분께 전하십시오. 내가 입을 놀릴까 봐 걱정할 필요는 없다고요. 가자, 폴.' 아버지는 모자를 벗어 부인에게 인사했습니다. 하지만 부인은 길을 막아선 채로 '아니, 아니에요. 제 말을 들어야 합니다. 말하지 않겠다는 약속이 중요한가요? 어떻게든 결단을 내리셔야 합니다. 부디…'라고 말했습니다. 그다음부터는 아무 소리도 안 들렸어요. 부인은 적의와 분노 어린 표정으로 아버지 앞에 있었습니다. 부인의 얼굴은 무서울 정도로 일그러졌어요. 아! 내가 진작 눈치챘어야 하는데…. 하지만 난 너무 어렸어요! 그리고 너무 순식간에 일어난 일이라서…! 부인은 아버지에게 다가오더니 갑자기 아버지를 예배당 오른쪽에 있는 커다란 나무 아래까지 밀어댔습니다. 부인과 아버지는 목소리를 높였어요. 부인은 위협적으로 굴었지만 아버지는 웃기 시작했습니다. 그리고 갑자기 칼날이! 어둠 속에서 번쩍이는 칼날을 봤습니다. 부인은 칼로 아버지의 가슴을 두 번이나 찔렀어요…. 두 번이나 가슴 한복판을…. 아버지는 쓰러지셨습니다."

폴 들로즈는 살인의 기억에 얼굴이 창백해졌고 잠시 말을 멈췄다.

"아!" 엘리자벳이 말을 더듬었다. "아버님께서 살해당한 거군요…. 불쌍한 폴, 가엾은 폴…."

그리고 엘리자벳은 불안한 듯 숨을 몰아쉬며 말을 이었다.

"폴, 그러고는 어떻게 되었나요? 소리는 질렀나요…?"

"소리를 질렀습니다! 그리고 그 부인에게 달려들었는데 무지막지한 손 하나가 날 잡았습니다. 숲에서 나온 하인의 손이었지요. 하인이 내 머리 위로 칼을 치켜드는 것을 봤습니다. 나는 어깨에 심한 통증을 느꼈어요. 이번에는 내가 쓰러졌지요."

# 2
# 닫힌 방

마차는 저만치에서 엘리자벳과 폴을 기다렸다. 평지에 도착한 두 사람은 길가에 앉았다. 두 사람 앞에 펼쳐진 리즈롱 계곡이 완만한 초록빛 굴곡을 드러냈다. 작은 강줄기는 양쪽으로 새하얗게 드러난 두 길을 끼고 구불구불 이어졌다. 저 뒤편에는 태양 아래 한곳에 밀집된 코르비니가 약 100미터 아래로 내려다보였다. 앞에는 오르느캥의 망루들과 오래된 성탑의 폐허가 솟아 있었다.

엘리자벳은 폴의 이야기에 놀라 한참을 아무 말도 하지 않다가 마침내 입을 열었다.

"아! 폴, 정말 끔찍하네요. 많이 힘들었지요?"

"그 순간부터는 더는 아무것도 기억나지 않습니다. 낯선 방에서 정신이 들기 전까지의 기억이 전혀 없어요. 나는 아버지의 사촌 누나와 어느 수녀님에게 간호를 받고 있었습니다. 벨포르와 국경선 사이의 여관에서 가장 아름다운 방이었을 겁니다. 열이틀 전 어느 날의 이른 아침, 여관 주인이 움직이지 않는 몸뚱이를 발견했다고 합니다. 밤에 누군가 내다 버린 두 개의 피투성이 몸뚱이였지요. 얼핏 봐도 둘 중 하나는 싸늘하게 식어 있었다고 합니다. 불쌍한 우리 아버지였던 거지요. 나는 희미하게 숨을 쉬고 있었어요!

회복하는 데에는 오랜 시간이 걸렸습니다. 재발되고 자주 열이 났어요. 나는 제정신이 아닌 상태에서도 안간힘을 썼습니다. 내게 남은 유일한 친척인 고모할머니는 아주 헌신적으로 관심을 쏟아주셨습니다. 두 달 후 고모할머니는 부상에서 겨우 회복된 나를 집으로 데리고 갔습니다. 하지만 끔찍한 상황에서 아버지의 죽음을 본 충격 때문에 건강을 완전히 회복하기까지는 몇 년이나 걸렸습니다. 그 사건만은⋯."

"왜요?" 엘리자벳은 보호하려는 듯 폴의 목을 팔로 감으며 물었다.

"그러니까⋯." 폴이 말했다. "사건은 의문투성이였습니다. 하지만 사법 당국은 애써 치밀하게 수사했고 내가 준 정보, 유일하게 사용할 수 있는 정보를 확인하려고 노력했습니다. 사법 당국은 모든 노력을 기울였지만 결국 수포로 돌아갔습니다. 게다가 내가 준 정보도 너무 모호했지요. 공터와 예배당 앞에서 일어난 일 외에 내가 무엇을 더 알았겠어요? 그 공터를 어디서 찾아야 할지, 그 예배당을 어디서 발견해야 하는지, 사건이 어느 지방에서 일어났는지도 도저히 알 수 없었습니다."

"하지만 당신과 아버님은 그 지방으로 가기 위해 여행했잖아요. 스트라스부르에서 출발해 그 지방까지 짚어보며 올라간다면⋯."

"그 여정을 그냥 지나쳤을 리가 없습니다. 프랑스 사법 당국은 독일 사법 당국의 협조를 요청하는 게 내키지 않아 최고의 경찰들을 그곳에 출동시켰습니다. 그런데 내가 뭘 좀 아는 나이가 되면서부터 이상하다고 느낀 점이 있는데, 아버지와 내가 스트라스부르를 지나간 증거가 전혀 발견되지 않았다는 것입니다. 그렇지 않나요? 확실히 기억하건데 아버지와 나는 최소 이틀 동안 스트라스부르에서 먹고 묵었어요. 예심판사는 어린 나이에 충격적인 일을 당해 잘못 기억할 수도 있다고 결론 내렸습니다. 나는 그렇지 않음을 알고 있습니다. 분명히 그때의 기억이 있고, 지금도 그 기억이 모두 사실이라는 걸 알고 있습니다."

"그래서요, 폴?"

"나는 분명한 사실들이 완전히 없어졌다는 점과 독일 황제가 이번 사건에 직접 연관되어 있다는 점을 연결해 생각해볼 수밖에 없습니다. 프랑스인 두 명이 알자스 마을에서 머물렀고 기차로 여행하며 짐을 수화물 보관소에 맡긴 일, 알자스 마을에서 자전거 두 대를 빌린 일은 알아보거나 재구성하기 쉬운 사실임에도 완전히 사라졌어요."

"하지만 예심판사도 당신처럼 그 두 가지 점을 연결해야 했는데요…."

"물론입니다. 하지만 예심판사도, 법관과 공무원도 내 말만으로는 독일 황제가 그날 알자스에 나타났다는 사실을 믿지 않았습니다."

"왜지요?"

"독일 신문마다 황제가 그 시각에 프랑크푸르트에 있었다고 보도했기 때문입니다."

"프랑크푸르트!"

"분명 독일 황제가 지시한 일일 거예요. 있어서는 안 될 곳에 있었음을 숨기기 위해서 말이지요. 어쨌든 독일 황제를 보았다는 내 진술은 허위로 취급받았습니다. 수사가 진행될 때마다 각종 장애물과 거짓말, 알리바이에 부딪혔습니다. 나는 무소불위의 권력이 가진 만만치 않은 힘이 방해하고 있다고 느꼈어요. 내가 할 수 있는 해명은 하나뿐이었습니다. 프랑스인 두 명이 스트라스부르의 호텔에 머물렀다면 호텔 숙박 목록에 그 이름이 남아 있지 않겠어요? 하지만 숙박 장부는 압수되거나 특정 페이지가 찢겨 있어서 어디에도 아버지와 나의 이름을 찾을 수 없었습니다. 다시 말해 일체의 증거나 흔적이 남지 않았지요. 여기에 호텔 주인, 모든 사환, 레스토랑 직원, 역사 직원, 자전거 대여 담당자조차도 마치 부하들처럼, 즉 함구 명령을 받은 공범들처럼 전부 명령에 따르고 있는 것 같았습니다."

"하지만 폴, 나중에라도 직접 조사해봐야 하는 게 아닐까요?"

"조사했지요! 청소년이 된 이후로 벌써 네 번이나 스위스에서 룩셈부르크까지, 벨포르에서 롱위까지 국경선 구석구석을 훑었습니다. 만나는 사람마다 물어보며 풍경을 자세히 관찰했어요! 그리고 열심히 머리를 굴려 분명한 기억을 되살리기 위해 얼마나 오랫동안 매달렸는지 모릅니다. 하지만 성과는 없었어요. 깊은 어둠 속에서 찾아낸 새로운 빛은 전혀 없었습니다. 단 몇 가지 이미지만이 과거라는 짙은 안개를 뚫고 솟아올랐지요. 아버지가 살해된 장소와 그 근처의 사물에 대한 이미지입니다. 공터의 나무, 오래된 예배당, 숲 속으로 사라지는 오솔길, 황제의 이미지, 그리고… 아버지를 죽인 여자의 이미지 말입니다."

폴은 목소리를 낮추었다. 얼굴은 고통과 증오에 휩싸여 한껏 일그러졌다.

"아! 그 여자를 볼 수 있다면 좋겠습니다. 지금 눈앞에 그 부인이 서 있는 모습을 볼 수 있다면 여한이 없겠어요. 환한 빛 아래에서 구석구석이 자세히 드러난 무대 공연처럼 말입니다. 그 부인의 입 모양, 눈빛, 머리카락 색조, 독특한 걸음걸이, 동작의 리듬, 실루엣 등 그 모든 것이 내 안에 있어요. 일부러 떠올려서가 아니라 나라는 존재에 이미 속한 요소들처럼 말이지요. 내가 발작하는 동안 내 정신이 신비하고 비밀스러운 힘을 발휘해 그때의 끔찍한 기억을 열심히 재구성했다고 생각해요. 과거에는 그 기억들 때문에 병적인 강박관념에 시달렸지만, 다행히 지금은 저녁이 되거나 혼자 있을 때 등 가끔만 고통스럽습니다. 아버지는 돌아가셨지만 아버지를 죽인 여성은 지금도 살아 있고, 게다가 죄의 대가도 받지 않은 채 행복과 부와 명예를 누리며 계속해서 증오와 파괴의 작업을 수행하고 있겠다는 생각이 듭니다."

"그 여자를 직접 보면 알아보겠어요, 폴?"

"알아보겠느냐고요? 수천 명의 여자로 둘러싸여 있어도 알아볼 수 있어요. 그 여자가 나이가 들어 주름이 자글자글해도, 9월 어느 날의 늦은 오후에 우리 아버지를 죽였던 젊은 시절의

모습을 알아볼 거예요. 어떻게 알아보지 못하겠어요! 그 여자
가 입은 옷 색깔도 정확히 골라낼 수 있어요! 안 믿어지시나요?
어깨를 따라 검은색 레이스가 달린 숄을 걸쳤고, 상체에는 루
비 눈의 황금색 뱀이 조각된 카메오 브로치가 달린 회색 원피
스를 입었습니다. 엘리자벳, 잊으면 안 되는 것은 절대 잊지 않
아요."

폴은 입을 다물었다. 엘리자벳은 눈물을 흘렸다. 남편 폴과
마찬가지로 엘리자벳도 그 끔찍한 과거에 두려움과 안타까움
을 느꼈다. 폴은 엘리자벳을 끌어안아 이마에 입을 맞추었다.

엘리자벳이 폴에게 말했다.

"잊지 마세요, 폴. 죄는 반드시 벌을 받을 거예요. 하지만 당
신의 삶이 평생 증오 어린 기억에 사로잡혀서는 안 돼요. 이제
우리는 둘이에요, 서로 사랑하고 있고요. 미래를 봐요."


오르느캥 성은 16세기 양식을 보여주는 아름답고 소박한 건
축물로 작은 종탑을 굽어보는 망루가 네 개 달렸고 들쭉날쭉한
첨탑에 높은 창문들이 있으며 2층의 난간 장식이 돌출되어 있
었다.

가지런히 정리된 잔디밭이 직사각형의 앞마당을 둘러싸고
있어 광장처럼 보였고 앞마당 좌우로는 정원과 숲, 과수원으로
이어지는 길이 나 있었다. 잔디밭의 한쪽 귀퉁이 끝에는 넓은
성토가 있어 리즈롱 계곡이 한눈에 보였고 사각형 성에서 네모
난 성탑이 이루는 장엄한 폐허를 지탱했다.

전체적으로 거대한 모습이었다. 농장과 평야로 둘러싸인 영

지는 제대로 관리한다면 활발한 경작이 이루어질 것 같았다. 도에서 가장 넓은 영지 중 하나였다.

17년 전, 오르느캥의 마지막 남작이 세상을 떠나자 곧바로 매각이 진행됐고, 엘리자벳의 아버지인 당드빌 백작이 아내의 바람을 들어주기 위해 이 성을 사들였다. 백작은 결혼한 지 5년이 되자 사랑하는 아내에게 전념하기 위해 기병장교 직책을 그만두고 아내와 여행을 떠났다. 두 사람은 우연히 오르느캥을 방문했는데, 마침 지역에 오르느캥 매각 공고가 난 지 얼마 안 되었을 때였다. 백작은 오르느캥이 마음에 들어 사들였고 헤르민 당드빌은 감격했다. 소일거리로 경작할 영지를 찾고 있던 백작은 법조인을 중개로 매입 계약을 맺었다.

이어 백작은 겨우내 파리에서 성의 보수 작업을 챙겼다. 이전 주인이 떠넘긴 보수 작업이었다. 성은 편할 뿐만 아니라 아름다워야 한다고 생각한 백작은 파리의 저택에 장식된 골동품, 태피스트리, 예술품, 거장의 그림들을 전부 오르느캥의 성으로 보냈다.

8월이 되어서야 성에 둥지를 틀 수 있었다. 백작 부부는 네 살이 된 딸 엘리자벳과 태어난 지 얼마 안 된 떡두꺼비 같은 아들 베르나르와 함께 성에서 달콤한 몇 주를 보냈다. 헤르민 당드빌은 아이들과 늘 함께했고 성곽의 울타리에서 벗어난 적이 없었다. 백작은 성지기 제롬을 데리고 농장을 관리하고 사냥을 했다.

그런데 10월 말, 백작부인은 감기에 걸렸고 합병증이 심해졌다. 당드빌 백작은 아내와 아이들을 남프랑스로 데려가기로 했다. 그러나 백작부인은 2주 후에 병이 재발해 사흘 만에 세상을 떴다.

백작은 인생이 끝나버린 것처럼 느꼈고 앞으로는 그 어떤 즐거움과 편안함도 맛볼 수 없으리라는 절망감에 빠졌다. 백작은 여전히 삶을 이어갔지만 자식을 위해서가 아니라 세상을 떠난 아내를 애도하고 기억하기 위해서였다. 아내를 추억하는 일이 백작이 살아가는 유일한 이유였다.

완벽한 행복을 누렸던 오르느캥 성으로는 돌아갈 수 없었고, 그렇다고 누군가 그 성에 들어오는 것도 허락할 수 없었던 백작은 제롬에게 성의 모든 문과 덧문을 닫아걸라고 지시했다. 특히 백작부인이 머물던 규방과 침실은 그 누구도 들어가지 못하게 했다. 또한 농장은 소작농에게 임대해 세를 거두라고 명령했다.

백작은 이렇게 과거와 단절하는 것만으로는 충분하지 않았다. 아이러니하게도 아내만을 추억하며 살아가는 백작이지만 아내를 떠올리게 하는 모든 물건, 거주지, 장소와 풍경 등은 고문에 가까웠다. 심지어 아내 사이에서 낳은 자식들마저도 견디기 어려운 괴로움이었다. 백작에게는 쇼몽이라는 시골에 사는 과부 누나가 있었다. 백작은 딸 엘리자벳과 아들 베르나르를 누나에게 맡기고 여행을 떠났다.

매우 헌신적이고 희생적인 알린 고모 곁에서 엘리자벳은 다소 측은하면서도 근면하고 진지한 어린 시절을 보냈고 정서와 정신, 성격도 차츰 성숙해졌다. 엘리자벳은 탄탄한 교육과 엄격하기 그지없는 도덕 교육을 받았다.

스무 살이 된 엘리자벳은 씩씩하고 두려울 게 없는 아가씨였다. 엘리자벳의 얼굴은 선천적으로 다소 우울해 보였지만, 종종 가장 순수하고 다정한 미소로 빛나곤 했다. 운명적으로 정해진 시련과 환희가 미리 새겨진 듯한 얼굴이었다. 언제나 촉촉하게 젖은 두 눈은 모든 것에 감동하는 듯 보였다. 밝은 금발의 곱슬머리는 표정을 쾌활해 보이게 했다.

당드빌 백작은 한 여행이 끝나고 다음 여행이 시작되기 전에 엘리자벳 곁에 머물렀는데, 딸이 이토록 매력적으로 성장한 모습에 흐뭇했다. 백작은 두 번의 겨울 동안 엘리자벳을 데리고 스페인과 이탈리아를 여행했다. 엘리자벳이 폴 들로즈를 처음 만난 곳은 로마였고 이후 나폴리 시라쿠사에서 다시 만났으며 시칠리아에서는 오랫동안 함께 다녔다. 헤어질 때쯤 엘리자벳과 폴은 서로가 얼마나 끈끈한 정으로 이어졌는지를 깨달았다.

폴 역시 엘리자벳처럼 시골의 헌신적인 친척 집에서 자랐다. 친척은 정성과 애정을 다해 폴을 돌보았으며 폴이 어린 시절에 겪은 비극적인 사건을 잊게 하려고 노력했다. 아버지를 대신해 잘 길러준 덕분인지 폴은 어린 시절의 일을 잊지 못했음에도, 공부를 좋아하고 활달하며 교양이 넘치고 인생에 무궁한 호기심을 품은 올곧은 청년으로 자랐다. 폴은 국립공업고등학교를 졸업한 뒤 군 복무를 마쳤고 2년 동안 독일에 머물며 늘 관심을 두었던 사업과 기계에 대해 공부했다.

폴은 키가 훤칠하고 몸매가 호리호리했다. 검은색 머리카락을 뒤로 가지런히 빗어 넘긴 얼굴은 다소 말랐으나 당당한 턱선을 가지고 있어 힘이 느껴졌다.

폴은 엘리자벳과 만나면서 지금까지 관심을 두지 않았던 감정과 정서의 세상을 깨달았다. 이들의 만남은 폴과 엘리자벳 모두에게 놀라움과 도취의 감정을 안겨주었다. 사랑을 통해 두 사람은 새롭고 자유롭고 경쾌한 영혼을 얻었다. 그러한 열정과 기쁨은 지금까지 겪은 가혹한 운명과는 대조적이었다. 폴은 프랑스로 돌아오자마자 엘리자벳에게 청혼했고 엘리자벳은 기꺼이 청혼을 받아들였다.

결혼을 사흘 앞두고 혼인 계약서가 작성되었다. 혼인 계약서에서 당드빌 백작은 오르느캥 성을 엘리자벳의 지참금에 추가한다고 밝혔다. 그래서 폴과 엘리자벳은 오르느캥 성에 보금자리를 꾸미기로 했다. 폴은 성이 있는 인근 계곡 지역의 산업 지대에서 사업을 구상하기로 했다.

7월 30일 목요일, 엘리자벳은 쇼몽에서 결혼식을 올렸다. 당시는 사람들의 입에 전쟁에 대한 화제가 끊이지 않았기에 결혼식은 간소하게 치러졌다. 당드빌 백작은 가장 믿을 만한 정보통을 근거로 별일은 없으리라 장담했지만 그래도 전쟁 소문은 끊이지 않았다. 하객이 모인 가족과의 점심 식사 자리에서 폴은 엘리자벳의 남동생 베르나르를 소개받았다. 열일곱 살의 중등학교 학생인 베르나르는 방학을 앞두고 있었다. 폴은 베르나르의 활기와 솔직함이 마음에 들었고, 며칠 후에는 베르나르도 오르느캥 성에 합류하기로 했다.

오후 1시가 되자 엘리자벳과 폴은 기차를 타고 쇼몽을 떠났다. 두 사람은 손을 잡고 오르느캥 성으로 향했다. 신혼 초기, 아니 행복과 평온함이 가득한 앞으로의 삶을 보낼 보금자리였다.

오후 6시 30분, 계단 아래에서 제롬의 아내 로잘리가 폴과 엘리자벳을 맞이할 준비를 했다. 로잘리는 양 볼에 홍진이 피어 있었고 쾌활한 표정에 마음씨 좋은 아줌마 같았다. 저녁 식사를 하기 전에 폴과 엘리자벳은 서둘러 정원을 한 바퀴 둘러본 후 성안으로 들어갔다.

엘리자벳은 흥분을 감추지 못했다. 어머니의 얼굴도 기억나지 않을뿐더러 어떤 또렷한 기억이 떠오른 것도 아니었건만, 이곳에서 생의 마지막 행복을 누린 어머니의 자취를 더듬을 생각 때문이었다. 엘리자벳은 죽은 어머니의 그림자가 길목마다 배회하는 것 같았다. 초록색의 커다란 잔디밭에선 특별한 향기가 나는 듯했다. 나뭇잎이 바람에 살랑거리며 내는 소리는 바로 이 장소에서 같은 시각에 어머니와 함께 들었던 소리라는 생각마저 들었다.

"슬퍼 보이는군요, 엘리자벳?" 폴이 물었다.

"슬픈 게 아니라 혼란스러워요. 어머니가 행복한 삶을 꿈꾼 이 아늑한 곳에 같은 꿈을 가지고 온 우리를 어머니가 맞이해주는 것 같아요. 그런데 왠지 조금 걱정스럽고 마음이 답답해요. 마치 내가 이방인처럼, 평화와 휴식을 방해하는 침입자처럼 느껴져요. 생각해보세요! 어머니는 아주 오래전부터 이 성에서 사셨잖아요! 어머니는 성에서 혼자 계신 거나 다름없었어요. 아버지는 이 성에 오고 싶어 하지 않으셨으니까요. 왠지 이곳에 올 권리가 없다는 생각이 들어요. 우리는 그동안 우리와 관계없는 것처럼 이 성을 대해왔어요."

폴이 미소 지었다.

"엘리자벳, 당신은 그저 하루가 끝날 무렵 낯선 곳에 들어섰을 때 가지는 불편한 감정을 느끼는 것뿐이에요."

"모르겠어요." 엘리자벳이 말했다. "어쩌면 당신 말이 맞을지도 몰라요···. 하지만 불편하기는 해요. 내 천성과는 어울리지 않는 감정이에요! 폴, 예감을 믿나요?"

"아니요, 당신은요?"

"나도 그래요." 엘리자벳이 미소 지으며 말한 뒤 폴에게 입술을 내밀었다.

두 사람은 성의 방이며 거실마다 누군가 계속 살아온 듯한 분위기가 느껴져 놀랐다. 엘리자벳의 아버지인 당드빌 백작의 지시에 따라 그 모든 것이 헤르민 당드빌 백작부인이 살았던 저 아득한 나날과 똑같이 정리되어 있었다. 옛날의 골동품은 여전히 같은 자리에 있었고 각종 자수와 레이스 제품, 세밀화, 18세기 양식의 멋진 안락의자, 플랑드르산 태피스트리, 옛날에 백작이 성을 장식하기 위해 모은 각종 가구도 오랫동안 같은 자리를 지키고 있었다. 폴과 엘리자벳에게는 처음부터 멋지고 아늑한 생활공간이 마련된 셈이다.

저녁 식사 후 이들은 다시 정원으로 나가 팔짱을 끼고 말없이 산책했다. 두 사람은 성토에서 어둠에 휩싸인 계곡을 내려다봤다. 어둠 속에서도 희미한 빛이 반짝이고 있었다. 낮의 빛이 채 가시지 않은 희미한 하늘 아래에는 오래된 성탑이 투박한 폐허의 모습을 드러냈다.

"폴." 엘리자벳이 나지막한 목소리로 말했다. "성에 도착했을 때 맹꽁이자물쇠로 잠긴 문을 지나갔던 거 기억하나요?"

"큰 복도 중간에서 당신 방 가까이에 있던 문 말인가요?"

"그래요. 우리 가엾은 어머니가 쓰시던 규방이에요. 아버지가 잠가 놓으라고 했고 그 방에 딸린 침실도 잠가 놓으라고 하셨어요. 그래서 제롬이 맹꽁이자물쇠를 채우고 열쇠를 아버지에게 보냈어요. 그 이후로 아무도 들어가지 않았어요. 아마 그 규방은 옛날 모습 그대로일 거예요. 어머니가 사용하던 물건, 어머니가 하던 뜨개질 더미, 어머니가 늘 읽던 책들이 그곳에 있어요. 아버지가 말씀해주셨는데 규방 안쪽의 맞은편 벽에, 늘 닫혀 있는 창문 두 개 사이로 어머니의 초상화를 걸어놓았대요. 아버지가 유명 화가인 친구에게 성에서 떠나기 1년 전에 그려달라고 했는데 어머니의 모습을 그대로 그린 전신 초상화래요. 초상화 옆에는 어머니가 사용했던 기도대가 있고요. 오늘 아침, 아버지가 규방 열쇠를 주었어요. 그 기도대에서 무릎을 꿇고 어머니 초상화 앞에서 기도하겠다고 아버지에게 약속했어요."

"가봅시다, 엘리자벳."

두 사람은 2층으로 이어지는 계단을 올라갔다. 폴의 손을 잡은 엘리자벳의 손이 떨리고 있었다. 복도를 따라 양쪽으로 전등들이 켜져 있었다. 두 사람은 걸음을 멈추었다.

금박 부조로 장식된 문은 넓고 높았으며 문 주변의 벽체는 꽤 두꺼웠다.

"문을 열어요, 폴." 엘리자벳은 떨리는 목소리로 말했다.

엘리자벳이 폴에게 열쇠를 내밀었다. 폴은 맹꽁이자물쇠를 열고 문의 손잡이를 잡았다. 갑자기 엘리자벳이 폴의 팔을 잡왔다.

"폴, 폴, 잠깐만요…. 너무 떨려요! 생각해봐요, 어머니 앞, 어머니 초상화 앞에 처음으로 가는 거잖아요…. 당신이 내 곁에 있으니까… 마치 어린 시절이 다시 시작되는 느낌이에요."

"그래요, 어린 소녀로, 동시에 성숙한 여인으로 사는 거예요…." 폴이 엘리자벳을 꼭 껴안으며 말했다. 폴의 포옹으로 마음이 편안해진 엘리자벳이 말했다.

"들어가요, 폴."

폴은 문을 열고 들어갔다. 그리고 복도로 되돌아와 벽에 걸린 전등 중 하나를 들고 방 안으로 들어가 원탁 위에 놓았다. 엘리자벳은 이미 방 안을 가로질러 어머니의 초상화 앞에 섰다. 초상화의 얼굴은 어둠 속에 가려져 있었다. 엘리자벳은 전등을 치켜들어 초상화를 환하게 비추었다.

"어머니가 정말 아름다워요, 폴!"

폴이 다가와 고개를 들었다. 엘리자벳은 힘없이 떨리는 몸을 지탱해 기도대 위에서 무릎을 꿇었다. 그런데 폴은 어느 순간부터 말이 없었고, 이를 이상하게 여겨 폴을 바라본 엘리자벳은 너무 놀라고 말았다. 폴은 창백한 얼굴로 그 자리에서 꼼짝도 않고 세상에서 가장 무시무시한 광경을 본 사람처럼 눈을 크게 치켜뜨고 있었던 것이다.

"폴! 왜 그래요?"

폴은 헤르민 백작부인의 초상화에서 눈을 떼지 않은 채 문쪽으로 뒷걸음질치기 시작했다. 술에 취한 사람처럼 비틀거리며 허공에 대고 두 팔을 휘저었다.

"저 여자… 저 여자…." 폴이 목이 메어 더듬거렸다.

"폴! 대체 무슨 말을 하려는 거예요?" 엘리자벳이 애원하듯 물었다.

"우리 아버지를 죽인 그 여자예요!"

# 3
# 동원령

폴이 끔찍한 말을 내뱉자 으스스한 침묵이 흘렀다.

남편의 맞은편에 서 있던 엘리자벳은 폴이 한 말을 이해하기 위해 애썼다. 폴의 말에 담긴 진정한 의미가 아직 엘리자벳에게 와 닿지는 않았지만 깊은 상처처럼 파고들었다.

엘리자벳은 폴을 응시한 채 천천히 다가갔고 거의 들릴 듯 말 듯한 낮은 목소리로 천천히 말했다.

"방금 뭐라고 했어요, 폴? 정말 끔찍한 말이에요…!"

폴은 아까와 같은 말투로 대답했다.

"그래요, 끔찍한 일입니다. 나조차도 아직 믿어지지 않으니까…. 믿고 싶지 않습니다…."

"착각한… 거예요, 그렇지요? 착각한 거라고 말해요…."

엘리자벳은 폴이 판단을 되돌리길 바라며 비탄에 잠겨 애원했다. 폴은 엘리자벳의 어깨너머로 다시 한 번 불길한 초상화를 응시했고 머리부터 발끝까지 몸을 떨었다.

"아! 저 여자… 저 여자야. 그래…. 저 여자가 죽였어…." 폴이 두 주먹을 불끈 쥐며 말했다.

엘리자벳은 격렬히 흥분하며 자신의 가슴을 세게 쳤다.

"우리 어머니! 우리 어머니가 사람을 죽였다니…. 어머니가! 아버지가 사랑했고 지금도 사랑하는 어머니가…! 옛날에 날 안아서 재워주시고 내게 입맞춤하신 어머니가! 어머니를 기억하지 못하지만 날 어루만지던 손길과 내게 해주신 입맞춤은 잊지 않았는데! 그런데 어머니가 사람을 죽였다니!"

"저 여자가 맞아요."

"아! 폴, 그런 불길한 말은 하지 마세요! 사건이 일어난 지 그렇게 오랜 시간이 흘렀는데 어떻게 확신할 수 있어요? 당신은 어렸고 그 여자를 제대로 본 게 아니잖아요…! 기껏해야 몇 분밖에 보지 못했을 거예요."

"그 누구보다 확실히 봤습니다. 사건이 일어난 순간부터 그 여자의 모습은 내 머릿속을 떠난 적이 없어요. 악몽을 떨쳐버리듯 그 여자의 모습을 떨쳐버리고 싶을 때도 있었지만 그럴 수 없었어요. 그런데 그 여자의 모습이 저 벽에 걸려 있다니. 20년이 지나도 당신의 모습을 알아볼 수 있는 것처럼 지금도 저 여자를 알아본 거예요. 틀림없이 저 여자예요…. 저길 봐요! 윗옷에 황금 뱀으로 장식된 브로치… 저 카메오! 내가 이야기해주지 않았나요! 저 뱀의 눈은… 루비! 어깨를 감싼 검은색 레이스 숄! 바로 저 여자예요! 내가 본 바로 그 여자란 말입니다!" 폴이 힘주어 말했다.

폴은 분노가 치밀어 오른 나머지 헤르민 당드빌의 초상화를 향해 주먹을 휘둘렀다.

"그만하세요, 제발 그만…." 엘리자벳이 소리쳤다. 폴이 내뱉는 말 한마디 한마디가 엘리자벳에게는 고문과도 같았다.

엘리자벳은 억지로라도 폴의 입을 다물게 하려고 그의 입술에 손을 갖다 대려 했으나 폴은 접촉을 거부하듯 뒤로 물러섰다. 폴의 움직임이 지나치게 급작스럽고 본능적인 나머지 엘리자벳은 털썩 주저앉아 흐느꼈다. 고통과 증오로 끓어오른 흥분으로 제정신이 아닌 폴은 무시무시한 환영에 시달리듯 문까지 뒷걸음질치며 내뱉었다.

"저 여자야! 저 사악한 입술과 매정한 눈! 저 여자는 살인을 생각하고 있어…. 보여… 보인다고…. 저 여자가 우리 아버지 쪽으로 다가가고 있어…! 아버지를 죽이고 있어…! 아, 가증스러운 여자 같으니…!"

폴은 뛰쳐나갔다.

그날 밤 폴은 정원으로 나가 미친 사람처럼 마구잡이로 어두운 길을 달렸고 지친 몸을 잔디밭 위에 던지고는 울고 또 울었다.

폴 들로즈는 아버지가 살해당한 기억에서만 고통을 느꼈고 그 고통은 점점 나아지고 있었다. 그러나 특별한 위기의 순간이 오면 새로 생긴 상처가 타는 것처럼 고통도 날카로워졌다. 지금의 고통은 미처 예상도 못 했기에 자신을 다잡는 습관과 이성적인 성격을 가진 폴도 정신을 차릴 수 없었다. 폴의 생각, 행동, 그리고 깊은 밤 어둠 속에서 내뱉는 말들은 더 이상 자신을 통제할 수 없는 사람의 것이었다. 머릿속은 혼란스럽기만 했다. 여러 생각과 느낌이 바람에 흔들리는 나뭇잎처럼 정신없이 맴돌았다. 그런 폴의 머릿속에서 한 가지 생각만이 명료하게 다시 떠올랐다. 끔찍한 생각이다. '아버지를 죽인 여자를 알고 있어. 하지만 내가 사랑하는 여인이 바로 그 여자의 딸이야!'

과연 사랑한다고 말할 수 있을까? 폴은 깨져버린 게 분명한 행복이 안타까워서 절망하며 울었다. 폴은 아직도 엘리자벳을 사랑하는 걸까? 헤르민 당드빌의 딸을 사랑할 수 있을까?

폴은 새벽이 되어서야 성안으로 돌아왔고 엘리자벳의 방을 지나쳐 걸었다. 폴의 심장은 더는 두근거리지 않았다. 아버지를 죽인 여자를 향한 증오심이 마음속에서 사랑, 욕망, 애정, 단순히 인간적인 연민 등으로 설레던 마음을 모두 앗아간 듯했다.

몇 시간 동안 멍하게 있던 폴은 다소 신경이 안정된 듯했지만 복잡한 정신 상태는 여전했다. 굳이 의식하지 않아도 엘리자벳과 마주치는 일이 무척이나 거북하게 느껴졌다.

하지만 폴은 알고 싶고 이해하고 싶었으며 필요한 정보를 모두 얻고 싶었다. 그런 뒤 어떻게든 인생의 큰 비극을 끝나게 할 결정을 확실히 내리고 싶었다.

우선 제롬 부부에게 물어봐야 했다. 당드빌 백작부인을 알고 있는 두 사람에게서 매우 소중한 정보를 얻을 수 있을 것 같았다. 예를 들어 날짜와 관련된 몇 가지 의문은 즉석에서 풀릴 것이다. 폴은 별채에서 매우 흥분해 있는 제롬 부부를 발견했다. 제롬은 신문을 들고 있고 로잘리는 그 옆에서 호들갑을 떨었다.

"오셨군요. 이젠 확실해졌습니다. 조만간 있을 것 같습니다!"

제롬이 큰 소리로 말했다.

"뭐가 말입니까?" 폴이 물었다.

"동원령 말입니다. 곧 있을 거라고 합니다. 군경 중에 친구가 좀 있는데 모두 그렇게 말하더군요. 벽보도 이미 준비되었다고 합니다."

폴은 별것 아니라는 듯 대답했다.

"벽보는 늘 준비되어 있습니다."

"그렇긴 하지요. 하지만 조만간 벽보를 붙일 거라고 합니다. 이 신문 좀 읽어보십시오. 이 돼지 새끼들이(상스러운 표현을 써서 죄송하지만 달리 표현이 없으니 이해해주십시오) 전쟁을 벌이고 싶어 합니다. 오스트리아가 협상을 시작했지만 그동안 저놈들은 동원령을 내렸습니다. 벌써 며칠이나 되었습니다. 그래서 사람들이 집으로 가지 못하고 있다고 합니다. 더구나 어제는 여기서 그리 멀지 않은 곳에서 프랑스 열차역을 무너뜨리고 철로를 폭파시켰습니다. 읽어보세요!"

폴은 막판에 나온 속보를 훑었다. 그러나 아무리 심각해 보여도 전쟁이 비현실적으로 보였기 때문에 깊이 관심을 두지 않았다.

"모두 잘되겠지요. 저들은 늘 칼집에 손을 얹고 이야기하지만 믿을 수가 없습니다…."

"그건 잘못 생각하시는 거예요." 로잘리가 중얼거렸다.

폴은 더 이상 듣지 않았다. 오직 비극적인 자신의 운명과 제롬에게서 필요한 정보를 얻을 방법에 대해서만 생각했다. 더는 입 다물고 있기 어려웠던 폴은 바로 본론으로 들어갔다.

"제롬, 엘리자벳과 내가 당드빌 백작부인의 방에 들어간 건 알고 있겠지요."

제롬 부부는 매우 놀라워했다. 아주 오래전부터 닫혀 있는 방, 제롬 부부가 '마님의 방'이라고 부르는 그 방에 들어간 것 자체가 신성모독이라는 듯한 반응이었다.

"세상에!" 로잘리가 더듬거렸다.

제롬이 덧붙여 이야기했다.

"그럴 리가 없습니다. 딱 하나 남은 자물쇠 열쇠는 백작님께 보내드렸거든요."

"어제 아침에 백작님이 우리에게 주었습니다." 폴이 말했다.

폴은 두 사람이 놀라는 모습은 아랑곳하지 않고 곧바로 질문을 던졌다.

"창문 두 개 사이에 당드빌 백작부인의 초상화가 걸려 있더군요. 그 초상화는 언제부터 걸려 있었습니까?"

제롬은 곧바로 대답하지 않고 생각에 잠겼다. 그러고는 아내를 쳐다봤다. 잠시 후 제롬이 대답했다.

"간단합니다. 백작님께서 이곳에 들어오시기 전에 가구 전부를 이 성에 보내셨던 때입니다."

"그러니까 그게 정확히 언제지요?"

폴은 대답을 기다리는 몇 초 동안에도 불안해서 견딜 수 없었다. 제롬에게서 결정적인 대답이 나올 것 같아서였다.

"언제예요?" 폴이 다시 물었다.

"그러니까 1898년 봄이었어요."

"1898년!"

폴은 연도를 작은 목소리로 되뇌었다. 1898년이면 아버지가 살해된 해였다.

폴은 더는 생각하지 않고 마치 미리 준비한 계획을 그대로 이행하는 예심판사처럼 냉정하게 물었다.

"백작님과 백작부인께서 이곳에 도착한 때는…?"

"1898년 8월 28일에 오셨습니다. 그리고 10월 24일에 남프랑스로 다시 떠나셨고요."

폴은 이제야 진실을 깨달았다. 아버지가 살해된 날은 9월 19일이다. 폴은 이번 진실과 관계 깊고 아버지의 살인 사건을 자세히 설명해줄 그 모든 상황이 갑자기 선명해지는 듯했다. 폴은 아버지가 당드빌 백작과 친분이 있다는 사실을 떠올렸다. 아버지는 알자스를 여행하는 동안 친구 당드빌 백작이 로렌에 머문다는 소식을 듣고 깜짝 방문 계획을 짰을 것이다. 폴은 오르느캥에서 스트라스부르까지의 거리를 기차 시간에 맞추어 따져봤다. 폴이 계속 물었다.

"여기에서 국경까지 몇 킬로미터입니까?"

"정확히 7킬로미터예요."

"건너편에는 작은 독일 마을이 있지 않나요?"

"예. 에브르쿠르트 마을입니다."

"국경선까지 가는 지름길이 있습니까?"

"절반 정도까지는 가능합니다. 정원 꼭대기 오솔길로 통하게 되어 있어요."

"숲을 지나서요?"

"백작님의 숲을 지나면 그렇습니다."

"그 숲에는…."

완전히 확신하려면 사실을 이리저리 꿰어맞춰 해석해보는 게 아니라 사실 그대로를 확인하면 된다. 이제 '숲 속 공터에 작은 예배당이 있지 않은가?'라는 결정적인 질문만 남았다. 왜 폴 들로즈는 이 질문을 하지 않았을까?

너무나 결정적인 질문이라서 성지기가 이상하게 생각할까 봐 그랬을까? 폴은 이렇게 질문했다.

"당드빌 백작부인은 여기 오르느캥에 머문 두 달 동안 다른 곳으로 여행하신 적은 없나요? 며칠 동안 말입니다….'

"그런 적은 없습니다. 백작부인은 영지 밖을 나가본 적이 없어요."

"아! 정원에만 계셨다고요?"

"그렇습니다. 백작님은 매일 오후에 마차를 타고 코르비나 계곡에 다녀오시곤 했습니다. 하지만 백작부인은 정원이나 숲 밖을 나가신 적이 없어요."

폴은 알고 싶었던 내용을 알아냈다. 제롬 내외가 어떻게 생각하든 폴은 개의치 않았고, 뜬금없이 보였을 질문들을 왜 했는지에 대해서도 굳이 둘러대지 않았다. 폴은 별채에서 나갔다.

폴은 마음 같아서는 지금 당장 끝까지 조사해보고 싶었지만, 정원 밖에 대한 수사는 나중에 다시 하기로 했다. 지금까지 마주한 사실들로도 이미 충분했고 앞으로 더 나아가기가 두렵기도 했다.

폴은 다시 성으로 돌아왔다. 점심시간이 되자 피할 수 없겠다는 생각이 들어 엘리자벳과 마주치는 일을 받아들이기로 했다. 하지만 한 하녀가 거실에서 폴에게 다가오더니 마님이 양해를 구할 일이 있다고 알렸다. 몸이 좀 불편해 방에서 따로 식사하고 싶다는 말이었다. 폴은 엘리자벳의 마음을 이해했다. 존경하는 어머니를 미워하지 말라고 부탁하는 대신에 폴의 결정을 따르겠으며 폴을 자유롭게 놔두겠다는 것이리라.

결국 폴은 시중드는 하인들 곁에서 홀로 식사했다. 자신의 인생은 실패했으며 엘리자벳과 자신에겐 아무 책임도 없는 일 때문에 결혼 당일부터 이 세상 그 무엇으로도 화해할 수 없는 원수가 되었다는 생각에 마음이 아팠다. 폴은 엘리자벳을 증오하지 않았고 또 어머니의 죄와 연관지어 엘리자벳을 비난할 마음도 없었지만, 그래도 엘리자벳이 그 여자의 딸이라는 사실은 용서하기가 어려웠다. 애초에 폴의 의지대로 될 일이 아니었다.

식사 후 폴은 두 시간 동안 초상화가 있는 방에 틀어박혔다. 직접 두 눈으로 저주받은 초상화를 확인하고 자신의 기억에 새로운 힘을 주기 위해서였다. 살인자와의 비장한 대면을 늘 꿈꾸지 않았는가.

폴은 초상화를 구석구석 살폈다. 날개 편 백조가 새겨진 카메오, 그 틀에 새겨진 황금빛 뱀의 똬리와 루비, 어깨 주위에서 레이스가 움직이던 모습과 입술 모양, 머리카락 색깔, 얼굴 윤곽….

그 9월의 어느 날 저녁, 폴이 봤던 여자가 틀림없다. 초상화 귀퉁이에는 화가의 서명이 있었고 그 아래 카르투슈(종이가 말려 올라간 듯한 모양의 장식적 무늬 – 옮긴이)에는 'H. 백작부인의 초상화'라고 적혀 있었다. 초상화는 공개적으로 전시되었을 것이기에 이 같은 소박한 묘사로 만족했을 것이다.

'자, 몇 분만 있으면 모든 과거가 다시 살아날 거야. 범인을 찾았으니까 범행 장소만 밝히면 돼. 예배당이 숲 속에 있기만 하면 진실은 완벽히 밝혀질 거야.'

폴은 당당하게 진실을 향해 걸어갔다. 더는 진실을 외면할 수 없다고 생각하자 두려움이 감소했다. 그러나 아버지가 16년 전에 변을 당한 장소로 이어지는 그 길을 걸으면서 가슴은 괴롭도록 두근거렸고 오싹한 기분이 들었다! 폴은 제롬의 모호한 몸짓에서 방향을 감지했다. 국경 쪽으로 정원을 가로질러 가다가 왼쪽으로 돌아 별채 근처를 지나갔다. 숲으로 들어가자 기다란 전나무 길이 펼쳐졌다. 전나무 길로 들어가 500여 보를 더 걷자 좀 더 좁은 세 갈래의 오솔길이 나타났다. 그중 두 길을 따라가자 꽉 막힌 덤불숲이 나타났다. 세 번째 오솔길은 어느 언덕의 꼭대기로 이어졌다. 거기서 다시 왼쪽으로 가니 또 다른 전나무 길이 이어졌다.

이 전나무 길로 들어서자 폴은 무엇인지는 정확히 모르나 마음속의 어떤 기억이 깨어나고 있으며 그 기억이 발걸음을 이끄는 듯 느껴졌다.

오솔길은 꽤 긴 거리가 직선으로 뻗어 있었고, 커다란 너도밤나무 숲 속으로 급격한 커브를 이루며 꺾여 들어갔다. 군집을 이룬 너도밤나무 숲의 잎사귀들은 마치 숲의 둥근 지붕 같았다. 오솔길은 숲 속에서 다시 직선으로 뻗었고, 어두컴컴한 숲의 아치형 지붕 끝까지 걸어가자 밝은 빛이 쏟아지며 폴의 눈에 공터가 확 들어왔다.

사실 폴은 불안감으로 다리가 후들거렸고 계속 걷기 위해 애써야 했다. 아버지가 치명적인 공격을 당했던 공터일까? 폴은 좀 더 밝은 공간으로 시선이 옮겨갈수록 점점 더 확신했다. 초상화가 있는 방에서와 마찬가지로 과거의 장면이 폴의 마음속에서, 폴의 눈앞에서 현실의 모습을 띠며 나타난 것이다!

그때의 그 빈터였다. 그때와 똑같은 모습으로 나무가 주변을 둥그렇게 에워싸고 있었고 잡초와 이끼가 뒤덮여 있었다. 잡초와 이끼 사이로 그때와 비슷한 면적의 오솔길이 나 있었다. 또 무성하게 모인 나뭇잎이 그때처럼 하늘을 가리고 있었다. 그리고 왼쪽으로 삼각 등화대 두 개가 지키고 있는 건물, 바로 그 예배당이 보였다. 폴은 단번에 알아봤다.

예배당! 작고 낡았지만 육중해 보이는 저 예배당은 폴의 두뇌에 새겨진 주름처럼 건물 벽에 수많은 금이 가 있었다! 나무들은 자라고 무성해지면서 모양이 변했다. 빈터의 모습도 달라졌다. 길들도 전과는 다른 방식으로 얽혀 있었다. 자칫 못 알아보고 지나칠 수도 있었다. 그러나 화강암과 시멘트로 이루어진 예배당 건물은 변함없이 그대로였다. 예배당 건물이 푸르스름한 회색으로 돌에 시간의 흔적을 새기는 데는 수 세기가 걸렸을 것이다. 저 녹청색은 절대 변하지 않을 것이다.

정면에 삼각 박공이 새겨지고 장미창에 먼지가 낀 저 예배당에서 독일 황제가 불쑥 나왔고 이어서 그 여자가 나왔다. 여자가 10분 후에 폴의 아버지를 죽였던 그곳….

폴은 예배당 문 쪽으로 갔다. 아버지가 마지막으로 말을 건

넸던 그 장소를 다시 보고 싶었다. 감정이 북받쳤다! 폴과 아버지가 뒤에 자전거를 세워두었던 작은 지붕도 그대로였고 커다란 녹슨 자물쇠가 달린 목재 문도 그대로였다.

폴은 하나뿐인 계단을 올라갔고 걸쇠를 벗겨 문을 열었다. 그런데 폴이 안으로 들어가려던 바로 그 순간, 문 안쪽의 어둠 속에 숨어 있던 남자 두 명이 좌우에서 폴에게 달려들었다.

그중 한 명이 폴의 얼굴 한복판에 권총을 들이댔다. 폴은 총구를 알아보자마자 재빨리 몸을 숙인 덕에 기적처럼 총알을 피했다. 두 번째 총성이 울렸다. 그러나 폴은 남자를 제압해 총을 빼앗았다. 다른 남자 한 명이 칼로 위협했다. 폴은 뒷걸음질쳐 예배당을 나왔고 권총을 든 손을 뻗어 남자들을 겨누었다.

"손들어!" 폴이 큰 소리로 말했다.

폴은 두 남자의 반응을 기다리지 않고 자신도 모르게 방아쇠를 두 번 당겼다. 하지만 찰칵거리는 소리만 두 번 들렸을 뿐… 총성은 나지 않았다. 그러나 그것만으로도 놀란 괴한 두 명은 재빨리 뒤돌아서 죽을힘을 다해 달아났다.

폴은 갑작스러운 상황에 놀라 잠시 멍하게 있었다. 그러다 괴한 두 명이 도망친 쪽을 향해 다시 한 번 총을 발사했다. 물론 소용없었다. 원래부터 총알이 두 개만 장전되어 있던 총이라 찰칵 소리만 나는 것이다. 폴은 괴한 두 명이 도망친 방향으로 달리기 시작했다. 옛날에 황제와 여자가 예배당에서 나와 가던 길도 역시 이 방향이었다는 것이 기억났다.

괴한들은 곧 추격받는다는 사실을 알아차리고 숲으로 들어가 우거진 나무 사이로 몸을 숨겼다. 하지만 행동이 더 재빨랐던 폴은 그들을 앞질렀다. 괴한들이 나무딸기와 고사리로 둘러싸인 덤불숲으로 뛰어드는 동안 폴은 재빨리 우회해 달리기 시작했다.

갑자기 괴한 한 명이 날카롭게 휘파람을 불었다. 어딘가에 있는 일당에게 보내는 신호일까? 잠시 후 이들은 빽빽하게 우거진 관목림 너머로 모습을 감추었다. 뒤따라간 폴은 100여 걸음 앞에 서 있는 장벽 하나를 발견했다. 높은 장벽은 숲을 사방에서 막고 있었다. 괴한들은 그 장벽의 어느 한 곳에 있는 쪽문을 향해 도망쳤다.

폴은 괴한들이 쪽문을 열기 전에 먼저 도착하려고 애썼다. 평지가 나타난 덕에 폴은 더욱 속력을 낼 수 있었고 지친 괴한들은 점점 느려졌다.

"잡았다, 이놈들. 알아내고 말겠어⋯." 폴이 큰 소리로 말했다.

두 번째 휘파람에 이어 쉰 목소리로 외치는 소리가 들렸다. 폴과 괴한들의 거리는 서른 걸음을 넘지 않았다. 괴한들이 주고받는 말소리를 알아들을 수 있을 정도였다.

"잡았다, 잡았어." 폴은 신나서 같은 말을 반복했다. 총으로 괴한 한 명의 얼굴을 후려치고 다른 한 명은 목덜미를 잡아 제압해야겠다고 마음먹었다.

하지만 괴한들이 벽에 이르기도 전에 안쪽에서 쪽문이 열렸다. 열린 쪽문으로 제3의 인물이 나타나 이들에게 길을 터주었다.

폴은 권총을 내던지고 있는 힘을 다해 달려서 닫히는 문을 간신히 잡아당겼다.

하지만 폴은 무언가를 보고 놀라 뒤로 물러났고, 새로운 공격에서 자신을 지킬 생각밖에 하지 못했다. 정말 끔찍한 악몽이었다! 제3의 인물은…. 그래, 이것이 악몽이 아니면 무엇이겠는가. 제3의 인물은 칼을 번쩍 치켜들었다. 폴은 전에 봤던 그 얼굴을 알아보았다…. 그런데 제3의 인물은 남자였다. 남자의 얼굴은 그 여자와 너무나 닮았다…. 16년이 넘는 시간이 흐르는 동안 세월의 흔적이 묻고 더 냉혹하고 사악한 표정을 띠었지만, 그때의 그 얼굴임은 틀림없다…!

지금은 죽고 없는 여자가 폴의 아버지를 향해 칼을 내리친 것처럼 남자도 폴을 향해 칼을 내리쳤다.

폴 들로즈는 비틀거렸다. 난데없이 나타난 유령 같은 인물 때문에 신경이 뒤흔들릴 정도로 충격받았다. 상대가 휘두른 칼날은 윗옷 어깨끈의 단추에 부딪혀 깨져버렸다. 폴은 정신이 멍해졌고 눈앞에 안개가 낀 것처럼 가물거렸다. 폴의 귀에 문이 닫히는 소리, 열쇠가 자물쇠를 채우는 소리, 그리고 자동차에 시동이 걸리는 소리가 장벽 너머에서 들려왔다. 폴이 정신을 차렸을 때는 할 수 있는 게 아무것도 없었다. 제3의 인물과 괴한 두 명은 사정권을 벗어난 지 오래였다.

폴은 옛날에 보았던 여자와 오늘 본 인물이 그토록 닮은 점에 너무 놀라 현기증이 날 지경이었다. 폴의 머릿속에는 단 한 가지 생각만 떠올랐다. '당드빌 백작부인은 죽었어. 그런데 남자 모습으로 둔갑해 다시 나타났어. 지금까지 살아 있었으면 바로 그 얼굴이었을 거야. 그 남자는 친척일까? 아니면 숨겨진

남동생? 그것도 아니면 쌍둥이 남동생일까?'

폴은 생각을 이어갔다.

'혹시 그때 내가 잘못 본 건 아닐까? 심한 충격을 받은 탓에 환상에 사로잡혀 있던 건 아닐까? 그때의 일과 지금의 이 일이 조금이라도 관련 있다고 누가 확신할 수 있을까? 확실한 증거가 필요해.'

그 증거는 폴의 손길을 기다리고 있었다. 너무나 강력한 증거라 더는 의심할 필요도 없었다.

풀밭에서 부러진 단도를 발견한 폴은 단도 손잡이를 집어들었다. 뿔로 만들어진 손잡이에는 달군 쇠로 새긴 듯한 네 글자가 남아 있었다. H, E, R, M.

H.E.R.M이라…. 헤르민Hermine의 첫 네 글자가 아닌가…!

폴은 엄청난 의미를 띠는 네 글자를 유심히 살펴보았다. 바로 그 순간 인근 성당에서 기묘한 종소리가 울리기 시작했다. 폴은 이 일을 잊을 수 없었다. 끊임없이 울리는 종소리는 단조롭고 규칙적이면서도 경쾌하고 감동적이었다!

"경종이군." 폴은 별다른 생각 없이 중얼거렸다. "어디선가 불이라도 났나 보군."

10분 뒤, 폴은 늘어진 나뭇가지를 이용해 장벽을 넘는 데 성공했다. 또 다른 숲이 펼쳐졌고 숲길이 보였다. 자동차가 지나간 흔적을 따라 한 시간을 걷자 국경에 도착했다.

독일 군경대의 초소가 푯말 아래 서 있었고 창기병들이 새하얀 도로 위에서 행진 중이었다.

그 너머로 붉은색 지붕과 정원들이 모여 있는 모습도 보였다. 옛날에 아버지와 폴이 자전거를 빌렸던 작은 마을, 에브르쿠르트인가?

우수 어린 종소리는 계속 이어졌다. 종소리는 프랑스 쪽에서 들려왔는데 가만 들어보니 같은 방향에서 또 다른 종소리가 들려왔다. 이번에는 리즈롱 계곡 쪽에서 새로운 종소리가 들렸다. 세 곳에서 들려오는 종소리는 간절하게 사람을 부르듯 연달아 울렸다.

폴은 불안해하며 중얼거렸다.

"경종… 경종이야…. 성당에서 성당으로 퍼져가고 있어…. 그렇다면…?"

하지만 애써 불안한 생각을 떨쳐냈다. 아니, 잘못 들은 것이 틀림없다. 한군데서 나는 종소리가 계곡에서 튕겨 들판으로 메아리처럼 퍼져가는 것일지도 모른다.

폴은 독일의 작은 마을에서 뻗어나온 하얀 길을 바라보았다. 줄기차게 모여든 기병대가 점차 평야 지대로 퍼지고 있었다. 그런가 하면 저쪽 능선에선 프랑스 용기병이 불쑥 솟아올랐다. 장교로 보이는 사람은 망원경으로 지평선을 살펴보더니 부하들과 함께 출발했다.

더 멀리 갈 수 없는 상황이라 폴은 아까 넘어왔던 장벽으로 다시 돌아갔고 그제야 장벽이 영지, 숲, 정원 전체를 둘러싸고 있다는 사실을 깨달았다. 어느 나이 많은 농부가 말하길 장벽이 세워진 때는 대략 12년 전이라고 한다. 폴이 국경선을 따라 아무리 가봐도 예배당을 찾을 수 없었던 이유는 이 장벽 때문이었다. 누군가 딱 한 번, 닫힌 영지 안에 예배당이 있다는 이야기를 했던 게 기억났다. 당시 폴이 어떻게 그 일에 신경 썼겠는가?

폴은 장벽을 따라 오르느캥의 한 마을로 다가갔다. 그곳 성당은 숲 안쪽의 빈터에 있었다. 어느 순간 들리지 않던 종소리가 다시 울리기 시작했는데 이번에는 매우 또렷했다. 오르느캥의 종소리였다. 가냘프면서도 왠지 애원하는 듯한 처절한 종소리였다. 가볍고 다급하게 울렸지만 죽은 자를 기리는 종소리보다 더 엄숙했다. 폴은 종소리가 나는 쪽으로 향했다….

제라늄과 데이지 꽃이 만발한 예쁜 마을이 성당을 중심으로 형성되어 있었다. 면사무소에 설치된 게시판 앞에 선 사람들은 하나같이 말이 없었다. 폴은 게시판으로 다가갔다.


동원령


다른 시기였다면 동원령이라는 단어가 아주 무시무시하고 우울한 의미로 생각되었을 것이다. 하지만 지금까지 받은 충격이 너무 컸던 탓인지 동원령만으로는 별다른 감정의 동요가 일어나지 않았다. 폴은 동원령이 어떤 결과를 낳을지 신경 쓰이지 않았다. 동원령은 오늘 밤 자정부터 시작된다고 했다. 모두 떠나야 했다. 폴도 떠날 것이다. 동원령은 폴에게 절대적인 행동이자 소소한 개인적인 욕구와 책임보다 우위에 있는 의무로 다가왔다. 폴은 외부의 명령으로 행동 지침을 받으니 오히려 편안한 기분이 들었다. 지금의 의무는 바로 떠나는 것이다!

떠난다고? 그렇다면 즉각 떠나지 못할 이유가 무엇인가? 성으로 돌아가 엘리자벳을 만나서 고통스럽고 아무 소용도 없는 설명을 하려 해봐야 무슨 의미가 있는가? 엘리자벳이 청하지도 않은 용서를 해줄지 말지가 무슨 의미가 있는가? 헤르민 당드빌의 딸을 받아들일 수 있겠는가?

제일 큰 여인숙 앞에 합승마차가 대기하고 있었다. 합승마차 문에는 다음과 같이 적힌 푯말이 있었다.

코르비니 ― 오르느캥 ― 열차역 수송 업무

몇몇 사람이 마차에 타고 있었다. 폴은 상황이 어떻게 흘러갈지 더 이상 생각하지 않고 마차에 올랐다.

기차는 코르비니 역에서 30분 후에야 출발하며 주요 노선 급행열차와 환승하는 밤 열차는 취소되었다는 안내가 나왔다.

폴은 좌석을 예약하고 필요한 정보를 얻은 후 마을로 돌아왔고 그곳에서 자동차 두 대를 갖추고 있는 대여 사무실로 갔다.

폴은 대여업자와 이야기를 나누었고 가장 큰 차를 오르느캥 성의 폴 들로즈 부인에게 보냈다.

폴은 아내에게 이런 메모를 남겼다.

엘리자벳,

상황이 심각해 당신이 오르느캥을 떠나야 할 것 같습니다. 기차로 가는 것은 더 이상 안전하지 못해 자동차를 보냅니다. 오늘 밤 당신을 고모님 댁이 있는 쇼몽으로 안내해줄 겁니다. 하인들도 당신과 함께 갔으면 합니다. 전쟁이 일어나면 제롬과 로잘리는 성문을 닫고 코르비니로 피신해야 할 거예요.

나는 소속 부대로 복귀할 거예요. 우리의 미래가 어떻든 간에, 엘리자벳, 나의 아내이자 나의 성을 가진 당신을 잊지 않을 것입니다.

—P. 들로즈

# 4
## 엘리자벳의 편지

오전 9시. 진지는 더 이상 버틸 수가 없었다. 대령은 노발대발했다.

한밤중부터, 그러니까 전쟁이 발발한 첫 달인 8월 22일에 일어난 일이다. 대령은 연대를 세 갈래 길이 만나는 교차로로 이동시켰는데 그중 한 길은 벨기에의 룩셈부르크로 통했다.

전날, 12킬로미터 정도의 국경 지대가 적의 손에 넘어갔다. 사단을 지휘하는 장군의 공식 명령은 정오까지 그곳을 사수해야 한다는 것이었다. 즉, 전 사단이 집결할 때까지는 사수해야 한다. 75밀리 포병 중대가 연대를 지원하고 있었다.

대령은 부하들을 참호 속에 배치했다. 포병대도 들키지 않게 숨어 있었다. 하지만 날이 밝자마자 연대와 포병대는 적에게 들켜 포탄 세례를 받았다.

부대는 오른쪽으로 2킬로미터 이동했다. 5분 후 다시 포탄이 날아왔고 병사 대여섯 명과 장교 두 명이 목숨을 잃었다.

또 한 번 이동했다. 10분 후 또다시 공격이 시작되었다. 대령은 버텼다. 한 시간 후 서른 명의 사상자가 나왔다. 대포 하나는 아예 파괴되었다.

이때가 겨우 오전 9시였다.

"젠장! 놈들이 우리가 있는 곳을 어떻게 알아낸 거야? 요술이라도 부린 건가?" 대령이 소리쳤다.

대령은 지휘관들, 포병 중대장, 연락병 몇 명과 함께 기복이 있는 고지대 아래 비탈길에 숨었다. 멀지 않은 왼쪽에는 버려진 마을이 하나 있었고, 전방에는 농장들이 드문드문 펼쳐져 있었다. 황량한 풍경 어디에서도 적의 모습은 전혀 보이지 않았다. 포탄이 어디서 왔는지는 알 수 없었다. 75밀리 포병 중대 역시 이곳저곳을 뒤졌지만 소용없었다. 적의 포격은 계속됐다.

"세 시간은 버텨야 해. 하지만 우리 쪽 병력의 4분의 1은 없어질 거야." 대령이 으르렁거렸다. 바로 그때 포탄 하나가 장교들과 연락병 사이로 날아들어 땅속에 처박혔다. 모두 놀라서 뒤로 물러났다. 그런데 하사 한 명이 달려들어 포탄을 잡고 살폈다.

"미쳤나, 하사! 내려놓고 도망쳐!" 대령이 소리쳤다.

하사는 포탄을 조심스럽게 구멍 속에 내려놓고는 서둘러 대령에게 다가와 발꿈치를 모으고 군모에 손을 올려 경례했다.

"죄송합니다, 대령님. 포탄을 통해 적이 어디쯤 있는지 알아보려고 했습니다. 5250미터입니다. 쓸 만한 정보일 것입니다."

하사의 침착한 태도에 대령은 안심했으나 호통을 쳤다.

"이런! 포탄이 터지기라도 했으면 어쩔 뻔했나?"

"상관없습니다! 대령님, 누군가 위험을 무릅쓰지 않으면…."

"그렇긴 하지…. 하지만 어쨌든 위험한 행동이었어. 그런데 자네 이름이 뭔가?"

"폴 들로즈, 3중대 하사입니다."

"좋아, 들로즈 하사. 자네의 용기는 높이 평가하지. 중사 계급장 달 날이 머지않은 것 같군. 그러나 충고하는데 다시는 그런 짓은 하지 말…."

유산탄이 근처로 날아와 폭발하는 바람에 대령은 말을 끝맺지 못했다. 연락병 한 명이 가슴에 파편을 맞았고 장교 한 명은 흙더미를 뒤집어쓴 채 비틀거렸다.

"자, 무조건 고개를 숙이고 버틸 수밖에 없다. 각자 최대한 몸을 피하도록. 버티자." 사태가 수습되자 대령이 말했다.

폴 들로즈가 다시 앞으로 나왔다.

"대령님, 끼어들어 죄송하지만 피할 수도 있으리라 생각합니…."

"집중포화를 피한다고? 제길! 위치를 한 번 더 바꿀 수밖에 없어. 하지만 곧바로 들킬 것이다…. 자, 제자리로 돌아가도록."

그러나 폴은 물러서지 않았다.

"우리 위치를 바꾸는 게 아니라 적의 조준을 다른 곳으로 돌리는 겁니다."

"오호라! 방법이라도 있나?" 대령이 다소 빈정대는 말투로 말했다. 그러나 대령은 내심 폴의 침착한 태도에 깊은 인상을 받았다.

"예, 대령님."

"설명해보게."

"대령님, 제게 20분의 시간을 주십시오. 20분 안에 적의 포탄 방향이 달라질 것입니다."

대령은 미소 짓지 않을 수 없었다.

"완벽해! 하사가 원하는 대로 적의 포탄 방향을 돌릴 수 있다는 거지?"

"예, 대령님."

"저기 오른쪽으로 150미터 떨어진 무밭 쪽으로 말인가?"

"예, 대령님."

이야기를 듣고 있던 포병 중대장도 농담 삼아 이야기했다.

"하사, 자네가 아까 적의 거리를 알려주었으니 이제는 직접 가서 방향까지 짚어줄 수 있겠나? 나도 방향은 대충 알지만 말이야. 그럼 내가 대포로 독일 놈들의 대포를 정확히 쏴 부숴버리겠어."

"시간도 오래 걸리고 어려울 겁니다, 대위님. 하지만 해보겠습니다. 11시 정각에 국경선 쪽으로 지평선을 잘 살펴보십시오. 거기서 제가 신호를 보내겠습니다." 폴이 말했다.

"어떤 신호?"

"글쎄요. 아마 신호탄 세 번…."

"하지만 적진 바로 위에서 쏘지 않으면 자네 신호는 별 소용이 없을 거야…."

"그렇긴 합니다."

"그러려면 적진의 위치를 알아야 해."

"제가 알아내겠습니다."

"직접 가서…?"

"직접 가겠습니다."

폴은 장교들이 허락하거나 말릴 틈도 없이 경례하고 그 자리에서 돌아섰다. 얼른 비탈길을 달려 왼쪽 숲 속 가시덤불 주위에 있는 오목한 길로 들어가 사라졌다.

"괴짜군. 어쩌려는 걸까?" 대령이 중얼거렸다.

대령은 젊은 하사의 결단력과 대담함이 마음에 들기는 했다. 대령은 하사의 시도가 성공하리라고 생각하진 않았지만 장교들과 함께 건초더미 뒤에서 웅크리고 몸을 숨기는 동안 몇 번이고 손목시계를 살폈다. 위급한 순간에도 대령은 단 한 순간도 자신의 안위를 생각하지 않았고, 자식처럼 아끼는 부하들에게 닥칠 위험만 생각했다.

대령은 부하들을 바라봤다. 부하들은 머리를 배낭으로 가린 채 그루터기마다 흩어져 덤불 속에 웅크리고 있거나 구덩이 속에 엎드려 있었다. 부하들을 노리는 포탄 세례가 우박처럼 떨어졌다. 마치 마지막으로 모든 것을 없애 버리려는 듯했다. 병사들의 몸이 공중으로 솟아올랐다가 빙그르르 돌며 땅에 떨어져 미동도 하지 않았다. 부상자들이 울부짖는 소리, 이런 때에도 큰 소리로 농담을 주고받는 병사들…. 포탄은 이들 위로 계속해서 떨어졌다.

그러다가 갑자기 조용해졌다. 완전한 적막이 찾아왔다. 허공과 지상에 결정적인 적막이 찾아와 안정감이 자리를 잡았다. 일종의 해방이나 다름없는 적막이었다. 대령은 웃음을 터뜨리며 기뻐했다.

"이런, 세상에! 들로즈 하사, 정말 끈질긴 친구군. 이젠 무밭이 포탄 세례를 받을 차례야…. 하사가 약속한 대로 말이야."

정말로 오른쪽 150미터에 포탄 하나가 떨어졌다. 무밭보다 앞쪽에 떨어졌다. 두 번째 포탄은 더 멀리 떨어졌다. 세 번째부터는 정확하게 조준이 되었는지 무밭 위로 포탄 세례가 시작되었다.

하사가 이룬 일은 엄청나게 기적적이고 수학적으로 정확하기까지 해서 대령과 장교들은 아무리 큰 장애가 있더라도 하사가 신호탄을 보내는 일도 성공하지 않을까 하는 기대를 품었다.

모두 즉시 망원경으로 지평선을 훑어보았다. 그동안 적군은 무밭에 더욱 집중 포격을 했다.

오전 11시 5분, 붉은 신호탄 하나가 보였다.

생각했던 지점보다 좀 더 오른쪽에서 신호탄이 올라왔다.

이어서 신호탄 두 발이 더 보였다.

포병 중대장은 망원경을 보다가 곧바로 성당의 종탑을 발견했다. 성당의 종탑은 평지의 기복 사이에 움푹 들어간 계곡에서 거의 보일 듯 말듯 솟아올라 있었다. 종탑이라고는 하지만 외딴 나무처럼 보였다. 지도를 보면 종탑이 브뤼프와 마을에 있음을 쉽게 확인할 수 있었다. 하사가 조사한 포탄을 통해 독일 포병대의 정확한 거리를 알았기에 대위는 곧장 부관에게 전화를 걸었다.

30분이 지나자 독일 포병대가 조용해졌다. 네 번째 신호탄이 솟아오르자 75밀리 포병 중대가 성당과 마을, 그 주변 지역을 향해 포탄을 쏘았다.

정오가 조금 안 된 시각, 사단 병력을 앞서간 자전거 부대가 합류했다. 전속력으로 나아가라는 명령이 떨어졌다.

부대는 다소 걱정하며 진격했다. 총격을 가하며 브뤼므와로 다가갔다. 적군의 후방 부대는 후퇴했다.

폐허가 된 마을에는 몇몇 집이 불타고 있었고 시신, 부상자, 죽은 말들, 부서진 대로, 뒤집어진 탄약 수송차와 화물차들로 아수라장이었다. 일개 여단 규모의 병력이 막 철수할 순간에 진격이 이루어져 여단 부대 전체가 당혹스러움에 휩싸였다.

그런데 중앙 홀과 외벽이 부서져 형체를 알 수 없는 성당의 꼭대기에서 누군가의 고함이 들렸다. 빛이 드는 종탑 하나가 들보에 불이 붙어 시커멓게 그을린 채 기적처럼 균형을 유지하면서 꼭대기의 가는 석조 첨탑을 지탱하고 있었다. 그 첨탑 밖으로 어느 농부가 반쯤 매달려 팔을 흔들어 외치며 주의를 끌었다.

장교들은 그 사람이 폴 들로즈임을 알아봤다.

병사들은 폐허 속에서 조심스럽게 계단을 올라갔다. 종탑의 평평한 부분으로 연결되는 계단이었다. 첨탑의 쪽문 앞에는 독일 병사의 시신 여덟 구가 쌓여 있었다. 부서진 문은 가로질러 떨어져 있어서 길을 방해했다. 병사들은 그 문을 도끼로 부수고 난 후 폴을 끄집어낼 수 있었다.

오후가 저물 무렵, 적을 더 추격했다가는 심각한 저항에 맞닥뜨리리라고 생각한 대령은 부대를 광장에 소집한 후 들로즈 하사를 껴안았다.

"먼저 하사의 공을 치하하네. 훈장을 신청해놓았네. 하사는 받을 자격이 충분하지. 자, 이제 설명 좀 해보게."

폴은 자신을 둘러싼 장교들과 상관들의 질문에 대답했다.

"간단합니다, 대령님. 그동안 우리는 염탐을 당하고 있었습니다."

"그렇군. 하지만 누가 염탐꾼이고, 염탐꾼은 지금 어디에 있나?"

"대령님, 저도 우연히 알았습니다. 오늘 아침 우리가 거점으로 삼은 곳 왼쪽에 성당이 있는 마을이 있지 않았습니까?"

"그렇지. 하지만 그곳에 도착하자마자 마을 주민을 모두 철수시켰기 때문에 아무도 없지 않은가."

"성당에 아무도 없었다면 어째서 서풍인데도 종탑 위의 수탉이 동쪽을 가리켰을까요? 왜 위치를 바꿀 때마다 수탉의 방향이 우리를 향했을까요?"

"정말인가?"

"예, 대령님. 그래서 대령님의 허락을 받자마자 저는 서둘러 성당으로 들어가 종탑 안으로 몰래 들어갔습니다. 제 생각이 맞았습니다. 남자 한 명이 있었습니다. 격투 끝에 그 남자를 제압하는 데 성공했습니다."

"나쁜 놈, 프랑스인이었나?"

"아닙니다, 농부로 변장한 독일인이었습니다."

"그놈은 총살감이다."

"아닙니다, 대령님. 제가 목숨은 살려주겠다고 약속했습니다."

"그럴 수는 없지."

"대령님, 그자가 적과 어떻게 교신했는지 알아내야 했습니다."

"그래서?"

"오! 복잡하지 않았습니다. 성당의 북쪽에는 대형 시계가 있습니다. 우리가 보지 못한 시계입니다. 그자는 시계 안에서 큰 바늘을 작동시켜 3시와 4시를 번갈아 가리키며 성당에서 우리가 있는 곳까지의 거리를 정확히 알려준 것입니다. 수탉이 가리키는 방향과 함께 말이지요. 저도 같은 방법을 써서 적의 조준 방향을 바꾸어 무밭에 사격하게 했습니다."

"그런 것이로군." 대령이 웃으며 말했다.

"남은 일은 첩자의 메시지를 받을 수 있는 제2 관측소로 가는 일이었습니다. 적의 포병대가 어디에 있는지는 그 첩자도 자세히 모르고 있어서 제가 직접 관측소로 가야 알 수 있다고 생각했습니다. 그래서 여기까지 달려왔고 관측소 역할을 하는 성당의 발치 아래에 적의 포병대와 독일 여단 전체가 있다는 사실을 확인했습니다."

"그래도 정말 무모한 행동을 했어! 적들이 하사에게 발포했으면 어쩔 뻔했나?"

"대령님, 저는 저들의 첩자가 입었던 옷을 입고 있었습니다. 독일어도 할 줄 알고 암호도 알고 있었습니다. 그리고 첩자의 얼굴을 아는 사람은 독일의 관측장교뿐이었습니다. 저는 여단장을 만나 프랑스인들에게 발각되어 겨우 도망쳐오는 길이라고 했더니 의심 없이 저를 관측장교에게 데려갔습니다."

"자네 정말 대담하군그래?"

"그럴 수밖에 없었습니다, 대령님. 그리고 저는 유리한 열쇠를 쥐고 있었습니다. 관측장교는 아무 의심도 하지 않았습니다. 제가 종탑에 올라가자 관측장교는 이런저런 지시를 전달했습니다. 저는 어렵지 않게 그 관측장교도 제압해버렸습니다. 일단 여기까지는 임무를 완수했습니다. 이제 남은 일은 약속한 대로 신호탄을 쏘아 올리는 것이었습니다."

"바로 그거야! 6000~7000명의 적군 한가운데서 말이야."

"약속했으니까요, 대령님. 그때 시각이 11시였습니다. 종탑의 전망대에는 밤이든 낮이든 아무 때나 신호탄을 쏠 수 있도록 필요한 도구가 전부 있었습니다. 저는 이용하기만 하면 되었지요. 신호탄을 쏘아 올리고, 이어서 두 번째, 세 번째, 네 번째 신호탄을 쏘아 올렸습니다. 그리고 전투가 시작되었습니다."

"하지만 그 신호탄은 하사가 있던 종탑을 향해 우리 포병대가 조준하라는 의미 아니었나? 결국 우리는 하사를 향해 총을 쏜 셈이었군!"

"아! 대령님, 그때는 그런 생각을 하지 못했습니다. 첫 번째 포탄이 성당에 맞았을 때 저는 환호했습니다. 그리고 적들 사이에 있다 보니 그런 생각을 할 시간이 없었습니다! 곧바로 대여섯 명의 적군 병사들이 탑을 올라왔습니다. 저는 권총으로 몇 명을 쓰러뜨렸습니다. 하지만 계속해서 적들이 올라왔습니다. 첨탑의 울타리와 연결된 문 뒤로 피신할 수밖에 없었습니다. 적군 병사들이 문을 부숴 아래로 떨어뜨린 바람에 그 문이 바리케이드 역할을 해주었습니다. 또 제가 앞서 쓰러뜨린 적군에게서 빼앗은 무기와 탄약이 있었기에 어렵지 않게 버틸 수 있었습니다."

"우리의 75밀리 포병 중대가 하사에게 포격을 날리는 동안 말이지."

"우리 75밀리 포병 중대가 저를 해방하는 동안이었습니다, 대령님. 성당이 무너지고 골조가 불에 휩싸이자 적들이 더는 종탑으로 올라오지 않았습니다. 그 덕에 우리 쪽 군이 올 때까지 기다릴 수 있었습니다."

폴 들로즈는 당연히 해야 할 일을 했다는 듯 담담하게 이야기했다. 대령은 다시 한 번 폴의 용기를 칭찬했고 중사 계급으로의 승진을 약속했다. 이어서 대령이 물었다.

"내게 더 부탁할 일은 없는가?"

"있습니다, 대령님. 제가 남기고 온 독일인 첩자를 직접 신문하고, 또 숨겨둔 제복을 다시 찾아오고 싶습니다."

"물론 그렇겠지. 우리와 함께 저녁 식사를 한 다음, 자전거를 줄 테니 다녀오게."

저녁 7시에 폴은 첫 번째 성당으로 돌아왔다. 그러나 폴을 기다린 것은 엄청난 실망이었다. 첩자가 결박을 풀고 달아난 것이다. 폴이 성당과 마을을 샅샅이 뒤졌지만 소용없었다. 그런데 폴이 첩자를 덮친 곳에서 멀지 않은 계단에서 어떤 단도를 주웠다. 첩자가 폴을 찌르려고 했던 단도였다.

그 단도는 폴이 3주 전에 오르느캥 숲 쪽문 앞 풀밭에서 주웠던 단도와 똑같았다. 삼각형의 날, 갈색 뿔로 만들어진 손잡이, 손잡이 위에 새겨진 네 글자인 H.E.R.M까지….

폴의 아버지를 살해한 헤르민 당드빌과 꼭 닮은 그 남자와 이번의 첩자는 모두 같은 무기를 사용한 것이다.

다음 날 폴의 부대가 속한 사단은 적을 제압한 후 공격을 계속했고 벨기에에 입성했다. 그런데 그날 밤, 장군은 후퇴하라는 명령을 받았다.

퇴각이 시작되었다. 퇴각은 모두에게 아쉬움을 주었다. 특히 첫 승리를 거둔 폴의 부대에는 매우 안타까운 일이었다. 제3중대의 폴과 동료는 매우 안타까워했다. 벨기에에 입성해 반나절을 보내는 동안 폴과 동료는 독일군이 초토화한 어느 작은 마을의 비참한 광경을 목격했기 때문이다. 총살당한 여든 구의 여성 시신, 거꾸로 매달려 죽은 노인들, 무더기로 목이 졸린 아이들. 이런 짓을 저지른 괴물들을 두고 퇴각하다니!

벨기에 군인들이 폴의 부대에 합류했다. 벨기에 군인들은 직접 목격한 끔찍한 광경에 충격받은 얼굴로 상상을 뛰어넘는 잔인한 경험담을 들려주었다! 가슴에 증오심이 들끓고, 반드시 복수하겠다는 마음으로 떨리는 손으로 무기를 쥔 이런 상황에서 퇴각해야 하다니.

도대체 왜 퇴각하는 걸까? 전투에 패했기 때문은 아니다. 후퇴라고 하기에는 아주 질서정연했고, 갑자기 멈추고 방향을 틀어 우왕좌왕하는 적과 맞서고 있었기 때문이다. 그러나 적의 수는 계속 늘어났고 끊임없이 저항했다. 많은 수의 적이 계속 재정비됐다. 1000명이 죽으면 3000명이 보강되었다. 그래서 후퇴하는 것이다.

어느 날 저녁, 폴은 일주일 전 신문을 읽다가 이번에 퇴각한 이유 중 하나를 알게 되었는데 매우 곤란한 사정이 있었다. 8월 20일, 도저히 설명할 수 없는 상황에서 몇 시간 동안 이어진 포격 후 코르비니가 공격을 당했다. 매우 탄탄한 요새로 최소 며칠만 버텨주면 폴의 군대가 독일군의 좌측을 공격하는 작전에 큰 도움이 될 수 있었으나 사정은 그렇게 돌아가지 않았다. 코르비니는 결국 함락되었고 오르느캥 성도 파괴되었다. 아마도 폴의 지시에 따라 제롬과 로잘리는 성을 떠났을 것이다. 성은 야만스러운 독일군의 교묘한 파괴 수단에 의해 약탈당하고 유린당했다. 광기에 사로잡힌 야만스러운 무리가 그쪽으로 몰려든 것이다.

8월의 끝자락은 프랑스가 겪은 최악의 비극들로 우울한 나날이 계속됐다. 파리는 위태로운 상태에 처했다. 이미 열두 개의 도가 침략당했다. 죽음의 바람이 영웅적인 나라에 불어닥친 것이다.

이렇게 참혹한 나날을 보내던 어느 날 아침, 폴은 뒤에 있던 젊은 병사들 사이에서 자신을 부르는 쾌활한 목소리를 들었다.

"폴! 폴! 드디어 내가 원하는 곳에 왔어요! 얼마나 기쁜지 몰라요!"

젊은 병사들은 자원병들로 부대에 보충되었는데 폴은 그중에서 엘리자벳의 남동생인 베르나르 당드빌을 바로 알아보았다.

폴은 어떤 태도를 보여야 할지 생각할 시간이 없었다. 폴은 우선 모른 척하기로 했다. 그런데 베르나르가 폴의 두 손을 따뜻하고 다정하게 꼭 쥐었다. 베르나르는 폴과 엘리자벳의 결별에 대해서 아무것도 모르는 듯했다.

"역시, 폴이었군요. 나예요. 이제 말을 편히 해도 되겠지요? 자, 나예요. 놀랐나 보네요? 신의 섭리로 이렇게 만났다고 생각하고 있지요? 우연히 만났다고 생각하겠지요? 같은 부대에서 매형과 처남이 만나다니…! 그런데 특별히 내가 부탁해서 여기에 온 거예요. '저는 군에 자원입대합니다. 제 의무로 여기며 기쁘게 입대합니다. 최고의 운동선수이자 모든 체육 활동과 군사 훈련에서 우수한 성적을 받았기에 최전선에 배치되고 싶으며 매형인 폴 들로즈 하사가 소속된 부대에 배치되고 싶습니다'라고 말했어요. 내 능력을 무시할 수 없었는지 이리로 날 보내주었어요…. 그런데 왜 그래요? 별로 기뻐하는 것 같지 않군요."

베르나르가 활달하게 말했다.

폴은 거의 듣고 있지 않았다. 속으로 이렇게 생각할 뿐이었다. '헤르민 당드빌의 아들이야. 내 손을 잡고 있는 이자가 우리 아버지를 죽인 여자의 아들이야….' 그러나 베르나르의 솔직하고 쾌활한 표정을 본 폴은 이렇게 말했다.

"아니야, 기뻐…. 다만 자네가 너무 어려서!"

"내가요? 나이 꽤 먹었어요. 입대하던 날에 열일곱 살이었거든요."

"장인어른은?"

"아버지가 허락해주었어요. 만일 그러지 않았다면 저도 아버지를 허락하지 않았을 거예요."

"무슨 소리지?"

"아버지도 입대하셨거든요."

"아버님이 입대를… 그 연세에?"

"어때서요? 아직 정정하세요. 입대하시던 날 쉰 살이셨으니까요! 아버지는 영국 참모 본부의 통역관으로 배속되셨어요.

모든 가족이 군에 들어오게 된 셈이지요…. 아! 깜빡할 뻔했네. 매형에게 누나가 편지를 전해달라고 했어요."

폴은 움찔했다. 베르나르에게 아내의 안부를 묻고 싶지 않아서였다. 폴은 편지를 받으며 중얼거렸다.

"아! 누나가 자네에게 이걸 맡겼군…."

"아니에요, 누나가 오르느캥에서 보낸 편지예요."

"오르느캥? 말도 안 돼! 엘리자벳은 동원령이 있던 저녁에 쇼몽에 있는 고모님 댁에 갔을 텐데."

"아니에요. 난 고모님에게 작별 인사를 했어요. 고모님은 전쟁이 발발한 날부터 누나의 소식은 전혀 듣지 못하셨대요. 여기 봉투 좀 보세요. '폴 들로즈 앞. 당드빌 앞으로 전함. 파리.' 소인도 오르느캥과 코르비니에서 찍힌 거예요."

폴은 봉투를 본 후 중얼거렸다.

"정말 그렇군. 우체국 소인 날짜도 8월 18일이야. 8월 18일…. 코르비니는 이틀 뒤인 8월 20일에 독일군에게 함락되었어. 엘리자벳은 아직도 성에 있는 거야."

"설마 그럴 리가요. 누나는 어린아이가 아니에요. 국경과 아주 가까운 그곳에서 독일 놈들을 기다리기야 했겠어요? 첫 총성이 울렸을 때 누나는 성을 떠났을 거예요. 편지에 적혀 있겠지요. 읽어보세요."

폴은 편지로 알게 될 내용이 무엇인지 짐작할 수 없었다. 폴은 떨리는 손으로 봉투를 뜯었다. 엘리자벳이 보낸 편지 내용은 다음과 같았다.

폴, 오르느캉을 떠날 수 없어요. 어머니에 대한 기억을 해결해야 한다는 의무감이 내 발을 붙잡고 있어요. 이해해주겠지요, 폴. 어머니는 제게 가장 순수한 분이세요. 나를 품에 안아 재워주시고 아버지가 깊은 애정을 품고 계신 분이세요. 그런 어머니를 의심의 대상으로 놔둘 수 없어요. 당신이 어머니를 비난했으니 나는 당신에게서 어머니를 지키고 싶어요. 나야 증거가 없어도 어머니의 결백을 믿지만, 당신도 어머니를 믿을 수 있도록 증거를 찾을 거예요. 오직 이곳에서밖에 증거를 찾을 수 없을 듯해요. 그래서 이곳에 남을 생각이에요. 제롬과 로잘리도 적이 다가온다는 사실을 알지만 이곳에 남기로 했어요. 용감한 사람들이에요. 나는 혼자가 아니니 당신은 아무런 걱정도 할 필요가 없어요.

— 엘리자벳 들로즈

폴은 편지를 접었다. 폴의 안색이 백지장처럼 창백해졌다.

베르나르가 물었다. "누나가 아직 그곳에 있는 건 아니지요?"

"그곳에 있어."

"제정신이 아니군요! 어떻게! 그런 괴물들과 마주치면 어쩌려고…! 고립된 성에서…. 폴, 누나는 어떤 위험이 다가올지 모르는 게 아니잖아요. 왜 못 떠나는 걸까요? 아! 큰일이군요…!"

폴은 얼굴을 찌푸리고 주먹을 쥔 채 아무 말도 하지 않았다….

# 5
# 코르비니의 시골 아낙네


전쟁이 선포되기 3주 전, 폴은 즉각 자살하겠다고 결심했다.

비극적인 인생, 마음 깊이 줄곧 사랑해온 여인과의 비극적인 결혼, 오르느캥에서 얻은 확신, 이 모든 것들 때문에 극도로 정신이 혼란해진 폴은 죽음을 은혜라고 생각했다.

그런 폴에게 전쟁은 죽음을 즉각 가져다줄 기회로 다가왔다. 첫 몇 주 동안 있었던 일, 예를 들어 동원령, 병사들의 열정, 프랑스의 훌륭한 단결, 애국심 같은 위대한 것들은 폴의 관심사가 아니었다. 감동적이고 진지하며 원대하고 훌륭하지만 말이다. 폴은 그 어떤 기적도 목숨을 구해줄 수 없을 만큼 무모한 행동에 적극 나서겠다고 결심했다.

전투 첫날 폴은 원하던 기회를 찾았다고 믿었다. 성당의 종탑에 들어가 첩자를 잡고 사지에 뛰어들었다. 용감하게 갔다. 임무를 분명히 알고 있었기에 그토록 신중하고 용감하게 행동할 수 있었다. 죽더라도 임무를 완수하고 죽겠다는 각오였다. 그러다 보니 폴은 자신의 행동과 그 행동으로 얻은 성취에서 생각지 못한 묘한 기쁨을 맛보았다.

첩자가 사용한 단도를 발견한 폴은 깜짝 놀랐다. 첩자, 그리고 전에 폴을 찌르려 한 괴한 사이에는 어떤 관계가 있을까? 16년 전에 죽은 당드빌 백작부인과는 어떤 관계가 있을까? 이 세 명은 어떤 보이지 않은 끈으로 묶여 있는 걸까? 배신과 염탐이라는 각기 다른 모습으로 폴에게 다가온 이 세 명이 말이다.

무엇보다도 폴에게 충격적이었던 것은 엘리자벳의 편지다. 엘리자벳은 성 주변의 포탄, 총알, 피비린내 나는 싸움, 약탈자들의 광기와 만행 사이에 놓여 있다! 젊고 아름다운 엘리자벳은 거의 홀몸으로 아무런 방어책 없이 그곳에 있다! 폴이 엘리자벳을 다시 만나서 데려올 용기가 없었기에 엘리자벳은 여전히 그 성안에 있는 것이다!

폴은 절망했다. 이 절망감에서 벗어나기 위해 또 다른 위험 속에 뛰어들었다. 사정을 모르는 동료는 폴이 미친 듯한 모험을 이어갈 때마다 그가 보여주는 침착한 용기와 지독한 집념에 놀라며 대단하게 생각했다. 폴은 죽음을 추구하는 과정에서 죽음을 개의치 않는 것에 어떤 희열을 느끼는 것인지도 몰랐다.

9월 6일이 되었다. 사령관이 불멸의 연설을 남기고 적에게 돌진하라는 명령을 내린 기적 같은 날이었다. 너무나 잔혹하고 안타까웠던 퇴진이 끝을 맺었다. 완전히 기진맥진한 병사들은 며칠째 수적으로 밀린 싸움을 하면서 잘 시간, 먹을 시간도 없이 막막한 행군만 계속했다. 차라리 참호 속에 누워 죽음을 기다리는 편이 나을 것 같았다…. 그런 병사들에게 마침내 명령이 떨어진 것이다.

"제자리에서! 뒤로 돌아! 적을 향해 돌진!"

병사들은 뒤로 돌았다. 기진맥진해 있던 병사들도 다시 힘을 얻었다. 보잘것없는 졸병에서 명성을 얻은 병사에 이르기까지, 모두가 의지를 불태우며 프랑스의 구원을 책임진 듯 열심히 싸웠다.

숭고한 영웅들인 모든 병사는 승리가 아니면 목숨을 내놓으라는 명을 받았다. 그리고 마침내 승리를 거두었다.

용감한 이들 중에서도 단연 빛나는 사람은 폴이었다. 무엇을 하든, 무엇을 돕든, 무엇을 시도하든, 무엇에 성공하든 폴은 이 모든 것이 현실의 한계를 초월했다고 생각했다. 6일, 7일, 8일, 그리고 11일에서 13일까지, 피로가 한계에 달하고 수면도 식량도 부족해 인간이 버틸 수 있는 상태를 뛰어넘었지만 폴은 전진하고, 또 전진하고, 끝까지 전진해야 한다는 것 외에는 아무것도 느끼지 못했다. 어둑한 곳이든 태양이 빛나는 곳이든, 마른 강가든 아르곤 협곡이든, 국경 강화를 위해 북쪽이나 동쪽으로 나아가든 바짝 엎드려 잠을 자든, 진흙투성이 속을 기어가든 서서 가든, 폴은 총검을 갖춘 채 끊임없이 전진했다. 그렇게 전진하는 발걸음마다 해방이 되고 정복이 되었다.

한 걸음 내디딜 때마다 폴의 증오심은 커져만 갔다. 오! 아버지가 어째서 저 독일 놈들을 혐오했는지 이해할 수 있다! 폴은 오늘 저들의 만행을 보았다. 저들이 지나간 곳은 어김없이 파괴와 광적인 유린의 현장이었다. 사방이 화재와 약탈, 죽음뿐이다. 총살당한 포로들, 쾌락의 대상이 된 후 잔인하게 죽은 여자들. 성당, 성, 화려한 저택, 소박한 집들 모두 잿더미가 되었다. 이미 무너진 건물은 또다시 부서졌고 시체들마저 고문을 당했다.

그런 적을 물리치는 기쁨이 얼마나 크겠는가! 폴의 부대는 병력이 반으로 줄기는 했지만 마치 마음껏 풀어놓은 사냥개처럼 야수의 목을 사정없이 물었다. 그 기세는 국경에 다가갈수록 악착 같고 무시무시했다. 최후의 결정타를 먹이려는 듯 맹렬했다. 어느 날 폴은 두 개의 길이 갈라진 지점에 세워진 푯말을 보았다.

코르비니, 14킬로미터

오르느캥, 31.4킬로미터

국경선, 38.3킬로미터

코르비니와 오르느캥! 생각지 못한 지명을 본 폴은 감정이 북받쳤다! 평소 같으면 전투에 열을 올리고 여러 가지 신경 쓸 일에 정신이 팔려서 지나가는 지명에는 별다른 관심을 두지 않고 지나쳤을 것이다.

그런데 오르느캥 성에서 이렇게 가까운 곳에 있었다니. 코르비니까지 14킬로미터…. 프랑스 군대는 코르비니, 즉 독일군에게 이상한 상황에서 공격당해 점거된 작은 요새 쪽으로 가는 것일까?

이날은 적을 상대로 새벽부터 전투를 벌였는데 적의 저항이 평소보다 약했다. 대위는 분대의 선두에 선 폴에게 블레빌 마을까지 가서 적이 퇴각했으면 입성하되 더는 전진하지 말라고 명령했다. 폴은 마을에 남은 마지막 집들을 살펴보고 나서 그

팻말을 보았다.

폴은 다소 걱정스러웠다. 독일군의 단엽기 한 대가 날아다녔다. 매복이 있을지도 모른다.

"마을로 돌아가자. 거기서 바리케이드를 치고 기다린다." 폴이 말했다.

그런데 갑자기 숲이 우거진 언덕 뒤에서 어떤 소리가 들렸다. 코르비니 쪽 도로 중간에 있는 언덕이었다. 소리는 점점 또렷하게 들렸다. 잠시 후 폴은 그 소리가 커다란 차량 엔진 소리, 장갑차의 엔진 소리임을 눈치챘다.

"도랑 속에 엎드려. 지푸라기 속에 숨어! 모두 착검! 꼼짝 말고 대기할 것!" 폴이 지시를 내렸다.

폴은 상황이 심상치 않게 돌아간다는 사실을 깨달았다. 차량이 마을을 지나 아군 중대 한복판을 거치면서 여기저기 들쑤시다가 다른 길로 나가려는 것일 수도 있다. 폴은 재빨리 늙은 참나무의 갈라진 틈에 발을 디디고 올라가 나뭇가지 속에 몸을 숨겼다. 도로가 보였다. 곧이어 자동차가 나타났다. 철갑으로 둘러싸인 무시무시한 장갑차였다. 구식 모델이라 철판 위로 사람들의 모자와 머리가 보였다.

전속력으로 달리는 장갑차는 이상한 점이 감지되면 곧바로 돌진할 태세였다. 독일군들이 허리를 숙인 채 타고 있었다. 폴이 세어보니 대여섯 명 정도였다. 두 개의 기관총이 뻗어 나와 있었다.

폴은 총을 들어 운전사를 겨냥했다. 얼굴이 피 묻은 듯 붉고 뚱뚱한 독일인이었다. 폴은 적당한 시점에 방아쇠를 당겼다.

"장전하라!" 폴은 나무에서 뛰어내리며 외쳤다. 하지만 공격할 필요는 없었다. 운전병은 가슴에 총을 맞았지만 의식을 잃진 않아 브레이크를 밟아 차량을 멈추었다. 포위된 것을 안 독일군들은 손을 들어 항복했다.

"카머라트! 카머라트!(친구라는 뜻의 독일어 - 옮긴이)"

독일군 한 명이 무기를 내던진 후 차에서 뛰어내려 얼른 폴이 있는 쪽으로 달려왔다.

"알자스인입니다, 중사님! 스트라스부르의 알자스인입니다! 아! 중사님! 오늘이 오기를 쭉 기다렸습니다!"

부하들이 마을 안으로 포로들을 데리고 가는 동안 폴은 서둘러 알자스인에게 질문했다.

"차는 어디서 오는 길인가?"

"코르비니에서 오는 길입니다."

"코르비니에는 사람들이 있는가?"

"거의 없습니다. 바덴 출신의 병사로 꾸려진 250명의 후위대가 전부입니다."

"요새 안에는?"

"그곳에도 그 정도밖에 없습니다. 망루는 보강할 필요가 없다고 생각했는데 그만 기습 공격을 당했습니다. 계속 사수할지 국경 쪽으로 퇴각할지 정해지지 않았습니다. 계속 주저했기에 우리가 정찰조로 보내졌습니다."

"그럼 우리가 진입할 수 있나?"

"예, 하지만 곧장 진입해야 합니다. 그러지 않으면 두 개 사단이 보강됩니다."

"언제인가?"

"내일입니다. 내일 정오쯤에 두 개 사단이 국경을 넘을 겁니다."

"제길! 시간이 얼마 없군." 폴이 말했다.

폴은 장갑차를 조사하고 포로들의 무기를 빼앗아 몸을 수색하면서 어떻게 조치할지 생각했다. 그때 마을에 남아 있던 부하 중 한 명이 다가와 프랑스군 분견대가 도착했다고 알렸다. 중위 한 명이 폴을 불렀다.

폴은 서둘러 장교에게 보고했다. 상황이 급박해 즉각 조치가 필요했다. 폴은 직접 탈취한 장갑차를 타고 정찰에 나서겠다고 했다.

"좋아, 그러면 나는 마을을 맡겠다. 그리고 사단에 가능한 한 빠르게 이 사실을 알리겠다." 장교가 말했다.

장갑차는 코르비니 쪽으로 달렸다. 차에는 여덟 명이 다닥다닥 붙어 앉아 탔다. 그들 중 두 명은 특별히 기관총을 맡아 작동 방법을 연구했다. 알자스인 포로는 밖에서도 철모와 제복이 잘 보이도록 일어서서 지평선을 감시하는 임무를 맡았다.

이 모든 것이 단 몇 분 만에 정해진 다음 시행되었다. 누구도 조목조목 따지지 않았고 막아서지도 않았다.

"신의 가호가 있기를!" 폴이 운전석에 앉으며 말했다. "모두 끝까지 각오하고 나선다, 알겠나?"

"그 이상도 하겠습니다, 중사님." 폴의 곁에서 귀에 익은 목소리가 들렸다. 엘리자벳의 동생 베르나르 당드빌이었다. 베르나르는 제9중대 소속이라서 그동안 폴은 대충 피하거나 말을 시키지 않을 수 있었다. 하지만 폴은 베르나르가 훌륭한 군인이라는 사실은 잘 알았다.

"아! 자네군." 폴이 말했다.

"예! 중위님과 함께 왔어요. 매형이 이 차에 타서 대원들을 뽑는 것을 보고 이때가 기회라고 생각했습니다." 베르나르가 말했다.

이어서 베르나르는 섭섭하다는 듯한 어조로 말을 이었다.

"중사님의 지휘에 따라 적과 멋지게 붙을 기회이기도 하고 이렇게 이야기도 할 기회지요. 폴… 지금까지 기회가 없었잖아요…. 내심 기대했는데, 나와는 별로 같이 있고 싶어 하지 않는 것 같아요…."

"그럴 리가 있나. 아니야… 다만 신경 쓰이는 일들이 있어서…." 폴이 말했다.

"엘리자벳 누나 때문이지요?"

"그래."

"이해해요. 하지만 그래도 우리 사이가… 좀 어색한 것 같은데…. 왜 그런지는 모르겠어요…."

바로 그 순간 알자스인이 알렸다.

"고개 숙이세요…. 창기병들입니다…!"

척후대가 숲을 돌아 비스듬히 길을 가로질러 나타났다. 알자스인은 척후대 가까이 지나며 소리쳤다. "이봐, 어서 도망쳐! 어서! 프랑스군이 있어…!"

폴은 처남의 질문에 대답하지 않아도 되었다. 폴은 일부러 속력을 높였고 장갑차는 요란한 소리를 내며 비탈길에 올라서는 질풍처럼 앞으로 나아갔다.

적의 분견대는 계속 수가 많아졌다. 알자스인은 분견대를 부르거나 신호를 보내 얼른 퇴각하라고 했다.

"저 우스운 꼴 좀 봐! 우리 뒤에서 열심히 달려오는군." 알자스인이 웃으며 말했다. 뒤이어 덧붙였다.

"중사님, 이렇게 가다 보면 코르비니 한복판에 도착할 겁니다. 그걸 바라시는 건가요?"

"아니, 도시가 보이는 곳에 차를 세울 것이다." 폴이 대답했다.

"그러다가 포위당하면요?"

"누구한테 포위를 당한다는 건가? 도망이나 치는 놈들이 우리가 돌아가는 길을 막을 수는 없지." 베르나르 당드빌이 끼어들었다. "폴, 혹시 돌아갈 마음이 전혀 없는 건 아니지요?"

"없어, 사실은. 겁나나?"

"오! 전혀요!"

잠시 침묵이 흐른 후 폴은 아까보다 좀 더 부드러운 목소리로 말했다.

"자네가 여기에 와서 유감이야, 베르나르."

"내가 매형과 다른 병사들보다 더 위험할까 봐요?"

"그렇지는 않지."

"그렇다면 그런 생각은 하지 마세요."

알자스인은 계속 서서 폴 쪽으로 몸을 구부렸다.

"저 나무들 뒤로 뾰족한 종탑이 보이는데 그곳이 코르비니입니다. 왼쪽 언덕으로 올라가면 도시 안에서 무슨 일이 일어나는지 알 수 있을 것 같습니다."

"도시 안으로 들어가면 더 잘 알게 될 것이다. 다만 위험이 크지만…. 특히 알자스인 자네가 위험할 거야. 포로로 잡힌 사실이 들통나면 사격을 당할 수 있으니까. 코르비니에 도착하기 전에 내려줄까?" 폴이 말했다.

"저를 잘 모르시는군요, 중사님."

길이 철로와 만나더니 교외의 집들이 눈앞에 나타났다. 병사들도 몇 명 나타났다.

"저들에게 한마디도 하지 마라. 신경 쓰이게 할 필요 없다…. 그러지 않으면 결정적인 순간에 뒤에서 공격해올 수 있어." 폴이 지시했다.

역이 나타났고 폴은 역이 적에게 완전히 점거당했음을 눈치챘다. 도시로 연결된 긴 길에는 뾰족한 독일군 철모들이 왔다 갔다 했다.

"전진하라!" 폴이 외쳤다. "부대가 모여 있는 곳은 광장밖에 없어. 기관총들은 준비되었나? 소총들은? 베르나르, 내 것도 준비해줘. 첫 신호가 있으면 마음껏 사격한다!"

장갑차는 광장 한복판을 향해 무섭게 돌진했다. 폴이 예상했던 대로 100여 명의 군인이 성당 현관 앞에 모여 있었다. 그 옆에는 착검한 소총들이 세워져 있었다. 성당은 부서질 대로 부서진 폐허에 불과했고 광장의 집들 역시 포탄 공격으로 무너져 있었다.

조금 떨어진 곳에 있는 장교들은 정찰을 보낸 장갑차가 돌아온 것을 보고 환호하며 손을 흔들었다. 장교들은 도시를 사수할지 말지를 결정하기 전에 장갑차가 오기를 기다리고 있었다. 연락장교들이 합류했는지 장교들의 수가 많았다. 그중 장군처럼 보이는 키 큰 사람이 주변을 압도하고 있었다. 자동차들은 조금 떨어진 곳에 세워져 있었다.

도로에는 포석이 깔려 있었지만 광장까지는 그 어느 보도로도 막혀 있지 않았다. 폴은 도로를 따라가다가 장교들로부터 20미터 떨어진 곳에서 갑자기 핸들을 돌렸다. 무시무시한 장갑차가 장교들 사이로 밀고 들어가자 장교들은 차에 부딪히거나 깔렸다. 게다가 옆으로 살짝 방향을 틀어 소총 다발도 사용하지 못하게 했다. 장갑차는 거칠 것 없이 분견대 한복판으로 돌진했다. 죽음과 혼잡함, 정신없는 탈출, 고통과 두려움에 찬 비명이 가득했다.

"모두 사격!" 폴이 차를 세우고 소리쳤다. 광장 한가운데에 갑자기 나타난 난공불락의 장갑차가 소총 사격을 시작했다. 두 대의 기관총은 무시무시한 총소리를 냈다.

광장은 5분 만에 사상자로 넘쳐났다. 장군과 여러 장교가 바닥에 쓰러져 움직이지 않았다. 목숨을 건진 군인들은 도망치기 바빴다.

"사격 중지!" 폴이 명령했다.

폴은 자동차를 역과 연결된 길까지 몰고 갔다. 역에 있던 군인들은 총소리에 놀라 몰려나오고 있었다. 하지만 기관총으로 공격하자 이내 뿔뿔이 흩어졌다.

폴은 속력을 내 세 번이나 광장을 돌았고 접근로를 감시했다. 적군들은 포로와 함께 사방의 오솔길을 통해 국경으로 달아나고 있었다. 반면 사방의 집에서 나온 코르비니 주민은 기쁨에 겨워했다.

"부상자들을 골라 치료한다. 성당 종지기나 종을 칠 줄 아는 사람을 불러와라. 급하다!" 폴이 명령했다.

곧이어 늙은 종지기가 나타났다.

"경종을 울려주십시오, 힘껏! 종을 치다 지치면 다른 사람과 교대로 치십시오! 자… 지체하지 말고 경종을 울려주십시오."

폴이 프랑스 중위에게 신호를 보내면 중위는 그 신호를 받고 작전이 성공했다는 것과 진군이 필요하다는 것을 사단에 알리기로 되어 있었다.

오후 2시였다. 5시에는 참모부와 여단 병력이 코르비니를 함락했고 75밀리 포병 중대가 몇 차례 포탄을 발사했다. 저녁 10시, 나머지 사단 병력이 합류해 독일군은 대요나와 소요나 요새에서 쫓겨나 국경선 앞에 모였다. 폴의 군대는 새벽이 되자마자 독일군을 몰아낼 생각이었다.

"폴." 저녁 점호가 끝나고 베르나르가 폴을 찾아왔다. "폴, 할 이야기가 있어요…. 마음에 걸리는 점이 있어요…. 석연치 않으니… 듣고 판단해주세요. 아까 성당 근처의 작은 길을 산책하고 있었는데 어떤 여자가 말을 걸었어요…. 너무 어두워서 인상착의와 옷이 안 보이더군요. 하지만 도로 위를 걷는 나막신 소리로 봐서는 시골 아낙네 같았어요. 시골 아낙네치고는 말투가 고상해서 놀랐어요. 여자가 이렇게 말하더군요. '저기요, 무엇 좀 여쭤보려고요.' 그래서 물어보라고 했지요. 그러자 여자가 '저는 여기서 아주 가까운 작은 마을에 살고 있습니다.

그쪽 부대가 왔다는 소식을 듣고 이렇게 왔습니다. 그 부대 소속의 장병 한 분을 뵙고 싶어서요. 연대 번호를 몰라서… 상황이 변해… 편지도 도착하지 않고요…. 아마 제 편지를 받지 못하셨나 봅니다…. 오! 혹시 그분을 아신다면… 부디, 선량한 젊은이!'라고 했어요." 베르나르가 말을 이었다. "그래서 나는 '부인, 혹시 그 장병의 이름이 무엇인지 알 수 있을까요?'라고 물었어요. 그러자 여자는 '들로즈, 폴 들로즈 하사입니다'라고 하더군요."

폴은 깜짝 놀랐다.

"아니! 나잖아?"

"그래요, 폴. 우연한 일로 보기에는 너무 이상해서 우리가 인척 사이라는 것은 말하지 않고 매형의 연대 번호와 중대 번호만 알려주었어요. 그러자 여자는 '아! 감사합니다. 연대가 코르비니에 있나요?'라고 물었고 저는 '온 지 얼마 되지 않았습니다'라고 대답했어요. 여자가 이어 '폴 들로즈를 아세요?'라고 물었고 저는 '이름만 압니다'라고 했어요. 제가 왜 그렇게 대답했는지, 왜 시치미를 떼며 그 여자와 계속 이야기를 나누었는지 모르겠어요. 제가 여자에게 '폴 들로즈는 중사로 임명되어 수훈자 명단에 올라 있는 걸로 압니다. 그분에게 안내해드릴까요?'라고 했더니 여자가 '아직은 아니에요, 아직은. 감정 조절이 안 될 것 같아서요'라고 했어요. 감정 조절이 안 된다고 하니 점점 이상했습니다. 매형을 그토록 찾아다녔으면서 나중에 만나겠다고 하는 것도 이상하게 느껴졌어요. 그래서 전 '그분에게 관심이 많습니까?'라고 물었고 여자는 '예, 많아요'라고 하더군요. '혹시 가족이십니까?'라고 물었더니 '내 아들이에요'라더군요. 그래서 제가 '댁의 아들이라고요?'라고 물었습니다. 분명 그때까지 그 여자는 내가 신문하고 있다는 것을 눈치채지 못한 것 같았어요. 하지만 내가 너무 놀라워하자 어둠 속으로 뒷걸음질치며 방어 태세를 취했어요. 전 이미 호주머니 속에 손을 넣어 늘 가지고 다니던 작은 손전등을 잡고 있었어요. 손전등을 꺼내 스위치를 눌러 여자의 얼굴을 비추며 가까이 다가갔어요. 갑작스러운 제 행동에 당황했는지 여자는 잠시 가만히 있었습니다. 그러다 재빨리 숄로 얼굴을 가렸고 내 팔을 쳐내 손전등을 떨어뜨렸습니다. 그 순간 적막이 흘렀어요. 여자가 어디에 있는 거지? 내 앞? 오른쪽? 왼쪽? 어떻게 아무런 인기척도 없이 사라질 수 있었을까요? 손전등을 다시 집어들어 불을 켜고 나서야 어떻게 된 일인지 알았습니다. 나막신을 바닥에 벗어놓고 달아난 겁니다. 여자는 완전히 사라진 뒤라서 아무리 찾아봐도 소용없었어요."

폴은 베르나르의 이야기를 집중해서 들었다. 그러고는 물었다. "얼굴은 봤어?"

"오! 분명히 봤어요. 강한 인상… 눈썹과 머리카락이 까맣고… 표독한 인상이었어요…. 시골 아낙네 복장이었지만 너무 깨끗하고 단정해서 변장했다는 느낌이 들었어요."

"나이는 어느 정도 되어 보였어?"

"마흔!"

"나중에 보면 알아보겠어?"

"당연하지요."

"숄을 걸쳤다고 했는데, 그게 무슨 색이었어?"

"검은색이요."

"매듭을 매게 되어 있었어?"

"아니요, 브로치가 달려 있었어요."

"카메오?"

"예, 황금색 테두리가 있는 큰 카메오였어요. 어떻게 알아요?"

폴은 오랫동안 침묵을 지키다 중얼거리듯 말했다.

"내일 오르느캥 성의 어느 방에서 보여줄 게 있어. 아까 본 그 여자와 놀랄 정도로 닮은 초상화야. 너무 닮아서 자매로 생각될 정도지…. 아니면… 아니면…."

폴은 베르나르의 팔을 잡고 말했다.

"잘 들어, 베르나르. 과거에도 현재에도 우리 주변에는 무시무시한 일이 도사리고 있어…. 나와 엘리자벳의 삶뿐만 아니라 자네의 삶도 압도해버릴 수 있어. 나는 지금 무시무시한 어둠 속에서 싸우고 있어. 그 한복판에는 지난 20년 동안 내가 몰랐던 적들이 모여 이해할 수 없는 음모를 꾸미고 있지. 이 싸움은 내 아버지가 살해당함으로써 시작됐어. 지금은 내가 공격받고 있지. 나와 자네 누이와의 관계는 이미 깨졌어. 그 어느 것도 우리 둘을 맺어줄 수 없다는 말이야. 자네와 나 사이에도 예전과 같은 우정이나 신뢰를 이어가게 할 수 있는 건 없어. 베르나르, 아무것도 묻지 말고 더 이상 알려고도 하지 마. 그 일이 일어나지 않기를 바라지만… 자네도 언젠가는 왜 내가 입을 다물라고 했는지 이해하게 될 거야."

# 6
# 오르느캥 성에서 폴이 목격한 것

새벽녘, 폴 들로즈는 요란한 나팔 소리에 잠에서 깼다. 이어서 대포전이 시작되었다. 75밀리 포병 중대의 단호하고 엄격한 목소리, 그리고 독일의 77밀리 포병 중대의 거친 고함이 들려왔다.

"폴, 안 갈래요? 아래에 커피가 준비되었어요." 베르나르가 말했다.

폴과 베르나르는 와인 가게 위층에 있는 방 두 개를 사용하고 있었다. 푸짐하게 아침 식사를 한 후 폴은 어제저녁에 코르비니와 오르느캥의 함락에 대해 모은 정보를 토대로 이야기했다.

"8월 19일 수요일에 코르비니 주민은 전쟁의 공포를 피할 수 있을지도 모른다고 생각했어. 전쟁은 알자스와 낭시 앞에서 일어났으니까 말이야. 벨기에에서도 전투가 벌어졌어. 하지만 독일군은 리즈롱 계곡으로 통하는 침입로에 대해서는 소홀했던 것 같더군. 코르비니에서는 프랑스 여단이 적극 방어 작전을 펼쳤어. 대요나와 소요나는 회전식 포탄이 준비된 상태였어. 그저 기다리고 있었지."

"오르느캥은 어땠나요?" 베르나르가 물었다.

"오르느캥에는 엽보병(평소 사냥으로 총기를 다루는 숙련된 사냥꾼들을 징집해 편성한 보병 – 옮긴이) 중대가 있었어. 장교들은 성에 머물렀지. 중대는 밤낮으로 용기병 분견대의 지원을 받으며 국경선을 순찰했어. 비상사태가 생기면 요새에 보고가 들어갔고 이와 함께 강력히 저항하다가 퇴각하게 되어 있었지. 그 수요일 저녁까지도 아주 고요했어. 용기병 대여섯 명이 말을 타고 국경선을 지나 독일의 작은 마을 에브르쿠르트가 바라보이는 곳까지 갔지. 그쪽이나 에브르쿠르트로 연결되는 철로 모두에서 군대의 움직임은 전혀 없었어. 밤에도 평화로웠지. 총소리도 하나 없었으니까. 그런데 정각 2시에 엄청난 폭발음이 들렸어. 이어서 네 번의 폭발 소리가 연속으로 들렸지. 총 다섯 번의 폭발 소리는 420밀리 대포에서 나온 소리였어. 420밀리 대포는 단 한 발로 대요나의 포탑 세 개와 소요나의 포탑 두 개를 부숴버렸어."

"이런! 하지만 코르비니는 국경선에서 24킬로미터나 떨어져 있어요. 420밀리 대포는 그렇게 멀리까지 갈 수 없잖아요!"

"그런데도 20분 후에 커다란 포탄이 여섯 발 더 떨어졌어. 전부 교회와 광장에 떨어졌지. 그 시각은 경계 신호가 떨어지고 코르비니 수비대가 광장에 집결하는 때였어. 정말로 일어난 일이야. 그다음에 얼마나 끔찍한 학살이 있었을지 상상할 수 있겠지."

"그래도 국경선은 24킬로미터 떨어져 있어요. 그 정도 거리면 우리 군이 재정비해서 포탄 공격에 대비할 시간이 있었을 거예요. 적어도 서너 시간의 틈은 있었겠지요."

"그러나 15분의 여유도 없었어. 포격이 끝나자마자 곧바로 공격이 시작되었으니까. 우리 군의 공격? 제대로 못 했지. 코르비니 군은 두 개의 요새에서 공격당했어. 적들에게 포위되어 학살당하거나 항복을 강요당했지. 제대로 저항도 못 해보고 말이야. 어디에서 쏟아지는지 알 수 없는 눈부신 조명 속에서 기습적으로 일어난 일이야. 적의 침공 작전이 급작스럽게 이루어진 것이지. 10분 만에 코르비니는 적군에게 포위되어 함락되었어."

"적들은 어디로 들어오고 나간 걸까요?"

"모르겠어."

"국경선에 있는 야간 순찰대는요? 경비초소는요? 오르느캥 성에 파견된 중대는요?"

"모르겠어. 전혀 정보가 없어. 감시와 경고 임무를 맡은 300명의 병사에 대해서는 전혀 소식을 들을 수가 없어. 코르비니의 수비대를 정비한다 해도 도망친 병사들, 주민이 신원을 확인해 매장한 시체들만 남아 있어서 불가능해. 그런데 오르느캥에 있던 300명의 엽보병이 감쪽같이 사라졌단 말이야. 도망친 것도 아니고 부상당한 것도 아니고 죽은 것도 아니야. 감쪽같이 사라진 거야."

"믿기 어렵군요. 조사는 해봤어요?"

"어제저녁에 열 명을 만났어. 코르비니의 경비를 맡은 독일 국민병의 눈치를 보며 한 달 동안 몰래 이 모든 문제를 꼼꼼히 조사해온 사람들이야. 그런데 이렇게 조사해봐도 그럴듯한 가정조차 세우지 못했다고 해. 다만 한 가지는 확실하다고 했지. 오래전부터 치밀하게 준비해온 일이라는 거야. 요새, 포탑, 성당, 광장의 위치를 정확히 포착했고 대포도 미리 배치되었어. 열한 발의 포탄이 조준 목표인 열한 곳에 정확히 떨어지도록 말이지. 이게 조사한 내용 전부야. 나머지는 아직도 의문점으로 남아 있어."

"오르느캥 성은요? 엘리자벳 누나는요?"

폴이 자리에서 일어났다. 아침 점호 나팔 소리가 울렸기 때문이다. 포격 소리는 더욱 강해졌다. 폴과 베르나르는 광장으로 향했다. 폴이 말을 이었다.

"아직 아무것도 밝혀진 게 없어서 더더욱 두려워. 코르비니와 오르느캥 사이의 들판을 가로지르는 도로 하나는 적군이 한계점으로 지정해놓았어. 여기를 넘으려는 사람은 즉각 사살이라고 했고."

"그럼 누나는…?" 베르나르가 다시 물었다.

"모르겠어. 더는 아무것도 모르겠어. 끔찍한 일이야. 죽음의 그림자가 사방 여기저기에 드리워져 있어. 어디서 시작된 소문인지는 모르겠지만 성 가까이에 있는 오르느캥 마을은 더 이상 존재하지 않는다고 하더군. 완전히 파괴되었다는 거야. 그곳에 살던 400명의 주민도 포로로 잡혔고. 그러니까…."

폴이 떨리고 낮은 목소리로 말했다.

"저들이 성을 어떻게 했을까? 성은 보이지. 저 멀리 성의 망루와 성벽은 보여. 그렇지만 성벽 너머에서는 어떤 일이 일어났을까? 엘리자벳은 어떻게 되었을까? 엘리자벳은 짐승 같은 놈들에게 둘러싸여 위험에 노출된 지 4주째가 되어가고 있어. 불쌍한 엘리자벳!"

폴과 베르나르가 광장에 도착했을 때는 날이 밝아오고 있었다.

폴은 대령 앞에 불려가 사단장에게서 전달된 치하의 말을 전해 들었다. 십자무공훈장이 수여되고 소위로 계급 승진 신청이 되어 있다는 말과 함께 소대의 지휘권을 받았다는 말도 들었다.

"이상이네. 더 원하는 것이라도 있나?" 대령이 웃으며 말했다.

"두 가지가 있습니다, 대령님."

"말해보게."

"먼저 제 처남 베르나르 당드빌을 제 소대의 부사관으로 배속시켜주십시오. 그럴 만한 인재입니다."

"알았네. 그다음은?"

"이제 국경 쪽으로 가게 될 텐데 제 소대가 도중에 있는 오르느캉 성으로 향하게끔 해주십시오."

"성을 공격하게 해달라는 것인가?"

"성을 공격하다니 무슨 말씀입니까?" 폴이 걱정스러운 말투로 말했다. "적은 성에서 6킬로미터 이상 떨어진 국경선에 따로 집결해 있는 것으로 알고 있습니다."

"어제는 그렇게 생각했지. 그런데 실제로는 적군이 오르느캉 성에 집결해 있더군. 지원병을 기다리면서 악착같이 버티기에는 좋은 거점이지. 성에서 반응을 보이는 것으로도 알 수 있어. 저기 오른쪽을 봐. 포탄이 터지고 있어. 좀 더 먼 곳에는 유산탄이 두세 개… 터지고 있군. 저자들은 우리가 인근 고원에 설치한 포대의 위치를 파악해 포탄 세례를 퍼붓고 있지. 대포가 스무 대가 넘는 것 같더군."

"그렇다면 우리 포대의 조준 방향도…." 폴은 섬뜩한 생각이 들어 더듬거리며 물었다.

"그야 저들을 향해 있지. 우리의 75밀리 대포가 오르느캥 성을 향해 한 시간째 포격하는 중이네."

폴이 비명을 질렀다.

"지금 무슨 말씀이십니까, 대령님? 오르느캥 성이 포격을 당하고 있다니…."

폴 곁에 있는 베르나르 당드빌도 불안해하며 물었다.

"포격을 당하다니요?"

대령이 깜짝 놀라 물었다.

"그 성을 아는가? 자네 성이기라도 하나? 그런 거야? 저기에 아직 친척이라도 사는 건가?"

"아내가 살고 있습니다, 대령님."

폴의 얼굴이 창백해졌다. 아무리 감정을 다스리고 침착한 태도를 유지하려고 해도 손과 턱이 덜덜 떨렸다.

견인차로 끌어 올린 묵직한 대포 리마일로 세 대가 대요나를 향해 포격하기 시작했다. 여기에 75밀리 포병 중대의 대포 공격이 더해졌다. 폴 들로즈의 말에 이 공격은 끔찍한 의미를 띠었다. 대령, 그리고 대령 주변에서 이야기를 들은 장교들은 아무 말도 하지 않았다. 전쟁의 끔찍함은 천재지변보다 더 비극적인 양상을 보였다. 그야말로 맹목적이고 부당하고 무자비했다. 할 수 있는 건 아무것도 없다. 여기서 그 누구도 선뜻 나서서 포격을 중단해야 한다든지 포격의 강도를 낮춰야 한다고 주장하지 못했다. 폴도 그런 생각을 하지 못했다. 폴이 중얼거렸다.

"적의 화력이 누그러진 것 같아. 어쩌면 퇴각하는 것일 수도…."

도시 아래, 성당 뒤쪽에 떨어진 포탄 세 발이 폴의 희망을 무참히 깨버렸다. 대령이 고개를 설레설레 흔들었다.

"퇴각이라고? 아직 아니네, 저들에게 저곳은 매우 중요하지. 지원 병력을 기다리고 있을 거야. 우리 부대가 직접 행동에 나서기 전까지는 포기하지 않을 것이네…. 우리도 더는 꾸물거릴 수 없지."

실제로 얼마 후 대령에게 진격 명령이 전해졌다. 연대는 도로를 따라 오른쪽에 있는 들판으로 대형을 전개해나갈 계획이었다.

"자, 가자. 들로즈 중사의 부대가 선봉에 선다. 중사, 목표는 오르느캥 성이다. 작은 지름길이 두 개 있으니 그대로 가게." 대령이 장교들에게 말했다.

"알겠습니다, 대령님."

폴의 마음속에서 점차 커진 모든 괴로움과 분노는 행동하고 싶다는 엄청난 의지로 분출된 듯했다. 폴은 부하들과 함께 출발하면서 지치지 않은 힘, 혼자서 적진을 정복하겠다는 의지가 솟아오름을 느꼈다. 폴은 여기저기 뛰어다니며 가축을 모는 양치기 개처럼 지칠 줄 모르고 나아갔다. 또한 부하들에게 기운과 용기를 불어넣고 힘을 실어주었다.

"이봐, 자네는 사나이야. 자네를 알아. 자네는 주춤할 사람이 아니지…. 자네도 마찬가지야. 다만 자네는 지나치게 생각이 많은 게 탈이야. 그냥 웃어넘길 일도 투덜대고…. 자, 모두 신나게 가보는 게 어때? 이왕 할 일이라면 물러서지 말고 제대로 해보자고!"

앞으로 나아가는 폴의 연대 위로 포탄들이 날아와 허공에서 터졌다. 포탄이 공기를 가르며 요란한 바람 소리를 내는 한편, 기관총이 쏘아댄 총알도 난무했다.

"고개를 숙여! 바짝 엎드려라!" 폴이 외쳤다.

폴은 적의 총격에도 아랑곳하지 않고 그대로 서 있었다.

뒤쪽과 인근 언덕에서 오르느캉 성을 공격하는 아군의 화력 소리가 더 두렵게 느껴졌다. 저 포탄이 어디로 떨어질까? 그리고 포탄 세례는 어디에서 이루어질까? 폴은 여러 번 중얼거렸다.

"엘리자벳! 엘리자벳…."

상처를 입고 신음하는 아내의 모습이 폴의 뇌리에서 떠나지 않았다. 이미 며칠 전부터, 다시 말해 엘리자벳이 오르느캉 성을 떠나지 않으려고 했다는 사실을 알게 된 날부터 폴은 엘리자벳을 떠올려도 분노가 일지 않았다. 더는 과거의 끔찍한 기억과 거부감이 아름다운 사랑에 빠진 현실과 뒤섞이지 않았다.

사악한 어미를 생각해도 그 딸의 모습이 더는 떠오르지 않았다. 어머니와 딸은 서로 다른 존재로 분리되었고 그 어떤 관계도 없는 것처럼 느껴졌다. 목숨보다 더 소중한 의무를 위해 죽음의 위험 속에서 용감히 버티는 엘리자벳이 폴의 눈에는 더없이 숭고하게 비쳤다. 엘리자벳은 분명 폴이 사랑했고 아꼈으며 지금도 여전히 사랑하는 여인이다.

폴이 걸음을 멈추었다. 부하들과 함께 좀 더 탁 트인 곳에 도착했는데 적에게 위치가 발각되었는지 기관총 세례가 이어졌다. 병사 여러 명이 거꾸러졌다.

"정지! 모두 엎드린다!" 폴이 명령했다.

폴이 베르나르를 꽉 잡았다.

"어서 엎드려! 왜 그렇게 가만히 있는 거야…? 그렇게 있어…. 움직이지 말고…."

폴은 베르나르의 목에 팔을 두르고 땅바닥에 엎드리게 했다. 그 행동과 말투가 너무 다정해서 마치 엘리자벳에 대한 애정 어린 마음을 베르나르에게 대신 표현하는 것처럼 보일 정도였다. 폴은 전날 밤에 했던 차가운 말은 잊어버린 듯 지금까지와는 다르게 애정 어린 말을 쏟아냈다.

"움직이지 마. 자네를 이런 격전지에 데려오는 게 아니었어. 다 내 책임이야. 제발… 제발 다치지만 마."

사격의 강도가 약해졌다. 병사들은 엉금엉금 기어가 두 줄로 늘어선 미루나무들까지 갔고 그 나무들을 따라 다시 완만한 언덕을 기어올라 한적한 길로 갔다. 비탈길을 다 오른 폴은 오르느캥 고원을 굽어봤다. 저 멀리 폐허가 된 마을과 허물어진 성당이 보였고 좀 더 왼쪽에는 돌과 나무가 어지럽게 쌓여 있었다. 어지럽게 쌓인 더미에서 벽체가 몇 개 솟아 있었다. 오르느캉 성이 있던 곳이다.

농장과 건초 더미, 창고들이 화염에 휩싸였다…. 뒤로는 프랑스 군대들이 사방에 흩어지고 있었다. 대포들은 근처 숲에 몰래 설치되어 줄기차게 발사되었다. 폴은 성곽과 폐허 사이에서 포탄들이 발사되어 솟아오르는 광경을 바라보았다.

더는 이 같은 광경을 볼 수 없었던 폴은 소대를 이끌고 다시 앞으로 나아갔다. 적의 대포 공격이 잠잠해졌다. 하지만 오르느캉에서 3킬로미터 떨어진 곳에 이르자 다시금 총알이 쏟아졌다. 저 멀리서 독일 병사들이 오르느캉 성을 향해 발사하고 후퇴하는 모습이 눈에 들어왔다.

75밀리 대포와 리마일로 포는 여전히 요란한 소리를 내며 포탄을 발사하고 있었다. 끔찍했다. 폴은 베르나르의 팔을 잡고 떨리는 목소리로 말했다.

"만일 내게 무슨 일이 생기면 엘리자벳에게 내가 용서를 구한다고 전해줘. 내가 용서를 구한다고…."

아내를 다시는 못 볼 수도 있다는 생각이 들자 폴은 갑자기 두려워졌다. 그동안 아내에게 더없이 매몰차게 굴었고 아내의 잘못도 아닌 일로 아내를 탓하며 외롭게 했기에 결국 아내가 이토록 고통스러운 상황에 놓이게 됐다는 생각이 들었다. 폴은 재빨리 걸어갔고 저 멀리서 부하들이 따라왔다.

지름길이 끝나고 리즈롱 계곡이 보이는 도로에 이르자 폴에게 자전거병이 다가왔다. 자전거병은 연대가 합류하기를 기다렸다가 함께 공격하라는 대령의 명령을 전했다. 폴에게는 무엇보다 어려운 일이었다.

폴은 점점 더 흥분했고 열과 분노로 몸을 떨었다.

"폴, 그러지 마세요! 우린 제때에 도착했어요." 베르나르가 말했다.

"제때라니… 무엇에 적합한 제때란 말이야?" 폴이 반박했다. "이미 죽었거나 부상당한 엘리자벳을 다시 보기에 적합한…? 아니면 엘리자벳을 전혀 만날 수 없음을 확인하기에 적합한? 제길! 우리의 잘난 대포들은 가만히 있을 수 없는 건가? 적군이 아무 반응도 하지 않는데 어째서 저 대포들이 아직도 발포하는 거지? 시신들… 무너진 집들….."

"독일군의 후위대가 있잖아요?"

"우리가 있잖아. 보병부대 말이야. 이건 우리가 할 일이야. 기관총으로 발사하고 총검으로 물리치면 된단 말이야…."

마침내 폴의 소대는 제3중대의 나머지 병력을 지원받아 대위의 지휘 아래 다시 출발했다. 경기병 분견대가 도망가는 병사들의 길을 차단하기 위해 마을 쪽으로 갔다. 중대는 방향을 틀어 성으로 향했다.

앞에는 엄청난 죽음의 적막이 느껴졌다. 혹시 함정일까?

참호와 바리케이드를 단단히 준비한 적군이 최후의 저항을 준비 중인 건 아닐까? 성의 안쪽 마당으로 통하는 오래된 참나무 길에는 수상한 점이 전혀 없었다. 인기척도, 그 어떤 소리도 나지 않았다.

폴과 베르나르는 여전히 선봉에 서서 방아쇠에 손가락을 걸고 날카로운 시선으로 나무 아래의 어둑한 부분을 파내듯 들어갔다. 구멍과 균열로 엉망이 된 성벽 위로 연기 기둥이 피어올랐다.

폴의 소대가 가까이 갈수록 신음과 헐떡이는 소리가 여기저기에서 들려왔다. 부상당한 독일 병사들이었다.

갑자기 땅 밑 깊숙한 곳에서 지각 변동이라도 일어난 것처럼 지표면과 성벽이 산산조각 날 듯 흔들렸다. 엄청난 폭발이었다. 마치 여러 번 천둥이 치듯 폭발음이 연거푸 났다. 흙먼지와 모래가 퍼지며 주변이 어두워졌다. 각종 잡동사니와 파편도 솟아올랐다. 적이 성을 폭발시킨 듯했다.

"우리를 표적으로 삼은 폭발 같아요. 성과 함께 우리도 날아갈 뻔했어요. 착오가 있었기에 다행이군요." 베르나르가 말했다.

폴의 소대는 철책을 넘어 들어갔다. 파헤쳐진 앞마당, 속이 파인 망루, 부서진 성, 화염에 휩싸인 부속 건물들, 몸부림치며 신음하는 사람들, 나뒹구는 시체⋯. 끔찍한 광경에 폴의 소대는 깜짝 놀라 뒷걸음질쳤다.

"전진! 전진!" 대령이 외쳤다. 대령은 말을 타고 달려오는 길이었다. "정원으로 들어온 병사들이 있을지도 모른다."

몇 주 전, 슬픔에 잠겨 여기저기 거닐었던 폴은 길을 잘 알고 있었다. 돌멩이와 뿌리 뽑힌 나무들이 어지러이 널려 있는 잔디밭을 가로질러 갔다. 숲으로 들어가는 입구에 세워진 어느 작은 별채를 지나가던 폴은 땅에 못 박힌 듯 그대로 멈춰 섰다. 베르나르와 다른 병사들도 너무 놀라고 두려움에 휩싸여 그대로 있었다. 별채 건물 벽에는 두 구의 시체가 같은 쇠사슬로 몸이 감긴 채 고리에 매달려 축 늘어져 있었다. 제롬과 로잘리였다.

총살을 당한 것이다.

두 구의 시체 옆으로 쇠사슬이 이어졌다. 세 번째 고리가 벽에 달려 있었다. 벽면에는 핏자국이 묻어 있었고 총알 흔적도 보였다. 세 번째 희생자가 있는 게 분명했다. 시체는 치워져 있었다.

폴은 가까이 다가가 벽을 뚫은 포탄 파편을 자세히 살폈다. 포탄 파편이 박힌 구멍 가장자리에는 머리카락이, 금발 머리카락이 몇 올 붙어 있었다. 엘리자벳의 머리에서 뽑혀나온 머리카락이었다.

# 7

# H.E.R.M.

폴은 절망감과 공포보다는 어떤 대가를 치르더라도 반드시 복수하겠다는 욕구에 사로잡혔다. 마치 정원에서 신음하는 독일 부상병들 모두가 엘리자벳과 성지기 부부를 죽인 범인이라도 되는 듯 주위를 두리번거렸다.

"비겁한 놈들! 살인자!" 폴이 이를 갈았다.

"확실해요…? 확실히 누나의 머리카락인가요?" 베르나르가 더듬거리며 물었다.

"그래, 맞아. 엘리자벳은 두 사람과 마찬가지로 총살당했어. 그 두 사람은 성지기 부부야. 아! 불쌍한 사람들….."

그때 풀밭을 기어가는 독일 병사 한 명을 본 폴은 개머리판을 치켜들어 내리치려고 했다. 그때 대령이 폴의 곁으로 다가왔다.

"이런, 들로즈, 지금 뭐하는 건가? 자네 중대는?"

"아! 대령님, 제 마음을 아신다면!"

폴은 상관 앞으로 달려갔다. 폴은 광기 어린 표정으로 총을 휘두르며 말했다. "저자들이 죽였습니다, 대령님. 그래요, 제 아내를 총살했습니다…. 보십시오, 벽에 매달린 두 사람은 제 아내를 시중들던 사람들입니다…. 아내도 총살당했습니다…. 아내는 겨우 스무 살이었습니다, 대령님…. 아! 놈들을 모두 무자비하게 개처럼 죽여야 합니다…!"

베르나르가 폴을 끌어당겼다.

"시간 낭비하지 마세요, 폴. 싸우는 놈들을 상대로 복수하자고요…. 저쪽에서 총소리가 들려요. 빠져나가지 못한 적들이 있는 게 틀림없어요."

폴은 지금 자신이 무슨 행동을 하는지 더는 의식할 수 없었다. 그저 분노와 고통에 휩싸여 다시 달려갔다.

10분 후, 폴은 중대에 합류해 교차로를 지났다. 아버지가 칼에 찔려 살해당한 예배당이 보였다. 저 멀리 보이는 벽에는 지난번에 보았던 쪽문 대신 두꺼운 벽에 뚫린 틈이 출입구 역할을 하고 있었다. 이곳을 통해 보급 수송대들이 성으로 드나들었던 것 같았다. 그곳에서 800미터 떨어진, 들판을 가로지른 시골길과 대로의 교차점에서 격렬한 총격전이 벌어졌다.

패잔병 열두어 명이 도로를 따라온 경기병들 한가운데를 헤치며 빠져나가려고 했다.

패잔병들은 등 뒤에서 폴의 중대에 공격당하자 나무와 덤불로 이루어진 구석으로 피신해 격렬하게 저항했다. 패잔병들은 한 발 한 발 뒤로 물러났고 한 사람씩 쓰러졌다.

"왜 저렇게 저항하는 걸까. 마치 시간을 벌려는 것처럼 보이는군." 폴이 중얼거렸다. 폴은 주저하지 않고 총을 쏘았다. 전투가 격렬해지자 폴도 조금씩 안정을 되찾았다.

"저길 보세요!" 베르나르가 확연히 달라진 목소리로 소리쳤다.

나무 아래로 국경선에서 온 듯한 자동차가 나타났다. 자동차에는 독일 병사들이 가득 타고 있었다. 지원병인가? 그렇지는 않은 듯했다. 자동차는 광장 쪽으로 방향을 바꾸었다. 자동차와 숲 속에 남은 군인들 사이에 한 장교가 커다란 회색 망토를 걸친 채 서 있었다. 장교는 권총을 들고 병사들에게 계속 저항하라고 명령하면서 자신을 도우러 온 자동차 쪽으로 다가갔다.

"보세요, 폴, 보라고요." 베르나르가 다시 말했다.

폴은 깜짝 놀랐다. 베르나르가 가리킨 장교는… 인정할 수밖에 없었다. 하지만….

"그 얼굴이에요. 어제 제가 본 얼굴이라고요, 폴. 어제저녁 매형에 대해 물었던 그 여자와 같은 얼굴이에요." 베르나르가 중얼거렸다.

폴도 이전에 정원의 쪽문 근처에서 자신을 죽이려 했던 괴한의 얼굴을 즉각 알아봤다. 아버지를 죽였던 여자, 초상화 속 여자, 엘리자벳과 베르나르의 어머니인 헤르민 당드빌과 너무나 닮았던 괴한이었다. 베르나르가 장교를 향해 총을 겨누었다.

"안 돼, 쏘지 마!" 폴이 기겁하며 소리쳤다.

"왜 그러십니까?"

"저자를 생포해보자."

폴은 증오심이 살아나 달려들었지만 장교는 이미 자동차까지 달려가 버렸다. 독일 병사들이 장교에게 손을 내밀어 차 위로 끌어 올렸다. 총성이 울렸다. 폴이 쏜 총이 운전병을 맞추었다. 하지만 자동차가 나무에 부딪히려는 순간 장교가 운전대를 잡았다. 장교는 능수능란한 솜씨로 여러 장애물을 피해 국경선 쪽으로 차를 모는 데 성공했다.

장교가 탈출한 것이다.

장교가 사정권을 벗어나자 저항하던 독일 병사들은 곧바로 항복했다.

폴은 엄청난 분노를 느끼며 몸을 떨었다. 폴에게는 그 장교가 다양한 모습으로 나타나는 악, 그 자체였다. 기나긴 비극의 처음부터 마지막까지 살인, 염탐, 폭력, 배신자, 총질 등 한결같은 범죄의 화신이었던 것이다.

오직 이 괴물이 죽어야 폴의 증오심이 풀릴 것 같았다. 바로 저놈이 틀림없다. 폴은 의심하지 않았다. 바로 저 괴물 같은 놈이 엘리자벳을 총살한 게 틀림없다. 아! 끔찍한 일이다! 엘리자벳이 총살당하다니! 지옥 같은 광경을 상상할 때마다 폴의 마음은 찢어지는 것 같았다.

"누구야…? 어떻게 놈의 정체를 알아내지? 어떻게 해야 놈을 잡아 고문하고 목을 조를 수 있을까?" 폴이 외쳤다.

"포로에게 물어봅시다."

베르나르가 말했다.

더 이상 전진하지 않는 것이 나으리라고 판단한 대위의 명령에 따라 중대는 연대의 남은 병력과 합류하기 위해 퇴각했다. 폴은 소대와 함께 성에 진을 치고 포로들을 데리고 가는 특별 임무를 맡았다.

가는 길에 폴은 상급 병사 두세 명을 상대로 서둘러 조사했다. 그러나 이들은 모두 전날 코르비니에서 이 성으로 건너와 하룻밤만 보냈기 때문에 모호한 정보만을 줄 뿐이었다.

이들은 회색 망토를 입은 장교의 이름도 알지 못했다. 이 장교를 위해 헌신적으로 나섰으면서도 말이다. 이들은 그 장교를 그저 '소령님'으로 부른다고 했다.

"하지만 너희의 직속상관이지 않나?" 폴이 끈질기게 물었다.

"아닙니다. 우리가 소속된 후위대의 직속 지휘관은 중위님인데 지뢰 폭발로 부상을 당했습니다. 전부 도망쳤지만, 사실 중위님을 데리고 오고 싶었습니다. 그런데 소령님이 강하게 반대했고 권총을 든 채 전진하라고 명령했습니다. 누구든 포기하면 쏴 죽인다고 위협했습니다. 방금 우리가 싸울 때도 소령님은 뒤로 열 걸음 물러선 채 자신을 방어하라면서 권총으로 위협했습니다. 우리 중 세 명은 소령님이 쏜 총에 맞아 쓰러졌습니다."

"자동차가 와서 구해주리라고 생각했나?"

"그렇습니다. 우리 모두를 구할 지원병도요. 하지만 자동차는 딱 한 대만 왔고, 소령님만 구한 뒤 떠났습니다." 포로가 말했다.

"중위는 그 이름을 알고 있지 않나? 중위는 중상인가?"

"중위님이요? 한쪽 다리가 부러졌습니다. 정원의 별채에 눕혀놓았습니다."

"총살이 있었던 그 별채 말인가?"

"예."

하지만 말이 별채지 겨울철에 초목을 들여놓는 작은 온실이나 다름없었다. 로잘리와 제롬의 시체는 치워져 있었다. 그러나 끔찍한 쇠사슬은 세 개의 쇠고리에 매여 벽에 그대로 늘어져 있었다. 총알 자국, 벽면에 박힌 작은 포탄 파편과 그 주변의 엘리자벳 머리카락도 그대로였다. 그 장면을 다시 본 폴은 두려움에 휩싸여 몸을 떨었다.

포탄이 프랑스군의 것이라니! 그 때문에 살인 현장이 더욱 끔찍하게 느껴졌다.

폴은 전날 장갑차를 탈취하고 과감하게 코르비니 공격까지 성공하여 프랑스군에게 길을 터주었는데, 그 대가는 아내의 죽음이었다! 적은 퇴각하면서 성에 살던 사람들을 모두 총살했다! 엘리자벳은 벽에 쇠사슬로 묶인 채 총알 세례를 받은 게 분명했다. 아이러니하게도 엘리자벳의 시신은 코르비니 인근 언덕 위에서 하룻밤 전에 쏘아댄 프랑스군의 포탄 세례도 받은 것이다.

폴은 포탄 파편을 주워 여기에 붙어 있는 곱슬곱슬한 금발 머리칼을 조심스럽게 떼어냈다. 그리고 베르나르와 함께 별채 안으로 들어갔다. 별채 안에는 간호부대가 임시 구호본부를 설치해놓았다. 폴은 짚단 위에 누워 있는 중위를 발견했다. 중위는 치료를 잘 받아 질문에 대답할 수 있는 상태였다.

곧바로 한 가지 사실이 명확해졌다. 오르느캥 성에서 주둔한 독일군 수비대는 전날, 코르비니와 근처 요새에서 패한 부대와는 전혀 접촉한 적이 없었다. 성이 점거될 동안 일어난 일들에 대한 말이 새어 나가지 않도록 성에 주둔한 수비대는 전투 부대가 도착하기 전에 모조리 철수했다는 것이다.

"그때가 저녁 7시였습니다. 그쪽의 75밀리 포병 중대가 이

성을 포착했을 때 우리 쪽은 고위급 장교와 장군들밖에 없었습니다. 이들의 짐을 실어 떠나보냈고 자동차들도 떠날 준비가 되어 있었습니다. 가능한 한 오래 버틴 후에 성을 폭파하라는 지시가 내려져 있었습니다. 결국 소령이 모든 것을 미리 준비해놓은 셈입니다."

"소령의 이름은?"

"모르겠습니다. 소령은 젊은 장교 한 명과 늘 함께 다녔습니다. 장군들도 그 장교에게는 예의를 깍듯이 갖추어 말했습니다. 나를 불러 소령을 '황제 모시듯' 잘 따르라고 말한 사람도 그 장교였습니다."

"그 젊은 장교는 누구인가?"

"콘라트 왕자입니다."

"독일 황제의 아들 중 한 명 말인가?"

"그렇습니다. 왕자는 오후 늦게 성을 떠났습니다."

"소령은 밤새 여기에 있었나?"

"그랬을 겁니다. 어쨌든 소령은 오늘 아침까지 여기에 있었습니다. 우리가 지뢰에 불을 붙이고 떠나려고 했습니다. 그런데 너무 늦어지면서 난… 이 별채 근처… 성벽 근처에서 부상을 당했습니다."

폴이 분노를 삼키며 물었다.

"프랑스인 세 명이 총살당한 벽 근처를 말하는 건가?"

"예."

"언제 총살했나?"

"어제저녁 6시가 되기 전이었을 겁니다. 우리가 코르비니에서 오기 전이었습니다."

"누가 총살을 지시했나?"

"소령님입니다."

폴은 땀방울이 머리와 이마며 목덜미로 줄줄 흐르는 게 느껴졌다. 폴의 착각이 아니다. 엘리자벳은 알 수 없는 인물, 엘리자벳의 어머니인 헤르민 당드빌과 매우 닮은 수수께끼 같은 인물의 지시로 총살당한 것이다.

폴은 떨리는 목소리로 계속 물었다.

"그러니까 프랑스인 세 명이 총살을 당한 게 확실한가?"

"예, 성의 주민이 알려주었습니다. 배신했다고 하더군요."

"남자 한 명과 여자 두 명이 맞나?"

"맞습니다."

"그런데 별채에는 시신 두 구만 매달려 있었어."

"그래요, 두 구입니다. 콘라트 왕자의 지시에 따라 소령은 성의 여주인을 땅에 매장했습니다."

"어디에 매장했나?"

"소령이 이야기해주지 않았습니다."

"하지만 왜 성의 여주인을 총살했는지, 그 이유는 알 게 아닌가?"

"중요한 비밀이 발각된 것 같습니다."

"포로로 잡아둘 수도 있지 않았나?"

"그렇지요. 하지만 콘라트 왕자는 성의 여주인이 더 이상 필요 없다고 생각했습니다."

"이런!"

폴이 벌떡 일어섰다. 중위는 묘한 미소를 지었다.

"젠장! 왕자는 가문 내에서도 돈 후안 같은 바람둥이로 유명합니다. 왕자는 성에서 몇 주 살았으니 실컷 즐기다가… 그리고 질렸겠지요…. 더구나 소령 말로는 성의 여주인과 하인 두 명이 왕자를 독살하려고 했답니다. 그러니…"

중위는 말을 마치지 못했다. 폴이 험악한 얼굴을 중위에게 들이대며 목을 잡고 이렇게 말했기 때문이다.

"한마디만 더 하면 목을 졸라버리겠다…. 아! 부상당한 걸 다행으로 생각해…. 안 그랬으면… 안 그랬으면…"

베르나르 역시 이성을 잃고 중위에게 달려들었다.

"그래, 넌 운이 좋은 줄 알아. 네놈의 콘라트 왕자, 돼지 같은 놈…. 언젠가 그놈의 얼굴에 대고 말해줄 테다…. 그놈 가문이나 너희 놈들 모두 돼지 새끼라고…"

폴과 베르나르는 이들이 화내는 이유를 알 수 없어 어리둥절해하는 중위를 그대로 두고 나왔다.

밖으로 나온 폴은 절망감에 휩싸였다. 신경이 모두 풀린 듯 힘이 없었다. 모든 분노와 증오가 끝없는 절망으로 바뀌었다. 폴은 간신히 눈물을 참고 있었다.

"폴, 설마 저 말을 믿는 건 아니겠지요…" 베르나르가 말했다.

"아니, 아니! 무슨 일이 일어났는지 알 만해. 불한당 같은 왕자가 자신의 지위를 이용해 엘리자벳 앞에서 우쭐대며 주인 행세를 했겠지…. 생각해봐! 의지할 곳 없이 홀로 있는 여인을 정복하려고 했을 거야. 엘리자벳은 그 고통스러운 순간을 버텼겠지! 불쌍한! 얼마나 수치스러웠을까! 매일매일 버텼을 거야….
협박… 폭력… 결국 엘리자벳이 계속 반항하자 놈은 본때를 보
이려고 죽였겠지….”

"꼭 복수할 겁니다, 폴." 베르나르가 나지막이 말했다.

"당연하지. 하지만 엘리자벳이 나 때문에 여기에 남았다는
것도 절대 잊지 않을 거야. 나중에 설명해줄게. 내가 얼마나 차
갑고 부당하게 굴었는지 알게 될 거야…. 하지만….”

폴은 생각에 잠겼다. 소령의 모습이 자꾸 떠오르자 폴은 연
신 중얼거렸다.

"그런데… 정말 이상한 점들이 있어….”

오후 내내 프랑스군은 적의 반격에 대비하기 위해 리즈롱 계
곡과 오르느캥 마을을 통해 계속 밀려들고 있었다. 폴은 소대
가 휴식을 취하는 동안 베르나르와 함께 성의 정원과 잔해를
샅샅이 뒤졌다. 하지만 엘리자벳이 어디에 묻혔는지 알려주는
단서는 아무것도 발견하지 못했다.

5시쯤, 폴과 베르나르는 로잘리와 제롬을 정성스레 묻어주
었다. 무덤 위에 꽃을 뿌리고 십자가 두 개를 꽂았다. 군종 신
부가 와서 기도해주었다. 폴은 주인을 위해 헌신하다가 죽음을
맞이한 충직한 두 하인의 무덤 앞에서 깊이 마음 아파하며 무
릎을 꿇었다.

폴은 하인 내외의 죽음도 복수하겠다고 약속했다. 복수하고
싶은 마음이 얼마나 컸는지 소령의 혐오스러운 모습, 당드빌
백작부인에 대한 기억과 뗄 수 없는 소령의 모습이 고통스러울

정도로 강렬하게 떠올랐다.

폴이 베르나르를 구석으로 데려갔다.

"코르비니에서 자네에게 질문했다는 아낙네가 소령과 비슷하게 생긴 게 확실해?"

"확실해요."

"그렇다면 이리 와봐. 초상화 속 여자에 대해 말해준 적이 있을 거야. 지금 그 초상화를 보러 갈 거야. 보고 나서 첫인상이 어떤지 말해줘."

성에서 헤르민 당드빌의 침실과 규방이 있는 부분은 지뢰와 포탄의 폭발에도 완전히 무너지지 않았다. 그렇다면 규방은 어느 정도 원상태를 유지하고 있을 수도 있었다.

계단은 없어졌다. 폴과 베르나르는 무너진 석재 더미를 기어올라 2층으로 올라가야 했다. 복도는 군데군데 무너져 있었다. 문은 전부 뜯겨나갔고 방도 아수라장이었다.

"여기야." 폴은 기적에 가까울 정도로 고스란히 보존된 두 벽 사이의 빈 곳을 가리키며 말했다.

헤르민 당드빌의 규방은 여기저기 훼손되었으며 금이 가고 잔해들로 어질러져 있었지만 결혼한 날 저녁에 폴이 봤던 가구들이 그대로 있어 거의 원래 모습 그대로였다. 창문의 덧창들은 부분적으로 햇빛을 가리고 있었지만, 폴이 맞은편 벽을 알아볼 정도의 빛은 충분했다. 하지만 벽을 본 폴은 큰 소리로 외쳤다.

"초상화가 없어졌어!"

폴은 매우 실망했다. 동시에 상대방에게도 초상화가 아주 중요한 의미가 있음을 짐작할 수 있었다. 초상화가 사라진 게 그 증거 아니겠는가?

"어쨌든 내 생각은 변함이 없어요. 소령과 코르비니의 아낙네는 분명 닮았어요. 확인할 필요도 없어요. 그런데 초상화의 주인공은 누군가요?" 베르나르가 말했다.

"말하지 않았나, 어떤 여자라고."

"어떤 여자인가요? 아버지가 직접 걸어놓은 그림인가요? 소장품 중 하나인가요?"

"그래." 폴은 베르나르에게 사실대로 말하고 싶지 않았다.

폴은 덧창 하나를 열어젖혔다. 아무것도 없는 벽에는 커다란 사각형 자국만 남아 있었다. 초상화가 걸려 있던 자리다. 초상화는 누군가 급히 떼어간 것 같았다. 액자에서 떨어진 카르투슈가 바닥에 떨어져 있었다. 폴은 베르나르가 카르투슈에 새겨진 글을 볼까 봐 얼른 집어들었다.

폴은 벽면을 좀 더 자세히 살폈고 베르나르는 또 다른 덧창을 열었다. 그때 폴이 비명을 질렀다.

"왜 그래요?" 베르나르가 물었다.

"저기… 보이지…. 벽면의 서명…. 그림이 걸려 있던 바로 그 자리에… 서명과 날짜가 있어."

하얀 반죽 벽면 위, 사람 키만 한 높이에 누군가 연필로 두 줄을 적어놓았다. 날짜는 1914년 9월 16일 수요일 저녁, 서명은 헤르만 소령이었다.

헤르만 소령! 폴은 두 줄로 적힌 글자를 뚫어질 듯 자세히 살폈고 베르나르도 목을 빼고 바라봤다. 폴은 놀라며 중얼거렸다.

"헤르만… 헤르민…."

거의 비슷한 철자다! 헤르민의 첫 글자들은 소령이 계급과 함께 벽면에 새겨 넣은 이름과 똑같았다. 헤르만 소령! 헤르민 백작부인! H.E.R.M이라면… 성당의 종탑에서 폴을 죽이려고 한 괴한이 사용했던 단도 손잡이에도 새겨진 네 글자 H.E.R.M! 베르나르가 말했다.

"내가 보기에는 여자의 필체 같아요. 그렇다면…."

베르나르가 생각에 잠기더니 말을 이었다.

"그렇다면 어떻게 결론을 내려야 할까요? 어제의 아낙네와 헤르만 소령이 동일 인물이든지, 그러니까 아낙네가 남자이거나 소령이 여자이거나…. 아니면 둘은 서로 다른 남자와 여자일 수도 있어요. 제 생각에는 이 둘이 제아무리 똑 닮았다 해도 서로 다른 사람 같아요. 동일 인물이라면, 어젯밤 여기에 서명을 남긴 사람이 프랑스 전선을 넘어 아낙네로 변장한 뒤 코르비니에서 내게 말을 시켰다는 거잖아요. 더구나 오늘 아침에 다시 독일 소령으로 변장해 성을 폭파하고 도망가다가 자기 병사들을 몇 명 죽인 뒤 마침내 자동차로 탈출했다는 말인데, 이렇게 하는 게 가능할까요?"

폴은 아무 대답도 하지 않고 생각에 잠겼다. 잠시 후 폴은 백작부인의 규방과 엘리자벳이 사용하던 방 사이에 있는 방으로 갔다.

엘리자벳이 사용하던 방은 폐허나 마찬가지였다. 그러나 중간 방은 그리 심하게 망가지지 않았다. 담요가 있는 흐트러진 침대와 세면대를 보니 전날 밤 누군가 잠을 자는 용도로 이 방을 사용했음을 알 수 있었다.

폴은 테이블 위에서 독일 신문들과 9월 10일 자 프랑스 신문을 발견했다. 프랑스 신문에는 마른 전투(제1차 세계대전 중인 1914년 9월 5일부터 9월 12일까지, 프랑스의 마른 강 근처에서 벌어진 독일과 프랑스 간의 전투 – 옮긴이)의 승리를 알리는 성명이 있었는데, 그 위에 붉은색 색연필로 가위표가 표시되어 있고 H라는 서명과 함께 '거짓말! 거짓말!'이라고 적혀 있었다.

"헤르만 소령이 이 방에 머물렀나 보군." 폴이 말했다.

"헤르만 소령은 문제가 될 서류들을 어젯밤에 태워버린 것 같아요. 벽난로에 있는 잿더미 보이지요?"

베르나르는 몸을 숙여 반쯤 타다 남은 봉투와 종이 몇 장을 집었다. 알아보기 어려운 글자들이 있을 뿐이었다.

베르나르는 우연히 고개를 돌려 침대를 보았고 매트리스 아래에서 숨겨진 옷가지를 발견했다. 아마도 급하게 떠나다가 미처 챙기지 못한 듯했다. 베르나르는 옷가지를 꺼내자마자 탄성을 질렀다.

"아! 정말 놀라운데!"

"무슨 일이야?" 옆방을 뒤지던 폴이 물었다.

"이 옷가지… 아낙네의 옷가지… 코르비니에서 본 아낙네가 입었던 옷이에요. 틀림없어요…. 갈색 톤과 거친 모직, 그리고 이건 내가 말했던 검은색 레이스 숄이에요…."

"지금 뭐라고 했어?" 폴이 달려오며 크게 소리쳤다.

"이런! 이것 좀 봐요. 어제오늘 만들어진 숄이 아니에요. 낡

고 찢어진 것 좀 보세요. 안에는 내가 말한 브로치도 달려 있어
요, 보여요?"

폴은 첫눈에 브로치를 알아보고 소스라치게 놀랐다! 헤르민
당드빌의 규방 옆, 헤르만 소령의 방에서 발견된 옷가지와 브
로치는 폴에게 얼마나 끔찍한 의미를 띠는지! 날개를 쫙 펼친
백조가 새겨졌고 눈이 루비로 된 황금빛 뱀이 똬리를 튼 장식
이 있는 카메오! 어린 시절부터 폴은 이 카메오를 기억해왔다.
아버지를 살해한 여자의 상의에서 봤고 헤르민 백작부인의 초
상화에서도 본 카메오다. 그런데 헤르만 소령의 방에 버려진
코르비니 아낙네의 옷가지와 섞인 검은색 레이스 숄에서 이 카
메오를 또다시 본 것이다!

베르나르가 말했다.

"이제 증거가 확실해졌어요. 옷이 여기에 있는 것을 보니 나
한테 매형에 대해 물었던 여자가 어젯밤에 이곳으로 온 거예
요. 그런데 그 여자와 소령은 무슨 관계일까요? 두 사람이 너무
닮았단 말이지요. 내게 매형에 대해 질문한 여자가 두 시간 전
에 엘리자벳 누나에게 총을 쏜 소령과 동일 인물일까요? 두 사
람의 정체는 무엇일까요? 우리는 지금 어떤 살인범들, 어떤 첩
자를 상대하는 걸까요?"

"그야 독일 놈들이지. 살인을 저지르고 염탐하는 것이야말로
독일 놈들의 타고난 전쟁 방식이야. 평화로운 시기에 전쟁을
일으킬 때 사용하는 수법이지. 베르나르, 내가 전쟁에 대해 말
한 적이 있을 거야. 우리는 20년 전부터 이 같은 전쟁의 희생자
야. 우리 아버지가 살해된 사건이 비극의 시작이었어. 이제는

가엾은 엘리자벳을 애도할 차례지. 그러나 아직 끝나지 않았어." 폴이 말했다.

"하지만 소령은 도망쳤잖아요." 베르나르가 말했다.

"분명 다시 보게 될 거야. 그자가 나타나지 않으면 내가 그자를 찾아 나설 테니까. 그때는….."

방에는 안락의자 두 개가 있었다. 폴과 베르나르는 여기서 밤을 보내기로 하고 규방 벽에 자신들의 이름을 새겼다. 그런 다음 폴은 부하들이 창고와 부속 건물 사이에 제대로 자리를 잡았는지 살펴봤다. 그때 당번병이 성지기의 별채에 인접한 작은 집에서 깨끗한 담요와 매트리스 두 벌을 가져왔다고 했다. 당번병은 오베르뉴 출신의 용감한 인물로 이름이 제리플루르라고 했다. 이렇게 해서 그런 대로 잘 만한 침대가 준비된 셈이다.

폴은 이를 자신이 사용하지 않고 제리플루르와 또 다른 부하 한 명에게 성으로 가서 안락의자 두 개를 침대로 사용하라고 했다.

밤은 무사히 흘러갔지만 엘리자벳에 대한 기억이 자꾸 떠오른 폴은 열이 나고 잠들 수 없는 밤을 보냈다. 아침이 되어서야 깊이 잠든 폴은 악몽에 시달리다가 기상나팔 소리에 번쩍 눈을 떴다. 베르나르가 폴을 기다리고 있었다.

점호는 성의 안마당에서 이루어졌다. 그런데 제리플루르와 다른 부하 한 명이 보이지 않았다.

"아직 자는 모양이지. 우리가 가서 깨워야겠군." 폴이 베르나르에게 말했다.

두 사람은 폐허를 헤치며 2층으로 통하는 길을 걸었고 허물어진 방들을 지나갔다.

이윽고 헤르만 소령이 사용하던 방에 다다른 폴과 베르나르는 침대 위에서 피투성이가 된 채 축 늘어진 제리플루르와 안락의자에서 마찬가지로 죽어 있는 부하를 발견했다.

시신들 주변에는 어질러진 흔적도, 싸운 흔적도 없었다. 제리플루르와 부하는 잠든 동안 살해된 듯했다.

폴은 곧바로 살인에 사용된 무기를 발견했다. 나무 손잡이에 H.E.R.M.이라는 글자가 새겨진 단도였다.

# 8
# 엘리자벳의 일기

여러 비극적인 사건에 이어 이번에는 제리플루르와 부하 병사가 살해당하는 사건이 일어났다. 치밀했고 끔찍하기 이를 데 없었다. 폴과 베르나르는 아무 말 없이 꼼짝하지 않고 그대로 서 있었다.

두 사람은 그간 전투를 해오며 이미 여러 번이나 죽음을 느끼고 목격했지만 이번처럼 무시무시하고 끔찍하게 다가온 적은 없는 것 같았다.

죽음! 폴과 베르나르는 죽음을 무자비한 악이 아니라 어둠 속에서 상대를 염탐하다 가장 적당한 때를 선택해 확고한 의지로 팔을 치켜들어 내려치는 유령처럼 생각했다. 그 유령이 헤르만 소령의 모습과 얼굴로 구체화된 것이다.

폴이 입을 열었다. 폴의 목소리는 불길한 어둠의 힘을 의식하게 할 만큼 얼이 빠져 있었다.

"그자는 간밤에 이곳에 왔어. 우리가 벽에 쓴 이름을 본 거야. 베르나르 당드빌과 폴 들로즈라는 이름이야말로 그자에겐 눈엣가시였던 거지. 잠든 사람이 나와 자네인 줄 알고 찌른 거야…. 가엾게도 제리플루르와 부하 병사가 우리 대신 희생당했어."

폴은 한참 침묵을 지킨 후 중얼거렸다.

"두 사람은 우리 아버지처럼 죽은 거야…. 엘리자벳처럼 죽은 거고… 또 성지기 부부처럼… 같은 손에 의해…. 알겠어, 베르나르? 그래, 도저히 용납할 수 없는 일 아닌가? 내 이성으로는 용납할 수 없어…. 단도를 쥔 손은 늘 같아…. 옛날이나 지금이나."

베르나르는 단도를 자세히 살폈다. 손잡이에 새겨진 네 글자를 보며 말했다.

"헤르만 아닌가요? 헤르만 소령?"

"그래." 폴이 힘주어 말했다. "이게 그의 진짜 이름일까? 그자의 정체가 무엇일까? 모르겠어. 어쨌든 그동안 살인을 저질러 온 사람은 이 네 글자, H.E.R.M으로 서명한 자야."

폴은 소대의 부하들에게 경계령을 내리고 군종 신부와 군의관을 불렀다. 그리고 대령에게 특별 면담을 신청해 엘리자벳과 두 부하 병사의 죽음에 얽힌 비밀스러운 이야기를 전부 털어놓기로 마음먹었다. 그런데 대령과 연대 병력이 국경선 너머에서 전투를 치르는 중이고 제3중대도 긴급 소집되어 성에는 자신이 지휘하는 분견대만 남아 있음을 알게 되었다. 그래서 폴은 부하들과 함께 직접 조사에 나섰다.

조사해도 밝혀진 건 전혀 없었다. 범인이 어떻게 울타리 안으로 들어와 폐허를 지나갔고, 또 방에까지 들어왔는지를 밝히는 단서는 조금도 발견되지 않았다. 민간인이라고는 전혀 볼 수 없는 상황에 비추어 부하 두 명을 살해한 범인이 제3중대 병사 중 한 명이라고 의심해야 할까? 그건 아니다. 그렇다면 이외에 어떤 가설을 세울 수 있을까?

아내의 죽음을 밝혀줄 정보, 아내가 묻힌 장소에 관한 단서역시 발견된 게 하나도 없다. 폴에게는 정말로 힘 빠지고 괴로운 일이었다.

부상당한 독일 병사들도 포로들과 마찬가지로 조사에 별 도움이 되지 않았다. 모두 남자 한 명과 여자 두 명이 처형당한 사실은 알았지만 자신들은 처형이 끝나고 주둔군이 성을 떠난 후에야 성에 왔다고 했다.

폴은 오르느캥 마을까지 조사해보기로 했다. 그곳에 가면 뭐라도 아는 사람이 있을지도 몰랐다. 성의 여주인, 여주인이 성에서 보낸 생활, 여주인이 겪은 고통과 죽음에 대해 들은 사람이 있을지도 몰랐다….

그러나 오르느캥은 텅 비어 있었다. 여자도, 노인도 전혀 없었다. 적군은 마을 주민을 독일로 보냈을지도 모른다. 아니면 점령 기간에 저지른 짓을 숨기기 위해 성 주변을 완전히 초토화했을 수도 있다. 폴은 사흘간 끈질기게 조사했으나 그 모든 게 소용없는 짓이었다.

"아무리 그래도 엘리자벳이 흔적도 없이 사라질 수는 없어. 무덤은 찾아내지 못했지만 적어도 엘리자벳이 여기에 머물렀다는 조그만 흔적은 찾을 수 있지 않을까? 엘리자벳은 여기에 살았고 고통을 당했어. 엘리자벳에 대한 기억이 남아 있는 거라면 그 어떤 것이든 내게는 아주 소중할 거야!" 폴이 베르나르에게 말했다.

폴은 엘리자벳이 살았던 방을 원래 상태로 복구하려고 노력
했다. 각종 잔해, 돌무더기, 회반죽 부스러기 가운데에서 말이
다.

2층 천장이 1층으로 무너져 내렸기 때문에 거실의 파편들까
지 섞여 있었다. 폴은 어느 날 아침, 산산조각이 난 벽체와 가구
들 더미에서 깨진 손거울과 자개로 만든 브러시, 은으로 된 나
이프, 가위를 발견했다. 엘리자벳이 가지고 있던 물건을 발견
한 것이다.

특히 폴의 마음을 흔든 것은 커다란 비망록이었다. 폴은 비
망록을 읽으며 아내가 결혼 전에 지출 내용, 시장 볼 목록과 가
야 할 곳 목록을 꼼꼼히 기록했고, 간혹 인생에 대한 마음속 이
야기도 적었다는 사실을 알게 되었다.

그런데 1914년에는 딱딱한 표지와 함께 1월부터 7월까지의
기록만 남아 있었다. 나머지 5개월간의 내용은 한꺼번에 뜯긴
게 아니라 제본에서 한 장 한 장 뜯겨 있었다.

폴은 곧바로 생각에 잠겼다.

'엘리자벳이 하나하나 뜯어낸 거야. 다급하지도 걱정할 일도
없을 때 서두르지 않고 한 장씩 찢어서 그날그날의 무언가를
쓰기 위해 사용한 것일 수 있어. 무엇을 적으려고 했을까? 전에
적은 계산서와 요리법보다는 중요한 정보를 적으려고 한 것 같
은데, 그게 무엇일까? 내가 떠난 후에는 고지서도 없었을 테고,
또 끔찍한 삶이 이어졌을 거야. 아마도 사라진 페이지에는 고
통이나… 불안… 나에 대한 원망이 적혀 있겠지.'

이날은 베르나르가 없어 폴은 더 열심히 조사했다. 돌이란 돌, 구멍이란 구멍은 전부 살폈다. 부서진 대리석, 비틀린 촛대, 찢어진 태피스트리, 불로 검게 탄 들보도 만져보았다. 폴은 몇 시간이나 끈질기게 조사했다. 폐허가 되어버린 터에서 더 이상 찾을 게 없자 정원으로 나와 조사를 이어갔다.

하지만 모든 노력에도 성과가 없어 지쳐갔다. 사라진 페이지들을 아주 귀중하게 여겨서 완전히 없앴거나 완벽하게 숨겨둔 듯했다. 그것도 아니라면….

'그것도 아니라면 누군가에게 빼앗겼을지도 몰라. 소령은 엘리자벳을 끈질기게 감시했겠지. 그런 상황에서라면 혹시?'

폴은 한 가지 가설을 떠올렸다. 아낙네의 옷가지와 검은색 레이스 숄을 발견한 후 그대로 놔두고 온 기억이 났다. 방의 침대 위에 별생각 없이 두고 나온 것이다. 혹시 부하 두 명을 살해하던 밤에 소령이 옷가지, 적어도 호주머니 안에 있는 것들을 다시 가지러 온 것은 아닐까? 그런데 제리플루르가 그 위에서 잠을 자서 옷을 발견하지 못한 것은 아닐까?

폴은 아낙네의 치마와 블라우스를 펼쳐보았던 그때 호주머니 속에서 종이 더미를 느꼈던 것 같기도 했다. 혹시 그게 헤르만 소령에게 들켜 빼앗긴 페이지들은 아닐까?

폴은 두 차례의 살인이 일어난 방까지 달려가 옷가지를 뒤졌다.

"아! 그래, 찾았다!" 폴이 말했다.

비망록에서 찢긴 종이는 커다랗고 노란 봉투에 가득 들어 있었다. 종잇장들은 구겨진 것도 있고 군데군데 찢긴 것도 있었다. 한눈에 봐도 이 종잇장들은 8월과 9월에 집중적으로 작성된 내용을 담고 있었다. 물론 중간에 빠진 것들도 있을 테지만.

분명 엘리자벳의 필체였다.

상세한 일기는 아니었다. 마음이 심란한 상황에서 끄적거린 단순한 메모라고나 할까? 글이 길어지면 한 장을 덧붙여 적어 내려간 일기였다. 낮에 적은 것도 있고, 밤에 적은 것도 있고, 연필이나 펜이 가는 대로 적은 것도 있었다. 간혹 알아보기 어려운 글씨도 있었는데 손이 떨리거나 눈물이 눈앞을 가릴 때, 즉 정신이 불안하고 고통스러울 때 쓴 글 같았다.

폴은 가슴이 미어졌다. 이것만큼 가슴을 시리게 하는 것은 없을 듯했다.

폴은 홀로 읽어내렸다.

### 8월 2일 일요일

차라리 이런 편지를 보내지나 말지. 너무나 잔인하다. 왜 내게 오르느캥을 떠나라고 하는 걸까? 전쟁 때문에? 전쟁이 일어날 수 있으니 이곳에서 의무를 이행할 용기조차 갖지 말라는 걸까? 나를 잘 모르고 하는 소리다! 폴은 내가 비겁하거나 내가 우리 가여운 어머니를 의심하리라고 본 걸까…? 폴, 사랑하는 폴, 날 떠나지 말았어야 했어요….

### 8월 3일 월요일

하인들이 모두 떠난 후 제롬과 로잘리는 내게 더욱 신경 써주고 있다. 로잘리도 내게 떠나라고 애원한다. 나는 '로잘리, 로잘리도 떠날 건가요?'라고 물었다. 그러자 로잘리는 '우리는 하찮은 사람들이라 두려울 게 없습니다. 그리고 우리가 있어야 할 자리는 여기입니다'라고 대답했다. 나 역시 그렇다고 했다. 하지만 내 말을 잘 이해하지 못하는 것 같다.

제롬과 눈이 마주치자 제롬은 고개를 끄덕였고 슬픈 눈빛으로 날 바라봤다.

## 8월 4일 화요일

내 의무? 그래, 의무에 대해 불만은 없다. 의무를 포기하느니 죽는 게 낫다. 하지만 의무를 어떻게 해낼 수 있을까? 어떻게 해야 진실에 다가갈 수 있을까? 나는 큰 용기를 가진 사람이지만 지금은 더 이상 해볼 게 없는 사람처럼 계속 울고만 있다. 폴을 생각하고 있기 때문이다. 폴은 어디에 있는 걸까? 폴은 어떻게 되었을까? 오늘 아침 제롬이 전쟁이 터졌다고 했을 때 기절하는 줄 알았다. 폴은 전쟁에 나가겠지. 어쩌면 부상당할지도 몰라! 전사할 수도 있고! 아, 하느님, 폴이 전쟁하게 될 곳에서 가까운 도시, 폴의 곁이 내가 있어야 할 자리가 아닐까요? 여기에 남아 있으면서 무엇을 기대할 수 있을까요? 그래, 나의 의무, 알아…. 아! 엄마, 용서해주세요. 폴을 사랑하고 폴에게 무슨 일이 생길까 봐 두려워서 그래요….

## 8월 6일 목요일

늘 눈물이 흐른다. 점점 불행한 기분이 든다. 앞으로 더 불행해진다 해도 받아들일 것이다. 폴은 더 이상 날 원치 않고 편지도 하지 않는데 내가 그에게 다시 갈 수 있을까? 폴이 날 사랑할까? 아니, 폴은 날 싫어하고 있어! 폴이 끝없이 증오하는 여자의 딸이니까. 아! 너무 두렵다! 어떻게 이런 일이 있을까? 내가 일을 해내지 못한다면 폴은 계속 그렇게 엄마를 생각하고, 또 우리는 결코 다시 만날 수 없는 걸까? 그것이 앞으로의 내 인생일까?

### 8월 7일 금요일

제롬과 로잘리에게 엄마에 관해 많이 물었다. 두 사람도 엄마를 모신 건 몇 주밖에 되지 않는다고 했지만 엄마를 자세히 기억하고 있었다. 두 사람이 들려주는 이야기를 들으며 기뻤다! 엄마는 무척 다정하고 아름다운 여성이었다고 한다! 모두 엄마를 좋아했다고 한다.

"마님이 늘 쾌활하신 것은 아니었어요. 잘은 모르겠지만 병세가 점점 더 나빠지고 있었던 것 같아요. 하지만 마님이 미소를 지으면 마음이 따뜻해졌습니다." 로잘리가 말했다.

불쌍한 엄마!

### 8월 8일 토요일

오늘 아침, 아주 멀리서 대포 소리가 들렸다. 여기서 40여 킬로미터 떨어진 곳에 전투가 있다.

아까 프랑스군이 왔다. 리즈롱 계곡을 행진하는 모습을 성토 위에서 자주 봤다. 프랑스군이 성에서 머물 것이라고 했다. 대위가 양해를 구했다. 날 방해하지 않으려고 대위와 부관들은 제롬과 로잘리가 사는 별채에서 숙식하기로 했다.

## 8월 9일 일요일

폴에게는 여전히 소식이 없다. 나 역시 폴에게 편지를 쓰지 못하고 있다. 내가 증거를 찾기 전까지는 폴이 나에 관한 이야기를 듣지 않았으면 좋겠다.

그런데 무엇을 해야 할까? 16년 전에 일어난 일과 관련된 증거를 어떻게 찾을 수 있을까? 찾아보고 연구하고 생각해볼 수밖에 없다.

## 8월 10일 월요일

멀리서 폭격이 멈추지 않는다. 하지만 대위는 그쪽에서 적의 공격으로 보이는 움직임은 전혀 없다고 했다.

## 8월 11일 화요일

오늘 오후에 들판으로 난 쪽문 근처 숲에서 병사 한 명이 칼에 맞아 목숨을 잃었다. 정원을 빠져나가려는 누군가를 막다가 변을 당했다는 말이 들린다. 그 누군가는 어떻게 이리로 들어왔을까?

## 8월 12일 수요일

어떻게 된 일일까? 너무 놀라 이해되지 않는 일이 생겼다. 왜 그런지는 모르지만 역시 당혹스러운 다른 일들도 벌어졌다. 내가 만나본 대위와 병사들은 모두 이 일에 별로 신경 쓰지 않았으며 심지어 자기들끼리 농담까지 주고받는 것에 무척 놀랐다. 나는 폭풍 전야 같은 긴장이 느껴지는데 말이다. 신경이 쓰인다. 그러니까 오늘 아침에….

폴은 여기까지밖에 읽을 수 없었다. 글이 이어지는 아래 페이지와 다음 페이지가 찢겨 있었기 때문이다. 일기를 빼앗은 소령이 엘리자벳이 무언가를 설명한 페이지를 없애 버린 걸까? 일기는 그다음으로 이어졌다.

### 8월 14일 금요일

마침내 대위에게 모든 이야기를 털어놓을 수밖에 없었다. 대위를 송악으로 둘러싸인 어느 고목으로 데리고 가 잘 들어보라고 했다. 대위는 인내심을 가지고 주의 깊게 들었지만 아무 소리도 나지 않는다고 했다. 이번에는 내가 다시 들어봤는데 역시 대위의 말처럼 아무 소리도 들리지 않았다.

"부인, 모든 것이 완전 정상입니다."

"대위님, 그저께 바로 여기 이 나무에서 소란스러운 소리가 들렸어요. 소리는 몇 분간 계속 났고요."

대위가 미소를 지으며 이렇게 대답했다.

"이 나무를 뽑아버리는 게 쉬울 수도 있습니다. 하지만 생각해 보세요, 부인. 우리 모두 신경이 예민한 상태라 착각하거나 헛것이 보일 수도 있지 않을까요? 그런 소리가 여기서 들려올 리가 있을까요?"

그래, 대위의 말이 맞다. 하지만 난 들었고… 봤다….

## 8월 15일 토요일

어제저녁에 독일군 장교 두 명이 잡혀 부속 건물 끝에 있는 세탁장에 갇혔다.

오늘 아침 세탁장에는 독일군 장교들의 제복밖에 없었다.

문을 부수고 달아난 것 같았다. 그런데 대위가 조사한 바로는 그 독일군 장교들은 프랑스 군복으로 갈아입고 탈출해 코르비니에 임무 차 가는 길이라고 하면서 경비초소를 통과했다는 것이다.

누가 저들에게 프랑스 군복을 주었을까? 게다가 암호도 알아야 했을 텐데…. 누구에게서 암호를 들은 걸까?

어느 시골 아낙네가 며칠 동안 달걀과 우유를 가져다주었다고 한다. 지나치게 단정한 차림의 시골 아낙네라는데 요즘은 보이지 않는다고 한다…. 그 시골 아낙네가 어떤 공모를 하는지는 밝혀진 게 없다.


## 8월 16일 일요일

대위가 내게 성을 떠나라고 열심히 설득했다. 대위는 더 이상 웃지 않았고 걱정이 가득해 보였다.

"염탐꾼들이 가득합니다. 더구나 조만간 우리가 공격받을 듯한 징후가 여러 개 보입니다. 코르비니로 통하는 길을 확보하기 위한 전면적인 공세가 아니라 성을 표적으로 한 기습 공격이 될 것 같습니다. 제 임무는 부인에게 상황을 알리는 것입니다. 조만간 우리 군은 코르비니로 후퇴해야 할 것 같습니다. 그리고 여기에 이대로 남아 있는 건 대단히 위험합니다." 대위가 말했다.

나는 아무리 그래도 결심이 달라지지 않을 것이라고 대답했다.

제롬과 로잘리도 내게 떠나라고 사정했다. 하지만 떠나는 게 무슨 소용인가? 난 떠나지 않을 것이다.

폴은 여기까지 읽다가 또다시 멈추었다. 이 부분에서 다음한 페이지가 없어졌고, 그다음에 이어지는 8월 18일 자 일기도 맨 앞부분과 뒷부분이 찢겨나가 일부만 남아 있었다.

…바로 그런 이유로 폴에게 보낸 편지에는 아무 말도 안 했다. 폴은 내가 오르느캥에 있는 줄 알겠지만 내 결심에는 이유가 있다. 폴은 내가 품은 희망을 몰라야 한다.

희망이라고 해봐야 알 수 없는 내용이 근거라 아직은 모호하니까! 그래도 아주 기쁘다. 이 내용을 아직은 정확히 이해하지 못했지만 중요한 의미가 있는 것 같다. 아! 대위는 열심히 움직이며 정찰을 늘려가고 있고 병사들도 무기를 점검하며 열심히 싸우겠다는 강한 의지를 보인다. 적은 예상대로 에브르쿠르트에 진을 치고 있을 것이다! 하지만 그게 나와 무슨 상관일까? 내게는 단 하나의 생각만 중요하다! 출발점을 제대로 찾은 걸까? 제대로 된 길을 가는 걸까?

자, 한번 생각해보자….

엘리자벳이 자세히 설명하려는 내용이 나올 듯한데 그 부분의 페이지가 또 찢겨 있었다. 혹시 헤르만 소령이 찢은 걸까? 그럴 수 있다. 하지만 왜 그랬을까?

8월 19일인 수요일의 일기가 적힌 페이지도 처음 절반 정도가 찢겨 있었다. 8월 19일은 독일군이 오르느캥을 비롯해 코르비니와 인근 전 지역을 공격하기 전날이다…. 그날 수요일 오후에 엘리자벳은 어떤 글을 썼을까? 무엇을 알아냈을까? 어둠 속에서 어떤 일이 일어나려고 한 걸까?

폴은 두려움에 휩싸였다. 목요일 새벽 2시에 코르비니의 위쪽에서 첫 포격 소리가 울렸던 일이 기억났다. 폴은 가슴을 졸이며 일기의 나머지 부분을 읽었다.

### 밤 11시

나는 일어나 창문을 열었다. 사방에서 개가 짖는 소리가 들려온다. 개들은 서로 짖어대다가도 잠시 멈춰 무언가에 귀를 기울이다 다시 짖기 시작했다. 이전에는 개들이 이렇게 짖는 걸 들어본 적이 없다. 개들이 짖기를 멈추었을 때는 무거운 침묵이 흐른다. 이번에는 내가 열심히 귀를 기울여 본다. 개들이 어떤 소리 때문에 흥분하는지 알고 싶어서다.

내게도 소리가 들린다. 나뭇잎이 부스럭거리는 소리와는 달랐다. 평소 조용한 밤의 침묵을 깨던 여느 소리와도 다르다. 이 소리가 어디에서 들려오는지 모르겠다. 너무 긴장되고 혼란스러운 나머지 내 심장박동 소리나 군대의 행진 소리를 듣고 있는 게 아닐까 하는 생각마저 들 정도다.

이런! 내 정신이 어떻게 되었나 보다. 군대의 행진! 국경에 우리 쪽 전초부대가 있는데? 성 주변에도 우리 쪽 보초군이 있지 않나…? 그런데 군대의 행진 소리가 들린다는 건 전투, 다시 말해 총격전이 일어났다는 것일 텐데….

## 새벽 1시

나는 창가에 서서 꼼짝하지 않았다. 개들도 더는 짖어대지 않았다. 모두 잠들었나 보다. 그런데 누군가 나무 사이에서 나와 잔디밭을 지나가는 모습이 보였다. 처음에는 우리 쪽 병사 중 한 명이라고 생각했다. 그런데 내 방 창문 아래로 이 그림자가 지나칠 때 하늘에 어느 정도 빛이 있어 살펴보니 여자 모습이었다. 로잘리인 줄 알았는데 아니었다. 얼핏 보이는 그 여자는 꽤 키가 컸고 동작이 가볍고 빨랐다.

즉시 제롬을 깨워 알려주려고 했으나 그러지 못했다. 그림자가 성토 쪽으로 사라져버렸다. 갑자기 새가 우는 소리가 들렸다. 이상한 소리였다…. 그리고 별똥별처럼 한 줄기의 빛이 지상에서 하늘로 올라가 빛났다.

그것이 다였다. 다시 침묵이 흐르고 아무런 움직임도 없었다. 더는 아무 일도 없다. 그런데 잠을 잘 수가 없다. 이유는 모르겠지만 두렵다. 사방에서 위험이 나타날 것 같다. 그 위험들이 앞으로 다가와 나를 가두고 숨 막히게 짓누르는 것 같다. 더는 숨을 쉴 수가 없다. 무서워…. 무서워….

# 9
# 황제의 아들

폴은 엘리자벳의 불안한 마음이 느껴지는 절절한 일기를 손으로 꽉 쥐었다.

'아! 불쌍한 엘리자벳! 얼마나 괴로웠을까! 더구나 이것은 죽음으로 가는 길의 시작이었을 뿐인데.'

폴은 엘리자벳의 일기를 더 읽기가 두려웠다. 죽음의 형벌이라는 끔찍한 시간이 위협적이고 무자비하게 다가오는 모습을 보게 될 테니까. 폴은 엘리자벳에게 이렇게 소리치고 싶었다.

"어서 떠나요! 운명과 맞서지 말라고요! 난 과거를 이미 잊었어. 여전히 당신을 사랑한단 말이에요."

너무 늦었다! 엘리자벳을 죽음의 형벌로 잔인하게 이끈 사람은 다름 아닌 폴 자신이다. 끔찍한 결말이 기다리는 시련의 계단을 끝까지 함께 가주지 못한 게 후회될 뿐이다.

갑자기 폴은 종이들을 뒤적였다.

우선 백지 세 장이 있었다. 8월 20일, 21일, 22일이라는 날짜만 적혀 있었다. 혼란스러운 나날이어서 엘리자벳은 아무것도 적을 수 없었던 것 같다. 23일과 24일의 일기가 적힌 페이지들은 없어졌다. 아마도 이런저런 사건을 이야기하고, 이해하기 어려운 침입에 관해 상세히 밝힌 내용이었을 것이다.

일기는 일부가 찢겨나간 25일 화요일부터 다시 시작되었다.

"그래요, 로잘리, 이젠 괜찮아요. 날 간호해줘서 고마워요."

"그럼, 더 이상 열은 없는 거예요?"

"그래요, 로잘리, 다 끝났어요."

"어제도 그러셨지만 열이 다시 올랐잖아요…. 아마도 그 방문 때문일 거예요…. 오늘은 그 방문이 없을 테지만… 내일만… 마님에게 알려드리라는 지시를 받았어요…. 내일 5시…."

나는 대답하지 않았다. 반항해봐야 무슨 소용이 있을까? 아무리 모욕적인 말을 듣는다 해도 지금 눈앞에 있는 것들만큼이나 괴로울까.

말뚝에 매인 말들이 가득한 잔디밭, 길가에 있는 화물트럭과 군용차들, 반쯤 베어진 나무들, 술 마시고 노래를 부르며 잔디밭에서 뒹구는 장교들, 그리고 내 방 창문 발코니, 바로 눈앞에 보이는 독일 국기. 아! 보기 흉한 광경들!

보지 않으려고 눈을 감는다. 눈을 감으니 더 끔찍하다… 아! 간밤의 기억…. 오늘 아침 해가 뜨자 시체들이 보였다. 아직 살아 있는 불쌍한 사람들 주변에서 괴물들이 춤을 추고 있었다. 얼른 목숨을 끊어달라고 애원하며 신음하는 사람들의 외침이 귀에 선하다.

그리고… 그리고… 더 이상 그 생각은 하고 싶지 않다. 내 용기와 희망을 꺾는 그 무엇도 더는 생각하고 싶지 않다.

폴, 당신을 생각하며 이 일기를 쓰고 있어요. 만일 내게 무슨 일이 생기면 당신이 이 일기를 읽을 것 같다는 느낌이 들어요. 그래서 더욱 힘을 내 일기를 써가면서 하루하루 일어나는 일을 당신에게 알려주어야 해요. 여기까지 읽었다면 내게는 아직도 모호해 보이는 것을 당신은 이미 이해했을 수도 있겠지요. 과거와 현재… 과거의 살인 사건과 간밤의 알 수 없는 공격 사이에는 어떤 관계가 있는 걸까요? 모르겠어요. 나는 있는 사실을 늘어놓고 내가 생각해낸 가설을 알릴 테니 결론은 당신이 내리세요. 당신은 진실을 알게 될 거예요.

## 8월 26일 수요일

성이 아주 시끄럽다. 사람들이 사방에서 왔다 갔다 하고, 특히 내 방 아래에 있는 살롱이 소란스럽다. 한 시간 전부터 화물수송차 대여섯 대와 또 그만큼의 다른 자동차들이 잔디밭으로 왔다. 화물수송차들은 비어 있다. 리무진마다 여자 두세 명이 내렸고 독일군이 환호하며 시끄럽게 웃어댔다. 장교들은 서둘러 여자들을 맞았다. 모두 신이 났고 즐거워했다. 그리고 모두 성 쪽으로 향했다. 무엇을 하려는 걸까?

누군가 복도를 걷는 것 같다. 벌써 5시….

누군가 노크한다….

다섯 명이 들어왔다. 그가 먼저 들어왔고 이어 비굴할 정도로 굽실대는 장교 네 명이 들어왔다.

그가 장교들에게 프랑스어로 무뚝뚝하게 말했다.

"자, 제군들, 이 방과 마님이 거주하는 공간은 절대로 손대선

안 된다. 두 개의 커다란 살롱을 제외한 나머지는 자네들에게 하사한다. 그러니 필요한 것이 있으면 모두 가져가고 마음에 드는 것은 전부 취하도록. 이것이 전쟁이다. 전쟁의 법칙이야."

'전쟁의 법칙이야'라는 그의 말에서 무식할 정도로 강한 신념이 느껴졌다. 그가 다시 말했다.

"마님이 거주하는 공간은 가구 하나도 건드려선 안 된다. 나도 예의는 아는 사람이니까."

그리고 그는 나를 바라봤는데 내게 이렇게 말하고 싶어 하는 것 같았다.

'어때! 나도 기사도는 넘치는 사람이라고! 모든 것을 다 빼앗을 수도 있지만, 난 독일인이야. 예의를 알지.'

그는 감사하다는 말을 기대했겠지만 나는 이렇게 말했을 뿐이다. "약탈이 시작되는 건가요? 화물수송차들이 온 것을 보고 짐작했습니다."

"마님의 것은 약탈하지 않습니다. 그것이 전쟁의 법칙입니다." 그가 대답한다.

"아…! 그 전쟁의 법칙이라는 것이 대형 살롱 두 곳에 있는 가구들과 예술품들에까지 미치는 것은 아니겠지요?"

그가 얼굴을 붉혔다. 나는 웃기 시작했다.

"알겠어요. 그건 댁의 몫이겠지요. 고르는 안목이 높으시더군요. 귀중하고 값나가는 것들만 고르셨어요. 남은 찌꺼기는 댁의 수하들이 나눠 가지면 될 테고요."

이런 내 말을 듣던 장교들이 분노해 뒤를 돌아보았다. 그는 더욱 얼굴을 붉혔다. 그는 얼굴이 아주 동그랗고, 포마드를 바른

환한 금발 한가운데로 가르마를 탔다. 좁은 이마 너머로 그럴 듯한 변명을 찾기 위해 노력하고 있을 것이다. 마침내 그가 다가오더니 의기양양한 목소리로 이렇게 말했다.

"프랑스군은 샤를루아에서 패했고 모랑주에서도 패했습니다. 모든 전선에서 후퇴하고 있지요. 전쟁의 운명은 이미 정해졌습니다."

그 말을 들으며 얼마나 괴로웠는지 꼼짝도 못하고 시선을 피했다. 나는 중얼거렸다. "비열한 인간!"

그는 깜짝 놀라는 눈치였다. 다른 장교들도 내 말을 들었는지 그중 한 명이 검 손잡이에 손을 갖다 대는 것이 보였다. 당사자인 그는 무엇을 할까? 무슨 말을 할까? 자존심에 상처를 입어 무척 당황스러운 기분일 텐데 말이다.

"마님, 내가 누구인지 모르는 것 같군요?" 그가 말한다.

"알아요. 황제의 아들 콘라트 왕자이지요. 그래서요?"

그는 다시 한 번 위엄을 유지하려고 애쓰며 꼿꼿하게 허리를 세웠다. 위협하며 화낼 줄 알았는데 그러지 않았다. 오히려 호탕하게 웃었다. 태평한 귀족의 가식적인 웃음이었다. 기분이 나쁘다기에는 별로 개의치 않는 듯한 웃음이고, 또 화가 났다기에는 꽤 점잖은 웃음이었다.

"귀여운 프랑스 여자군! 제군들, 정말 매력적이지 않은가! 방금 하는 말 들었지? 정말 당돌하군! 이것이 파리지엔이지. 우아하면서도 짓궂은 매력 말이야."

그리고 더는 아무 말 없이 내게 커다란 동작으로 인사하고 나갔다. 그 와중에 부하들에게 농담을 지껄이면서 말이다.

"귀여운 프랑스 여자야! 아! 제군들, 프랑스 여자들은 말이야…."

## 8월 27일 목요일

종일 이동이 이루어지고 있다. 화물수송차들이 전리품을 잔뜩 싣고 국경선을 향해 가고 있다.

가엾은 우리 아버지의 결혼 선물, 아버지가 애정을 들여 오랫동안 열심히 수집한 것들, 폴과 내가 누렸어야 하는 귀한 장식품들!

전쟁에 관한 소식은 언제나 안 좋은 소식뿐이다. 얼마나 눈물을 흘렸는지 모른다.

콘라트 왕자가 왔다. 로잘리에게 콘라트 왕자가 전한 경고를 미리 들었기 때문에 콘라트 왕자의 방문을 맞아야 했다. 내가 방문을 맞이하지 않으면 오르느캥 주민이 큰 대가를 치를 것이라고 했단다!

엘리자벳의 일기는 이 부분에서 또다시 중단되었다. 그리고 이틀 뒤인 29일 자 일기가 다시 이어졌다.

어제 그가 왔다. 오늘도 왔다. 그는 자신이 재치 있고 교양 있는 사람임을 보여주려고 노력한다. 문학과 음악 이야기를 하고 괴테와 바그너를 이야기한다. 하지만 혼자 이야기하다 보니 화가 나는지 소리를 질렀다.

"대답 좀 해봐요! 프랑스 여자라는 입장이라고 해도 콘라트 왕자와 이야기하는 게 불명예스러운 일은 아닐 텐데요!"

"교도관과 이야기를 나누는 여자는 없습니다."

그는 더욱 발끈했다.

"젠장, 당신은 감옥에 갇힌 게 아니잖아요!"

"그렇다면 이 성에서 나갈 수 있나요?"

"정원이야 산책할 수 있습니다…."

"결국 성벽 안에 갇혀 있는 셈이군요."

"그러니까 무슨 말입니까? 원하는 게 뭐예요?"

"여기서 나가 살고 싶습니다…. 그러라고 한다면 코르비니도 괜찮습니다."

"내게서 멀어지겠단 거군요!"

내가 침묵을 지키자 그는 몸을 조금 기울여 나지막한 소리로 말했다.

"날 미워하고 있어요, 그렇지요? 오! 내가 모를 리가 없지. 여자들에게 익숙한 편이거든. 당신은 다만 내가 콘라트 왕자라서 싫어하는 거겠지요, 안 그렇습니까? 독일인이고… 침략자니까…. 하지만 한 남자로서는 당신이 내게 반감을 품을 이유가 없지요…. 이렇게 생각해봐요. 당신을… 기쁘게 하려고 애쓰는 남자라고 생각해보세요…. 무슨 말인지 알겠습니까…? 자…."

나는 자리에서 일어나 그 앞에 정면으로 섰다. 한마디도 하지 않았다. 하지만 내 눈동자에 담긴 혐오감을 읽었는지 그는 말하다 말고 멍청한 표정으로 가만히 있었다. 그리고는 본성을 드러내며 내게 주먹을 보였고 위협적인 말을 중얼거리며 문을 쾅 닫고 나갔다.

그다음에 이어지는 두 장도 없었다. 폴은 얼굴이 창백해졌다. 이 정도로 속을 타게 한 고통은 없었다. 가엾은 엘리자벳이 아직 살아 있어서 폴의 눈길을 느끼며 힘껏 버티고 있는 것 같았다. 9월 1일 자 일기에 적힌 슬픔과 사랑으로 가득한 외침을 읽고 폴의 가슴은 무너져 내리는 것 같았다.

폴, 나의 폴, 아무것도 걱정할 필요 없어요. 앞의 일기 두 장을 찢은 이유는 당신이 더러운 꼴에 대해 아는 것을 원치 않아서예요. 그렇다고 내게서 멀어지지는 않겠지요? 야만인에게 모욕을 당했다고 해서 당신에게 사랑받을 자격이 없어진 것은 아니겠지요? 오! 그자가 내게 한 말…. 폴… 어제도 그랬어요…. 그자가 내뱉은 천박한 욕설, 파렴치한 약속… 그자의 분노 어린 광기…. 아니, 당신에게 그 모든 것을 전하고 싶지는 않아요. 일기를 쓰는 이유는 매일 내가 한 생각과 행동을 당신에게 들려주고 싶어서예요. 하지만 이건 달라요…. 차마… 말하지 못해 미안해요. 그저 모욕을 당했다는 이야기만 할게요. 이것만으로도 당신이 나중에 내 원수를 갚아줄 이유가 되니까요. 더 이상은 묻지 마세요….

엘리자벳은 이 날짜 이후의 일기에는 콘라트 왕자가 매일 하는 방문에 대해 자세한 이야기를 적지 않았다. 하지만 집요한 그자의 존재가 엘리자벳의 주변을 맴도는 게 느껴졌다! 엘리자벳은 더 이상 이야기를 길게 적지 않아 짤막한 글들만 남아 있었다. 그다음에 이어지는 일기들은 날짜도 신경 쓰지 않는 것 같았다.

　폴은 떨면서 계속 일기를 읽어나갔다. 이어서 알게 된 새로운 소식에 폴은 더욱 두려워졌다.

### 목요일

로잘리가 매일 아침 그들에게 묻는다. 프랑스군이 계속 퇴각하는 모양이다. 그야말로 프랑스군은 패했고 파리도 희망이 없는 것 같다. 정부도 도망쳤다. 우리는 끝이다.

### 저녁 7시

여느 때처럼 그는 내 방 창문 아래를 서성인다. 그의 옆에는 여자 한 명이 있다. 전에 멀리서 여러 번 본 적이 있는 여자다. 여자는 언제나 시골 아낙네가 입는 큰 망토를 걸친 채 레이스 숄로 얼굴을 가렸다. 그는 자주 소령이라고 부르는 어느 장교와 잔디밭을 산책하곤 한다. 그런데 그 장교도 회색 망토 깃을 잔뜩 세워 얼굴을 가리곤 한다.

### 금요일

독일 국가가 울려 퍼지는 와중에 오르느캥의 종탑에서 큰 종소리가 울리고 독일 병사들이 잔디밭에서 춤을 춘다. 독일 병사들은 파리 입성을 축하하고 있다. 이제는 부정할 수 없는 사실이지 않은가? 아! 저들이 기뻐하는 모습을 보니 파리가 함락되었다는 게 정말로 사실인가 보다.

## 토요일

내가 머무는 공간, 그리고 엄마의 초상화가 있는 규방 사이에는 엄마가 사용하던 방이 있다. 소령은 그 방에서 머문다. 소령은 왕자의 친구이자 대단히 중요한 인물이라고 한다. 병사들도 그에 대해서는 헤르만 소령이라는 이름밖에는 모른다고 한다. 소령은 다른 장교들처럼 왕자에게 굽실거리지 않는다. 오히려 왕자에게 가족처럼 친근하게 이야기하는 것 같다.

지금 왕자와 소령은 나란히 길을 걷고 있다. 왕자가 헤르만 소령의 팔에 기대어 있다. 나에 관한 이야기를 하는데 서로 의견이 다른 것 같다. 헤르만 소령은 화가 나 있는 것 같다.

## 오전 10시

내 예감이 틀리지 않았다. 로잘리 말로는 왕자와 소령이 거친 장면을 연출했다고 한다.

## 9월 8일 화요일

저들 모두 행동이 좀 이상하다. 왕자, 소령, 장교들은 신경이 곤두서 있는 것 같다. 병사들은 더 이상 노래를 부르지 않는다. 전투 소문도 들려온다. 우리 쪽 상황이 유리해질까?

## 목요일

분위기가 더욱 어수선해졌다. 우편물이 수시로 오는 것 같다. 장교들은 자신들의 짐 일부를 독일로 보냈다. 점점 희망이 생긴다. 하지만 다른 한편으로는….

아! 사랑하는 폴, 왕자의 방문이 얼마나 괴로운지 당신이 안다면…! 이제 왕자는 처음 며칠처럼 상냥하지도 않다. 왕자가 가면을 벗어던졌다… 아니지, 아니야, 거기에 대해서는 침묵….

## 금요일

오르느캉 마을 주민 전체가 독일로 압송되었다. 내가 당신에게 언급한 적 있지요? 끔찍한 밤 동안에 있었던 일. 저들은 그일에 대해 단 하나의 증언도 나오지 않기를 바란다.

## 일요일 저녁

패배란다. 파리에서 퇴각한단다. 그는 분노로 이를 갈며 말했고 내게 위협적인 말들을 쏟아냈다. 나를 본보기 삼아 앙갚음을 하려나 보다.

## 화요일

폴, 전쟁 중에 그자와 만나면 개처럼 죽여주세요. 이런 인간들이 직접 전투에 나가기는 할까요? 아! 내가 무슨 말을 하는 건지 모르겠어요…. 머리가 어떻게 되었나 봐요. 내가 왜 이 성에 남아 있었을까요? 날 억지로라도 데려가야 했어요, 폴….

폴, 그자가 무슨 생각을 했는지 알아요…? 아! 비열한 인간…. 오르느캉 주민 열두 명을 볼모로 잡더니 내가 이들의 목숨을 책임지라는 거예요. 얼마나 끔찍한지 알겠지요? 내 행동에 따라 볼모로 잡힌 주민이 살 수도 있고 총살을 당할 수도 있대요…. 어떻게 이런 파렴치한 생각을 할 수 있을까요? 그자는 단

지 내게 겁을 주려는 걸까요? 아! 끔찍한 협박이에요! 지옥이
따로 없어요! 차라리 죽고 싶어요….

## 밤 9시

죽는다고? 아니, 왜 죽어야 해? 로잘리가 왔다. 남편 제롬이 오
늘 밤 예배당에서 떨어진 정원의 쪽문을 지키는 초병 중 한 명
과 알고 지낸다고 한다.
새벽 3시, 로잘리가 나를 깨우더니 곧 숲으로 함께 도망치자고
한다. 제롬이 아무도 모르는 숲 속의 피신처를 안다고 한다….
하느님, 무사히 탈출할 수 있게 해주세요!

## 밤 11시

무슨 일이 일어난 걸까? 왜 내가 잠에서 깨어난 거지? 모든 것
은 그저 악몽일 뿐이야, 분명해…. 그런데 열이 올라 몸이 떨린
다. 글도 겨우 쓰고 있다. 탁자 위에 있는 이 물컵은…? 잠이 안
올 때는 물을 마시곤 했지만 지금은 이 물을 마실 엄두가 안 난
다. 왜 그럴까?
아! 끔찍한 악몽! 잠결에 본 그 모습을 어떻게 잊을 수 있을까?
분명 자고 있었다. 탈출하기 전에 잠시 쉬려고 잠자리에 들었
는데 꿈에 여자 유령이 나타났다. 유령…? 그래, 빗장이 채워진
문을 통과해 치마 끌리는 소리만 들릴 정도로 조용히 바닥을
미끄러지듯 지나갈 수 있는 건 유령뿐이니까.
여자 유령은 무엇을 하러 온 걸까? 침대 머리맡에 켜둔 등잔불
을 통해 유령이 탁자를 돌아 내가 있는 침대 쪽으로 조심스럽

게 다가오는 게 보였다. 얼굴은 어둠 속에 가려져 있었다. 너무 무서워서 눈을 감고 자는 척했다. 하지만 그 유령의 존재가 느껴졌다. 유령이 점점 내 안으로 파고드는 것 같았다. 유령이 무엇을 하는지 느낌으로 알 수 있을 정도였다. 유령은 내 위로 몸을 숙이고 마치 처음 보는 사람의 얼굴을 관찰하는 것처럼 오랫동안 내 얼굴을 뚫어지게 바라보았다. 내 심장이 불규칙하게 뛰고 있는 것을 유령이 못 들었을 리가 없다. 나도 그 유령의 규칙적인 호흡 소리를 들을 수 있었으니까. 너무 괴롭다! 도대체 이 여자는 누구지? 원하는 게 뭘까?

유령은 내 얼굴을 실컷 봤는지 곁에서 물러났다. 그러나 멀리 가지는 않았다. 눈꺼풀 사이로 내 곁에서 몸을 굽히고 조용히 무언가에 열중하는 모습이 어렴풋이 보였다. 유령은 더 이상 날 보고 있지 않았다. 눈을 뜨고 싶다는 마음이 커졌다. 잠시라도 그 유령의 얼굴과 행동을 보고 싶었다….

나는 눈을 뜨고 바라봤다.

하느님, 비명을 참을 수 있었던 건 기적이 아닐까요? 그 유령 같은 여자의 얼굴이 불빛을 받아 또렷하게 보였다. 그 여자는… 오! 부정 탈까 봐 더 이상 글을 쓰지 못할 것 같다! 여자가 내 곁에서 무릎을 꿇고 기도하고 있었다면, 눈물을 흘리면서도 미소를 잃지 않은 부드러운 얼굴이었다면 아무리 죽은 사람이 살아난 것이라 해도 두렵지 않았을 것이다. 하지만 그 일그러진 얼굴, 증오와 사악함으로 일그러진 얼굴…. 세상에 그보다도 소름 끼치는 것은 없을 것이다. 너무나 놀랍고 초자연적인 광경이라 내가 비명도 지르지 못하고 오히려 침착할 수 있었는지도 모른다. **눈을 뜬 그 순간부터 악몽에 사로잡힐 것이라고 마음의 준비를 했으니까.**

엄마, 엄마, 그런 표정을 지으신 적이 없잖아요? 착한 분이 아니셨나요? 늘 미소 짓던 분이 아니셨나요? 지금까지 살아 계셨으면 그 착하고 부드러운 표정을 간직하지 않았을까요? 엄마, 폴이 엄마의 초상화를 알아본 그 끔찍한 저녁 이후로 내가 그 방에 얼마나 자주 들어가 엄마의 얼굴을 새기려고 노력한 줄 아세요? 너무 어릴 적에 돌아가시는 바람에 엄마의 얼굴을 잊었지요! 내가 원하지 않은 다른 표정의 모습을 화가가 그려주었다고 해도 그렇게 무섭고 잔인한 표정은 아니었을 거예요. 왜 나를 증오하시나요? 난 엄마의 딸이에요. 아버지는 내가 엄마와 똑같이 미소 짓는다고 자주 말씀하셨어요. 엄마가 나를 바라볼 때는 늘 애정 어린 눈빛이었다고 하셨어요. 그러니까… 그러니까… 날 미워하는 게 아니지요? 내가 꿈을 꾼 거지요?

여자가 내 방에 들어온 게 꿈은 아니라 해도 그 여자의 얼굴이 엄마 얼굴과 닮아 보인 것은 틀림없이 꿈이다. 환영… 환각… 그럴 수 있지 않을까? 엄마의 초상화를 자주 보았고, 또 엄마에 대한 생각을 많이 하다 보니 낯선 여자의 얼굴에 엄마의 얼굴을 투사시킨 것일 수도 있다. 그런 끔찍한 얼굴을 한 사람은 엄마가 아니라 유령 같은 다른 여자다.

그러니까 저 물도 마시면 안 된다. 저 여자가 따라놓은 물은 독약일 수도 있다…. 날 깊이 잠들게 해서 콘라트 왕자에게 데려가려는 것일지도 모른다…. 콘라트 왕자와 가끔 산책하던 그 여자가 기억난다.

아무것도 모르겠다…. 아무것도 이해되지 않는다…. 밤이 한적하다. 성에서나 그 주변에서나 아무 소리도 들리지 않는다.

3시를 알리는 종소리가 들린다. 아! 여기를 빠져나가면… 자유의 몸이 된다!

# 10
# 75밀리냐 155밀리냐?

폴 들로즈는 탈출 계획이 행복한 결말로 이어지기를 간절히
바라는 마음으로 초조하게 페이지를 넘겼다. 하지만 엘리자벳
이 알아보기 어려운 글씨로 써내린 다음 날 아침의 일기를 읽
자 또다시 충격을 받고 괴로워했다.

우리 모두의 계획이 탄로 나 잡히고 말았다. 스무 명이나 우리
를 감시하고 있었다…. 그들은 야수처럼 우리에게 달려들었
다…. 지금 나는 정원의 별채에 감금되어 있다. 옆에 있는 좁다
란 구석에는 제롬과 로잘리가 갇혀 있다. 제롬과 로잘리는 결
박당한 채 재갈이 물려 있다. 나는 그 상태는 아니다. 하지만
문 앞에는 병사들이 지키고 있다. 병사들의 말소리가 들린다.

**화요일**
힘들게 겨우 글을 쓰고 있어요, 폴. 보초 서는 병사가 매번 문
을 열고 들어와 감시하고 있어서요. 다행히 몸수색은 하지 않
아서 일기장 종이들을 가지고 있어요. 컴컴한 어둠 속에서 서

둘러 당신에게 글을 써요.

… 내 일기…! 당신이 이 일기를 발견하게 될까요, 폴? 무슨 일이 일어났는지, 내가 어떻게 되었는지 당신이 알게 될까요? 저들에게 이 일기를 빼앗기지 않기를…!

… 저들이 내게 빵과 물을 가져다주었어요. 저는 로잘리, 그리고 제롬과 완전히 격리되어 있어요. 저들은 제롬과 로잘리에게 먹을 것도 가져다주지 않아요.

## 2시

로잘리가 재갈을 푸는 데 성공했다. 지금 있는 곳에서 목소리를 낮추어 내게 말했다. 우리를 지키고 있는 독일 병사들 이야기를 우연히 들었는데, 콘라트 왕자가 어젯밤에 코르비니로 떠났고 프랑스군이 다가오고 있어서 여기에 있는 독일군이 무척 불안해한다는 것이다. 독일군은 여기를 지킬까? 아니면 국경선 쪽으로 물러날까…? 우리의 탈출 계획을 망친 사람은 헤르만 소령이라고 한다. 로잘리 말로는 우리가 끝났다고 한다….

## 2시 30분

로잘리와 더 이상 말을 주고받을 수가 없다. 그전에 로잘리에게 아까 한 말이 무슨 뜻이냐고 물었다…. 왜 우리가 끝났다는 건지…? 로잘리는 헤르만 소령이 악마 같은 사람이라고 했다. "예, 악마 같은 사람이에요. 그리고 그자가 마님에게 고약한 행동을 할 특별한 이유도 있고요." 로잘리가 말했다.

"무슨 이유인가요, 로잘리?"

"그건 나중에 설명할게요…. 다만 콘라트 왕자가 제때 코르비니에서 돌아오지 못해 우리를 구하지 못하면, 헤르만 소령은 이 틈을 이용해 우리 셋을 총살할 거예요."

폴은 엘리자벳이 쓴 이 끔찍한 글을 보면서 얼굴이 화끈거렸다. 마지막 페이지였다. 그다음에는 엘리자벳이 어둠 속에서 더듬거리며 쓴 문장들이 남아 있었다. 격한 흐느낌처럼 숨이 넘어갈 듯한 문장들이었다.

… 경종… 코르비니에서 불어오는 바람에 실린 경종…. 무슨 뜻일까…? 프랑스군…? 폴, 폴… 혹시 함께 오는 건가요…! 독일군 병사 두 명이 들어오더니 말했다. "저세상으로 보내버리라는군요, 부인…! 셋 모두 저세상으로 보내버리라고… 헤르만 소령이 저세상으로 보내버리라고 했다고…."

아직 나 혼자다…. 우리는 죽을 것이다…. 로잘리가 내게 무언가를 말하려고 했지만… 차마 말하지 못하는 것 같다….

**5시**

… 프랑스군의 대포 소리…. 성 주변에서 포탄이 터지고 있다. 포탄 하나에 맞았으면 좋겠다…! 로잘리의 목소리가 들린다…. 나한테 무슨 말을 하려는 걸까? 어떤 비밀 이야기인 걸까?

"아! 끔찍해요! 아! 정말 무서운 진실이에요!" 로잘리가 말했다. 하느님, 제발 제게 글을 쓸 시간을 좀 더 주세요…. 폴, 당신은 상상조차 못 할 거예요…. 내가 죽기 전에 당신이 알아야만 해요…. 폴….

페이지의 나머지 부분은 찢겨나갔다. 이후로 그달의 마지막 날까지의 일기는 비어 있었다. 엘리자벳은 로잘리가 알려준 비밀을 쓸 시간과 힘이 있었을까?

이 문제로 고민하고 있을 때가 아니다. 지금 비밀의 진실이 밝혀지는 게 무슨 소용인가? 폴도 비밀을 둘러싼 수수께끼를 거두어 진실을 발견하려고 했지만 지금은 이것이 다 무슨 소용인가? 복수가 무슨 소용이 있고, 콘라트 왕자든 헤르만 소령이든 여자들을 괴롭히고 죽인 야만인들이 뭐가 그리 중요하겠는가? 엘리자벳이 죽었다. 눈앞에서 엘리자벳이 죽어가는 모습을 본 것이나 마찬가지였다.

이 사실 외에 그 어떤 생각도, 그 어떤 노력도 폴에게는 중요하지 않았다. 불쌍한 엘리자벳이 상상도 할 수 없는 끔찍하고 고통스러운 상황에서 적어간 일기장을 무기력하고 무감각한 눈으로 바라볼 뿐이었다. 점점 힘이 없어졌고 잊고 싶은 마음밖에 들지 않았다. 엘리자벳이 폴을 부르고 있는 듯했다. 이렇게 싸워봐야 무슨 소용이 있겠는가? 엘리자벳이 있는 곳에 가지 못할 이유가 없지 않은가?

그때 누군가 폴의 어깨를 두드렸다. 어떤 손 하나가 폴이 쥔 권총을 잡았다. 베르나르였다. 베르나르가 폴에게 말했다.

"진정해요, 폴. 군인으로서 스스로 목숨을 끊어도 좋다고 생각한다면 나도 말리지는 않을게요. 다만 내 이야기부터 들어보세요."

폴은 고집부리지 않았다. 죽음의 유혹은 그렇게 무의식적으로 폴을 스쳐 지나갔다. 만일 폴이 광기에 휩싸여 일을 저질렀다 해도 금세 제정신을 차렸을 것이다.

"말해봐." 폴이 말했다.

"길지는 않을 거예요. 3분 정도만 설명할게요. 잘 들어보세요."

베르나르가 이야기를 시작했다.

"필체를 보니 매형이 발견한 일기가 엘리자벳 누나가 쓴 게 맞아요. 그 일기가 매형이 알고 있는 내용을 확인해주었나요?"

"그래."

"누나가 일기를 쓸 당시에는 제롬과 로잘리처럼 죽음의 공포에 사로잡혀 있었던 건가요?"

"그래."

"우리가 코르비니에 도착한 날, 그러니까 16일 수요일에 셋은 총살당한 건가요?"

"그래."

"그러니까 우리가 여기 오르느캥 성에 도착할 수 있었던 목요일 바로 전날, 5시와 6시 사이가 맞아요?"

"그래, 그런데 왜 자꾸 질문하는 거지?"

"왜냐고요? 폴, 잘 들어요. 엘리자벳이 총살당한 별채의 벽 속에서 매형이 끄집어낸 포탄 파편을 내가 가지고 있어요. 여기요. 아직도 금발이 붙어 있어요."

"그래서?"

"아까 포병대 특무상사와 이야기를 나눴는데 그 특무상사가 포탄 파편을 살펴보더니 75밀리 포가 아니라 155밀리 리마일로 포에서 발사된 것이라고 했어요."

"무슨 말인지 모르겠군."

"특무상사가 알려준 사실을 매형이 잘 모르고 있거나 잊어버려서일 거예요. 16일 수요일 코르비니에서의 저녁, 그러니까 총살이 이루어진 때 말이에요. 그때 성에 포탄을 쏜 것은 우리 쪽 75밀리 대포였다는 거예요. 155밀리 리마일로 대포는 우리가 성에 진격하기 시작한 목요일에 발포되었고요. 그러니까 엘리자벳 누나가 수요일 저녁 6시쯤에 총살당하고 매장되었다면 리마일로 포탄 파편에 누나의 금발이 붙어 있을 수 없다는 말이지요. 리마일로 대포는 목요일 아침에 발포되었으니까요."

"그렇다면?" 폴이 떨리는 목소리로 물었다.

"다시 말해 목요일 아침에 누군가 리마일로 대포 파편을 땅에서 주운 후 그 전날 저녁에 미리 잘라둔 금발과 뒤섞어서 벽에 심어놓은 거예요."

"말도 안 되는 소리! 누가 왜 그런 짓을 한다는 거야?"

베르나르가 미소 지었다.

"그야 누나가 총살된 것처럼 꾸미기 위해서겠지요."

폴이 베르나르에게 다가와 어깨를 흔들었다.

"자네는 무언가를 알고 있어, 베르나르! 그렇지 않고야 그렇게 웃고 있을 리가 없지. 말해봐! 별채의 벽에 박힌 총알 자국은? 그 쇠사슬은? 그 세 번째 고리는?"

"바로 그거예요. 연출이 과했던 거예요! 총살이 이루어지면 총알 자국이 그런 식으로 남겠어요? 그리고 누나의 시체는 발견됐나요? 저들이 제롬과 로잘리를 총살한 후 누나에게 동정을 베풀었을 수도 있지 않나요? 아니면 누군가 나타나 구했을 수도 있고요….'

폴은 미약하나마 온몸 가득 희망이 솟아나는 것을 느꼈다. 엘리자벳은 헤르만 소령에게 총살당하기 직전, 코르비니에서 돌아온 콘라트 왕자에게 구출되었을 수도 있지 않은가?

폴이 더듬거리며 말했다.

"아마도…. 그래, 아마도…. 이렇게 된 것 같군. 헤르만 소령은 코르비니에 우리가 있다는 사실을 알았겠지. 자네가 만난 아낙네가 그자였으니까. 헤르만 소령은 엘리자벳을 죽은 것처럼 꾸며 우리가 찾지 못하도록 이 모든 일을 꾸몄다는 거지? 아! 정말 그럴까?"

베르나르가 폴에게 다가와 진지한 목소리로 말했다.

"지금 매형에게 희망을 안겨주려는 게 아니에요. 확실한 사실을 이야기하는 거지요. 다만 이야기를 듣기 전에 마음의 준비를 하셨으면 해요. 이제부터 내 이야기 잘 들으세요. 아까 포병대 특무상사에게 한 질문은 이해되지 않는 수수께끼 같은 일을 그저 정리해보기 위해서였어요. 지금부터가 진짜예요. 오후에 내가 있었던 오르느캥 마을에 국경선에서 독일군 포로들이 압송되었어요. 그중 한 명과 이야기를 나눌 수 있었어요. 성에 주둔한 수비대 소속이었다고 하더라고요. 그 사람이 분명 봤다고 했어요! 알고 있다고 했어요! 누나는 총살당하지 않았대요.

콘라트 왕자가 총살을 막았다고 하더군요."

"지금 무슨 소리를 하는 거야? 이게 무슨 소리야?" 폴이 기쁨에 들떠 큰 소리로 물었다. "확실한 거야? 엘리자벳이 살아 있다고?"

"그래요, 살아 있어요…. 그자들이 누나를 독일로 데려갔대요."

"하지만 그다음에는…? 결국 헤르만 소령이 자신의 계획대로 했을 수도 있잖아!"

"그렇지는 않아요."

"어떻게 알지?"

"독일군 포로가 이야기해주었어요. 여기서 본 적 있는 프랑스 여자를 오늘 아침에도 봤다고 했어요."

"어디서?"

"국경에서 그리 멀지 않은 에브르쿠르트 주변 별장에서요. 여자의 목숨을 구했고 헤르만 소령에게서 여자를 지킬 수 있는 사람이 보호하고 있다고 했어요."

"무슨 소리야?" 폴이 다시 물었다. 질문하는 폴의 목소리가 작아지고 표정은 굳었다.

"콘라트 왕자 이야기예요. 군 복무를 재미 삼아 한다는군요. 가문에서도 괴짜 취급을 받나 봐요. 에브르쿠르트에 사령부를 마련해 매일 누나에게 찾아간대요. 그 때문에 걱정이 좀…."

베르나르가 말을 멈추고 놀라 물었다.

"왜 그래요? 얼굴이 창백해선…."

폴이 베르나르의 어깨를 잡고 말했다.

"엘리자벳은 곤란한 상황에 처했어. 콘라트 왕자는 엘리자벳에게 빠져 있지…. 자네도 알다시피 이미 알려진 사실이야…. 일기장은 엘리자벳의 고통에 찬 신음 그 자체야…. 콘라트 왕자는 엘리자벳에게 빠져 있고, 절대 엘리자벳을 놓아주지 않을 거야. 이해돼? 절대로 물러서지 않을 거라고!"

"오! 폴, 하지만 내 생각으로는…."

"절대 물러서지 않을 거야. 콘라트 왕자는 단순한 괴짜가 아니야. 교활하고 비열한 인물이지. 이 일기를 읽어보면 알게 될 거야…. 말만 하고 있을 때가 아니야, 베르나르. 지금 당장 필요한 것은 행동이야. 생각할 시간이 없어, 당장 행동에 나서야 해."

"어떻게 하려고요?"

"그자에게서 엘리자벳을 빼내야지. 구해야 해…."

"그건 말도 안 돼요."

"말도 안 된다고? 엘리자벳은 여기서 12킬로미터 떨어진 곳에 있어. 잔혹한 놈의 손아귀에 있다고. 내가 팔짱만 끼고 두고 보겠어? 가자! 당연히 그 정도의 용기는 있어! 어서 가자고! 베르나르, 머뭇거린다면 나 혼자라도 가겠어."

"혼자 가다니… 어디로요?"

"그곳으로. 아무도 필요 없어…. 일체의 도움도 필요 없어. 독일 군복 한 벌만 있으면 돼. 밤을 틈타 침입해서 적들을 죽일 거야. 내일 아침 엘리자벳은 자유의 몸이 될 거라고."

베르나르가 고개를 흔들며 말했다.

"딱하군요, 폴!"

"뭐라고? 무슨 뜻이지…?"

"나야말로 누구보다 매형 생각에 찬성하고, 누나를 구하기 위해서 매형과 함께 갈 사람입니다. 위험이 있다 해도 상관없어요. 다만 안타깝게도…."

"안타깝게도?"

"그래요! 폴, 이쪽 지역에서는 좀 더 강력한 공격을 포기한다고 합니다. 예비군과 지상군이 소집되고 있어요. 우리는 여기를 떠난다는군요."

"떠나다니?" 폴이 깜짝 놀라며 말을 더듬었다.

"그래요, 오늘 저녁에요. 우리 사단은 전부 오늘 저녁에 이동할 겁니다. 아직 어디로 가는지는 확실하지 않지만… 랭스나 아라스일 것 같아요. 결국 서쪽이나 북쪽으로 가는 거지요. 폴, 그래서 매형의 계획이 불가능하다는 거예요. 자, 용기를 잃지 마세요. 그렇게 낙담한 표정도 짓지 말고요. 매형의 그런 모습을 보니 가슴이 미어질 것 같아요…. 어쨌든 아직 누나가 위험에 처한 것은 아니에요…. 누나는 자신을 잘 지킬 거예요…."

폴은 한마디 대답도 하지 않았다. 엘리자벳의 일기에 나온 콘라트 왕자의 혐오스러운 말만이 머릿속에 떠오를 뿐이었다. '이것이 전쟁이다. 전쟁의 법칙이야.' 폴은 전쟁의 법칙을 온몸으로 힘겹게 받아들이고 있었다. 동시에 그 법칙에서 가장 고귀하고 감동적인 부분을 받아들이는 듯한 기분도 느꼈다. 그것은 국가의 안전을 위해 필요한 개인의 희생이다.

전쟁의 법칙? 아니, 전쟁의 의무라고 해야 맞다. 너무나 절대적이라 논란의 여지가 없고 영혼 깊숙한 곳에서조차 불만을 제기할 수 없는 그런 의무다. 설령 엘리자벳이 죽음의 위협에 놓여 있거나 치욕을 당할 상황이더라도 지금의 폴 들로즈 중사와는 관계없는 일이다. 이 때문에 따르라고 명령받은 길에서 1초도 머뭇거릴 수 없다. 폴은 인간이기 이전에 군인이다. 사랑하는 조국 프랑스가 고통에 처한 모습을 앞에 둔 폴에게 다른 의무는 존재하지 않았다.

　폴은 엘리자벳의 일기장 종이를 조용히 접고는 베르나르와 함께 나갔다. 밤이 깊어지고 폴은 오르느캥 성을 떠났다.

제2부

Arsène Lupin

# 1
# 이제르… 미제르

툴, 바르 르 뒤크, 비트리 르 프랑수아…. 베르나르와 폴을 프
랑스 서부 지역으로 실어 나르는 수송대열 앞에는 소도시들이
늘어서 있었다. 그들을 앞서거나 뒤따르는 수많은 다른 대열들
도 부대와 군수품으로 가득했다. 이내 파리의 넓은 외곽 지역
이 나타나자 북쪽으로 이동해 보베, 아미앵, 아라스로 갔다.

모두는 제일 먼저 국경선 쪽으로 이동해 용감한 벨기에군과
손을 잡아 최상의 사기로 만들어야 한다고 생각했다. 오랫동안
별 진전 없이 전쟁이 진행되는 만큼 한 걸음씩 내디디며 침략
자를 물리쳐야 한다는 마음이 강했다.

폴은 꿈을 꾸듯 북쪽으로 행진했다. 행진 도중에 새로운 계
급장을 단 폴은 매일 전투를 벌였고 매 순간 부하들을 이끌었
다. 무의식적으로 정해진 의지에 따라 자동으로 수행하듯 이
모든 일을 진행했다. 베르나르는 인생을 즐기며 혈기와 쾌활
함, 용기로 동료에게 힘을 불어넣었지만 폴은 묵묵하고 담담하
게 일했다. 폴은 피로와 물자 부족, 악천후 같은 열악한 상황에
도 아무 관심이 없었다.

그러나 폴은 베르나르에게 고백한 바와 같이, 전진한다고 생각할 때만큼은 가슴속 깊이 기뻤다. 정확한 단 하나의 목표로 향한다는 생각이 들었기 때문이다. 폴의 관심을 끄는 유일한 목표는 바로 엘리자벳을 구출하는 것이다. 따라서 동부 전선에서 싸우든 다른 전선에서 싸우든, 가증스러운 적을 향해 증오심에 휩싸여 달려가는 것이다. 폴에게는 어디서 싸우느냐가 중요하지 않았다. 어디서 싸우든 엘리자벳만 구출하면 되니까.

"우린 해낼 거예요." 베르나르가 폴에게 말했다. "누나는 그 코흘리개 같은 애송이에게서 자신을 잘 지킬 겁니다. 그동안 우리는 독일 놈들을 포위하고 벨기에를 지나 콘라트의 뒤를 치고 단번에 에브르쿠르트를 차지하는 겁니다! 신나는 계획이 아닌가요? 매형은 독일 놈을 물리칠 때에만 흥이 나지요. 아! 매형 얼굴에 희미하게 미소가 지어지면 이런 생각이 들어요. '이야! 총알을 맞췄군.' 혹은 '됐어⋯. 총검으로 한 놈을 처치했군'이라고요. 매형은 총검을 주로 사용하니까⋯. 아! 그나저나 소위님, 너무 잔인하지 않나요! 목숨을 끊어놓아야만 웃는다니 말이에요! 그래야 웃을 수 있다고 생각하다니, 정말 잔인해요!"

루아유, 라시니, 숀⋯ 이어 바세 운하와 리스 강⋯ 나중에 이프르, 아 이프르! 두 전선이 거기에서 멈추었다가 바다로까지 이어졌다. 프랑스 강들인 엔 강, 우아즈 강, 솜 강 다음으로 젊은이들의 피로 물들 곳은 벨기에의 작은 하천이 될 것이다. 즉, 이제르 강(프랑스 북부에서 시작해 벨기에 서북부를 흘러 북해로 들어감 – 옮긴이)의 무시무시한 전투가 시작되는 것이다.

중사로 고속 승진한 베르나르, 그리고 폴 들로즈 소위는 그

지옥 같은 전투에서 12월 초까지 살아남았다. 두 사람은 대여섯 명의 파리 출신들과 자원병 두 명, 예비병 한 명, 적과 싸우기 위해서 프랑스군에 협력하는 것이 낫다고 생각해 뢰슬라르에서 빠져나온 라셴이라는 이름의 벨기에인과 함께 총알도 피해 갈 정예 부대를 이루었다. 소대가 재정비돼도 이들은 폴의 지휘 아래에서 똘똘 뭉쳐 싸웠다. 위험한 임무는 전부 이 정예부대가 맡았다. 작전이 끝날 때마다 상처 하나 없이 멀쩡했다. 마치 서로서로 행운을 불어넣는 것처럼 보였다.

마지막 2주 동안 최전방으로 들어간 연대는 벨기에군과 영국군의 지원을 받았다. 영웅적인 공세가 이루어졌다. 진흙탕에서든 급류 속에서든 격렬한 총검 공격이 이루어졌고 독일군 수천 명, 수만 명이 쓰러졌다.

베르나르는 기쁨을 감추지 못했다.

하루는 적의 기관총 공격을 받고 있을 때였는데, 베르나르는 프랑스어를 한마디도 할 줄 모르는 어느 어린 영국 병사에게 다짜고짜 이렇게 말했다. "이봐, 로미. 나보다 벨기에인을 높이 평가하는 사람은 없어. 벨기에인의 용맹함은 놀랄 일이 아니야. 벨기에인들도 우리 방식대로 싸우는 것이니까. 그러니까 사자처럼 싸운다는 말이야. 정작 나를 놀라게 한 건 바로 자네들, 알비온(알비온은 라틴어로 '하얀 나라'라는 뜻. 유럽에서 영국으로 배를 타고 갈 때 하얀 절벽과 바위들이 제일 먼저 눈에 띄는데 이 때문에 붙은 영국의 별칭 – 옮긴이)의 사나이들이야. 영국인들은 자기들만의 방식이 있어…. 대단한 일솜씨야! 흥분하지 않고 분노하지도 않아. 마음속으로만 흥분하고 분노하지. 아! 하지만 후퇴한 후 분노를 내보일 때는 무서워. 자네들은 도망치고 나서야 분발한단 말이지. 그래서 독일 놈들이 깔봤다가 당하는 거라고."

그날 밤, 제3중대가 딕스무드 근처를 총격할 때 매형과 처남 사이인 폴과 베르나르에게 기묘한 일이 벌어졌다. 폴은 갑자기 허리 위 오른쪽 옆구리에서 극심한 충격을 느꼈다. 그러나 여기에 신경 쓸 여유가 없었다. 나중에 참호로 돌아와 살펴보니 총알 하나가 가죽으로 된 권총집을 뚫고 들어와 총신에 딱 달라붙어 있었다. 폴이 있던 위치를 생각하면 총알은 폴이 속한 중대나 다른 중대에서, 즉 뒤에서 발사된 것이다. 우연이었을까? 서툰 사격 솜씨로 벌어진 일이었을까?

그런데 이틀 후 이번에는 베르나르의 차례였다. 베르나르 역시 행운 덕분에 살았다. 총알 하나가 베르나르의 배낭을 뚫고 어깨뼈를 아슬아슬하게 스친 것이다.

나흘 뒤 폴은 군모에 구멍이 났다. 이번에도 총알은 프랑스군 쪽에서 날아온 것이다.

더는 의심할 여지가 없다. 폴과 베르나르는 분명 표적이었다. 적에게 매수된 배신자가 프랑스군에 있는 것이다.

"틀림없어요. 매형을 먼저, 그다음에는 나, 그리고 다시 매형 차례인 거예요. 헤르만의 부대가 있는 것 같아요. 소령은 딕스무드에 있는 게 틀림없어요."

"왕자도 있을 수 있어." 폴이 의견을 말했다.

"그럴지도 몰라요. 어쨌든 그들의 첩자 한 명이 우리 쪽에 숨어 있어요. 어떻게 찾아내야 할까요? 대령님께 알릴까요?"

"좋을 대로 해, 베르나르. 하지만 우리 이야기, 특히 소령과 우리의 싸움은 이야기하지 마. 나도 대령님께 알릴 생각을 잠시 했다가 그만두었어. 이번 일에 엘리자벳을 연루시키고 싶지 않아서 그래."

그뿐만 아니라 폴은 자신과 베르나르를 보호해달라고 호들갑을 떨고 싶지 않았다. 두 사람을 표적으로 삼은 암살 시도가 다시는 발생하지 않는다 해도 배신 행위는 매일 일어날 수 있다. 실제로 프랑스 포병대의 위치가 파악되거나 공격 작전이 새어 나가는 등 이곳에서 빈틈없는 첩보 활동이 활발하게 이루어지고 있음이 증명됐다. 이 체계적인 첩보활동의 중심인물 중 하나는 헤르만 소령일 것이다.

"소령이 저기에 있어요." 베르나르가 독일군 전선을 가리키며 말했다. "중요한 전투가 이 늪지대에서 일어나고 있으니 책임이 클 거예요. 그리고 우리가 여기에 있으니 더욱 그럴 테고요."

"우리가 여기 있다는 것을 그자가 알까?" 폴은 의아했다.

그러자 베르나르가 대답했다. "모를 이유가 있나요?"

어느 날 오후, 대령의 숙소로 사용되는 오두막에서 대대장급 장교들과 대위들이 참석한 회의가 있었다. 여기에 폴 들로즈가 호출되었다. 폴은 강의 좌안에 있는 작은 집을 점령하라는 지시를 받았다. 보통은 뱃사공들이 묵는 장소였지만 지금은 독일군이 요새로 정비해놓았다. 맞은편 언덕에 배치된 중포의 화력이 사격 진지를 단단히 지키고 있었기 때문에 수일 전부터 논란이 된 문제였다. 결국 이 문제를 제거하기로 한 것이다.

"아프리카 의용병 100명에게 부탁해놓았네. 아프리카 의용병들은 오늘 저녁에 출발해 내일 아침 공격 작전에 나서기로 했네. 우리의 역할은 이들을 즉시 지원하는 것이다. 기습 공격이 성공하면 적의 반격을 물리치는 일도 우리의 역할이네. 그곳은 위치상 중요한 자리이므로 적이 반격해올 테니, 귀관들은 위치를 잘 알고 있어야 한다. 거기로 가려면 허리까지 차오르는 늪지를 통과해야 하네. 우리의 아프리카 지원 부대가 오늘 밤에 참여할 것이다…. 그리고 늪지대 오른쪽에는 하천을 따라 강둑길이 있는데 우리는 그곳을 통해 침투할 것이다. 그 길에 대포 두 대가 있지만 대부분 감시받지 않아. 대신 뱃사공 휴게소 건물 500미터 앞에 독일군이 아직 사용하는 낡은 등대 하나가 있는데 방금 우리 쪽 포격으로 무너졌다. 그러나 저들이 철수했는지는 아직 몰라. 적의 전위초소와 충돌할 위험은 각오해야 해. 자, 이 점을 잘 알아두게. 난 이번 일에 적합한 인물로 자네를 생각했네."

"감사합니다, 대령님."

"임무는 위험하지 않지만 주의를 기울여야 하고 확실한 결과를 얻어야 해. 오늘 밤 출발하게. 낡은 등대가 아직 적의 손에 있다면 그냥 돌아오도록 해. 그렇지 않다면 열 명 정도의 강인한 부하들과 함께 우리가 접근할 때까지 매복해 있게. 훌륭한 거점이 될 거야."

"알겠습니다, 대령님."

폴은 즉시 군장을 챙겨 파리 출신 병사들, 예비병, 벨기에인 라셴으로 이루어진 정예병을 모아 평소와 같이 협력했다. 폴은 이들에게 밤중에 해야 할 일이 있을 것이라고 알려주었다. 밤 9시, 폴은 베르나르 당드빌을 데리고 출발했다.

적의 탐조등에 들키지 않으려고 폴과 베르나르는 뿌리째 뽑힌 커다란 버드나무 줄기 뒤에 오랫동안 숨어 있었다. 이어서 앞이 잘 보이지 않을 정도의 어둠이 두 사람의 주위를 감쌌다. 수면 선도 분간하기 어려울 정도로 어두웠다.

두 사람은 자칫 예상치 못한 불빛에 발각될까 봐 불안한 나머지 거의 기다시피 갔다. 진흙 지대와 강기슭에 산들바람이 불었고 갈대들이 흐느꼈다.

"음산한데요." 베르나르가 중얼거렸다.

"조용히 해."

"알겠습니다, 소위님."

간혹 대포 소리가 들렸다. 불안한 적막을 깨려고 개들이 공연히 짖어대는 것처럼. 곧바로 다른 대포들도 잠들지 않았음을 보여주려는 듯 격렬한 소리를 냈다.

그리고 다시 한 번 조용해졌다. 드넓은 공간에서 아무것도 움직이지 않았다. 늪지대의 풀마저 꼼짝하지 않는 것 같았다. 그러나 베르나르와 폴은 자신들과 동시에 출발한 아프리카 의용병들이 서서히 다가오고 있음을 느꼈다. 아프리카 의용병들은 차가운 물 한가운데에서 오랫동안 정지한 채 임무를 다하기 위해 열심히 노력했다.

"점점 더 음산해져요." 베르나르가 엄살을 떨었다.

"오늘 밤은 유독 호들갑을 떠는군!" 폴이 말했다.

"역시 이제르 강이야. 이제르, 미제르(미제르misère는 '역경',

'근심'을 뜻하는 단어로 이제르 강과 발음이 비슷한 점을 이용한 말장난 - 옮긴이)라더니." 독일군들의 목소리가 들렸다. 폴과 베르나르는 얼른 엎드렸다. 적군은 반사경을 들고 여기저기 길을 비추었고 늪지 깊이도 쟀다. 폴과 베르나르는 그 외에도 두 번이나 들킬 뻔했으나 다행히 별 탈 없이 낡은 등대 언저리로 다가갈 수 있었다.

밤 11시 30분이었다. 폴과 베르나르는 매우 조심하며 무너져 내린 돌무더기 사이로 들어갔고 이내 초소가 비어 있음을 파악했다. 하지만 허물어진 계단 아래에 뚜껑문이 빠끔하게 열려 있었다. 철모와 칼이 번쩍거리는 굴속으로 늘어진 사다리가 보였다. 베르나르는 전등으로 어두운 굴속을 비추며 말했다.

"걱정할 것 없습니다. 시체들이에요. 독일 놈들이 우리 측 대포에 맞은 병사들을 여기에 던져놓은 것 같습니다."

"그래, 놈들이 시신들을 찾으러 다시 올 수 있으니 대비해두어야겠군. 이제르 강변 쪽을 잘 지켜, 베르나르." 폴이 말했다.

"그런데 이 시신들 가운데 한 명이라도 살아 있으면 어떻게 할까요?"

"내가 내려가 살펴보지."

"호주머니들을 뒤져보세요." 베르나르가 멀어져가며 말했다. "비망록을 가져오세요. 그런 게 있으면 좋을 거예요. 저들의 생각이 어떤지, 보급 사정이 어떤지 알려줄 최고의 자료가 될 테니까요."

폴이 내려갔다. 동굴은 꽤 넓었다. 시체 대여섯 구가 이미 차갑게 식어 바닥에 누워 있었다. 베르나르가 알려준 대로 폴은 죽은 독일 병사들의 주머니를 뒤져 수첩들을 살펴봤다. 별로 관심을 끌 만한 것은 없었다. 그런데 몸이 마르고 얼굴 한가운데에 포탄 파편을 맞은 여섯 번째 병사의 헐렁한 점퍼를 조사하던 폴은 로젠탈이라는 이름이 적힌 지갑을 발견했다. 그 안에는 프랑스와 벨기에의 은행권 지폐들과 스페인, 네덜란드, 스위스의 우표가 붙은 편지 묶음이 들어 있었다. 편지는 모두 독일어로 적혀 있었고 프랑스에 있는 어느 독일인 첩자를 수신인으로 하고 있었다. 수신인의 이름은 없었지만 첩자가 전달한 편지들은 로젠탈이라는 이 병사에게 보내지는 게 분명했다. 로젠탈은 각하라고 불리는 제3의 인물에게 이 편지들을 사진과 함께 전달하는 임무를 맡았던 것 같다.

"첩보 작전이군. 비밀 정보… 통계… 지독한 놈들 같으니!"
폴이 편지들을 훑어보며 중얼거렸다.

그런데 다시 한 번 지갑을 뒤지려고 여는 순간 봉투 하나가 떨어졌다. 폴은 그 봉투를 뜯었다. 봉투 안에는 사진이 한 장 들어 있었다. 사진을 본 폴은 너무 놀란 나머지 그만 비명을 지르고 말았다.

사진 속 여자는 폴이 오르느캉 성의 닫힌 방에서 본 초상화 속 여자와 똑같았다. 초상화와 똑같은 레이스 숄을 똑같은 방법으로 둘렀고 옅은 미소를 드리운 강인한 표정도 똑같았다. 사진 속 여자는 헤르민 당드빌 백작부인, 즉 엘리자벳과 베르나르의 어머니가 아니던가?

아울러 베를린에서 만들어졌다는 표시도 있었다. 사진을 뒤집자 폴은 더욱 놀랄 만한 사실을 발견했다. 사진 뒤에는 이런

문구가 있었다.

스테판 당드빌에게. 1902년

스테판이라면, 바로 당드빌 백작의 이름이다!

다시 말해 이 사진은 1902년, 즉 헤르민 백작부인이 죽은 지 4년 후에 베를린에서 엘리자벳과 베르나르의 아버지에게 보내진 것이다. 사진에서 두 가지 사실을 추측할 수 있다. 첫째는 헤르민 백작부인이 죽기 전에 촬영된 사진 뒤에 백작이 이 사진을 받은 연도가 적혀 있는 것이고, 둘째는 헤르민 백작부인이 그때까지 죽지 않고 살아 있었다는 것이다….

폴은 자신도 모르게 헤르만 소령을 떠올렸다. 헤르만 소령의 모습은 닫힌 방에 걸려 있던 초상화와 마찬가지로 폴의 불안한 정신 속에 있는 옛 기억을 떠올리게 했다. 헤르만! 헤르민! 이제르 강변에서 독일군 첩자의 시신에서 찾아낸 이 사진…. 첩자의 우두머리가 분명한 헤르만 소령은 이제르 강변 근처를 어슬렁거리고 있을 것이다!

"폴! 폴!"

처남 베르나르가 부르는 소리가 들렸다. 폴은 서둘러 일어나 아무 이야기도 하지 않겠다고 마음먹고 사진을 숨긴 다음 뚜껑 문까지 올라갔다.

"그래, 베르나르, 무슨 일인가?"

"소규모 독일 놈 부대예요. 처음에는 척후대라고 생각했어요. 초소 근무를 교대하고 맞은편에 있으리라고 생각했는데 아니었어요. 보트 두 척을 풀더니 강을 건너고 있어요."

"정말로 소리가 들리는군."

"쏠까요?" 베르나르가 물었다.

"안 돼, 그러면 경보가 울릴 거야. 그냥 지켜보는 게 나아. 그 것이 우리의 임무이기도 하고."

그런데 바로 그때, 베르나르와 폴이 따라온 강둑에서 작은 휘파람 소리가 들렸다. 그러자 보트 쪽에서도 같은 휘파람 소리가 들렸다. 두 휘파람 소리는 규칙적인 간격을 두고 오갔다. 마침 성당의 시계가 자정을 알렸다.

"약속이 있나 보군. 이거, 재미있어졌는데. 자, 가자. 아래쪽에 숨을 만한 장소를 봐두었어." 폴이 말했다.

폴이 발견한 은신처는 토굴 속에 벽돌 벽으로 나뉜 공간 중 뒤쪽 공간이었다. 벽에 틈새가 있어 쉽게 넘나들 수 있었다. 폴과 베르나르는 서둘러 그 틈새를 동굴 천장과 벽에서 떨어진 돌로 메웠다.

틈새를 거의 메워갈 때쯤 위에서 발소리와 독일어가 들렸다. 독일군이 꽤 많은 것 같았다. 베르나르는 울퉁불퉁 메워진 돌멩이 틈새에 총구를 걸쳐놓았다.

"지금 뭐하는 거야?" 폴이 물었다.

"저들이 오기라도 하면요? 미리 대비해야지요. 적당한 공격 태세를 취하는 거예요."

"바보 같은 짓은 그만둬, 베르나르. 들어보기나 해. 무언가 쓸모 있는 말을 들을 수 있을지도 몰라."

"폴은 그렇겠지만, 나는 독일어를 한마디도 모른다고요…."

강한 빛이 동굴 내부를 비추었다. 병사 한 명이 내려와 커다란 램프를 벽 모서리에 걸었다. 이윽고 열두어 명의 병사들이 내려왔다. 폴과 베르나르는 무슨 일인지 이해했다. 독일군 병사들은 시신을 치우기 위해 온 것이었다.

오래 걸리지 않았다. 15분 후 동굴에는 로젠탈 첩자의 시신만 남았다. 저 위에서 명령하는 목소리가 들렸다.

"너희는 거기에 그대로 남아 우리를 기다려. 그리고 카를, 먼저 내려가."

누군가 사다리 위에 모습을 드러냈다. 붉은색 바지에 이어 푸른색 군복 외투가 보이고 마침내 프랑스 병사의 완전한 군복이 보이자 폴과 베르나르는 놀라움을 금치 못했다. 문제의 사람이 사다리에서 바닥까지 내려온 후 외쳤다.

"다 내려왔습니다, 각하. 각하 차례이십니다."

폴과 베르나르가 본 사람은 벨기에인 라셴, 아니 정확히 말하면 벨기에인 행세를 해오며 라셴이라는 이름으로 불리던 폴의 소대원이었다. 이제 폴과 베르나르는 자신들을 표적으로 한 세 발의 총알이 어디에서 날아온 것인지 이해했다. 배신자가 바로 코앞에 있었던 것이다. 불빛 속에서 폴과 베르나르는 라셴의 얼굴을 뚜렷하게 볼 수 있었다. 얼굴 윤곽이 둔하고 기름기가 가득했으며 눈이 붉게 충혈된 40대 남자의 얼굴이었다.

라셴은 사다리가 흔들리지 않도록 붙잡았다. 장교 한 명이 깃을 세운 커다란 회색 망토 차림으로 조심스럽게 내려왔다. 헤르만 소령이었다.

# 2
# 헤르만 소령

폴은 증오심에 불타 마음 같아서는 즉각 복수하기 위해 뛰쳐나가고 싶었다. 그러나 그 와중에도 베르나르를 진정시키기 위해 일단 베르나르의 팔을 단단히 잡았다.

저 악마의 모습을 본 순간 폴은 분노가 치밀어 올랐다! 폴에게 헤르만 소령은 아버지와 아내를 대상으로 한 모든 범죄를 대표하는 인물이다. 권총 방아쇠를 당기기만 하면 그대로 맞을 위치에 헤르만 소령이 서 있지만 움직일 수 없다니! 더구나 지금 죽이지 않으면 헤르만 소령은 조만간 또 다른 범죄를 저지를 게 분명했다.

"마침 잘 와주었네, 카를." 헤르만 소령은 가짜 라셴으로 행세한 부하에게 말했다. "제때에 와주었어. 약속을 정확히 지키는군. 새로운 소식이라도 있나?"

"무엇보다, 각하." 카를이 대답했다. 카를은 어떤 일의 공범이자 상관에게 하듯 공손하고 친근했다.

카를은 푸른색 군복을 벗고 죽은 독일군 병사가 입고 있던 넉넉한 점퍼를 입고는 군대식 경례를 했다.

"아…! 각하, 저는 독일인입니다. 그동안 기분 나쁠 일은 없었지만 프랑스 군복만은 숨이 막혔습니다."

"그래서 탈주했나?"

"각하, 이런 식으로 임무를 하기에는 너무 위험합니다. 프랑스 농부의 옷은 상관없지만 프랑스 군복은 싫습니다. 저들은 겁내는 게 없습니다. 전 끌려다니다시피 했습니다. 독일군이 쏘는 총에 맞을 뻔한 적도 한두 번이 아니었습니다."

"매형과 처남 사이인 두 사람은?"

"세 번에 걸쳐 등 뒤에서 쏘았는데 모두 실패하고 말았습니다. 더는 할 수 없었습니다. 운을 타고난 자들입니다. 계속하다가는 들킬 것 같아 이렇게 탈주했습니다. 로젠탈과 제 사이를 오가며 심부름하던 소년을 통해 이렇게 각하를 뵐 약속을 드린 거고요."

"로젠탈이 자네의 말을 전하러 본부에 왔었지."

"프랑스에 있는 각하의 요원들에게서 온 편지들 외에 사진도 있었습니다. 혹시라도 정체가 들켰을 때 제 몸에서 증거품이 발견되는 것을 원치 않았습니다."

"로젠탈이 내게 가져와야 했지만 어리석은 짓을 했지."

"어떤 짓 말입니까, 각하!"

"포탄에 죽은 일이지."

"그러니까!"

"자네 발밑에 로젠탈의 시신이 있어."

카를은 어깨를 으쓱하고는 이렇게 말했다.

"멍청한 친구!"

"그래. 적절히 조치해야 했지만 그러지 못했네." 소령은 마치 장례식 연설을 마무리하듯 이렇게 덧붙였다. "로젠탈의 지갑을 꺼내보게, 카를. 면 조끼 안쪽 호주머니에 있을 거야."

카를은 몸을 숙여 지갑을 찾았고 잠시 뒤 이렇게 말했다.

"지갑이 없습니다, 각하."

"다른 곳에 넣었나 보군. 다른 주머니들을 살펴보게."

카를이 다른 주머니들도 살펴본 후 말했다. "역시 없습니다."

"뭐라고? 말도 안 돼! 로젠탈은 늘 지갑을 지니고 다녔어. 잘 때도 품고 있었지. 죽을 때도 마찬가지다."

"직접 살펴보십시오, 각하."

"어떻게 된 일이지?"

"누군가 먼저 이곳에 와서 지갑을 가져간 것 같습니다."

"누가? 프랑스 군대가?"

카를이 몸을 일으켜 잠시 아무 말 없이 있다가 이윽고 소령에게 다가와 천천히 말했다.

"각하, 프랑스 군대가 아니라 프랑스인 한 명일 겁니다."

"무슨 말인가?"

"각하, 들로즈는 처남 베르나르 당드빌과 함께 일찍 정찰을 나갔습니다. 어느 쪽으로 갔는지는 알 수 없었습니다. 그런데 지금은 알 것 같습니다. 들로즈는 여기로 와서 폐허가 된 등대를 살피다가 시체들을 발견했을 거고 주머니를 뒤지다 지갑까지 살펴봤을 겁니다."

"골치 아픈 일이군. 확실한가?"

"확실합니다. 틀림없이 폴은 여기에 왔을 겁니다. 기껏해야 한 시간 전쯤일 겁니다." 카를이 웃으며 덧붙였다. "어쩌면 아직 여기에 있을지도 모릅니다. 여기저기 있는 구멍 어딘가에 숨어 있을 수도 있지요…." 카를과 헤르만 소령은 주변을 한차례 둘러보았다. 그러나 기계적으로 둘러봤을 뿐 그리 심각하게 반응하지는 않았다. 마침내 소령이 진지한 표정으로 다시 말을 이었다.

"첩자들이 받은 편지 꾸러미는 주소나 이름이 없으니 그리 중요하지 않네. 오히려 사진이 더 심각하지."

"매우 심각하지요, 각하! 큰일입니다! 1902년에 촬영된 그 사진은 우리가 12년 동안 찾아 헤매던 것입니다. 스테판 당드빌 백작이 전쟁 중 집에 남겨놓은 서류 더미에서 그 사진을 찾으려고 얼마나 노력했는지 모릅니다. 각하가 당드빌 백작에게 주었다가 다시 찾아오고 싶어 하신 그 사진은 백작의 사위이고 엘리자벳 당드빌의 남편이자 각하의 숙적인 폴 들로즈의 손에 들어갔지요!"

"아! 이런, 잘 알고 있어. 그렇게 자세히 이야기할 필요 없네!" 소령이 대놓고 짜증을 내며 말했다.

"각하, 늘 진실을 직시하셔야 합니다. 폴 들로즈에 대해 세우셨던 각하의 목표가 무엇이었습니까? 각하의 정체를 드러낼 모든 것을 감추고 이를 위해 폴 들로즈의 관심과 탐색, 증오심을 헤르만 소령에게 돌리려고 하셨지요. 안 그렇습니까? 그래서 H.E.R.M이란 네 글자가 새겨진 단도들을 여러 개 마련하셨고 초상화가 걸려 있던 벽면에 '헤르만 소령'이라는 서명까지 하셨습니다. 다시 말해 꼼꼼하게 주의를 기울이셨습니다. 그러다가 어느 적당한 때에 헤르만 소령의 죽음을 이끌겠지요. 그렇게 하면 폴 들로즈는 원수가 사라졌다고 생각해서 각하 생각을 하지 않을 테니까요. 하지만 오늘 어떤 일이 일어났습니까? 폴 들로즈는 그 사진을 통해 헤르만 소령과 결혼식 날 저녁에 본 초상화 사이의 관계에 대한 확실한 증거를 얻은 셈입니다. 그러니까 과거와 현재의 관계에 대한 증거입니다."

"물론 그렇지만 어느 시신에서 발견됐든 그 사진의 출처를 알아야지만 비로소 중요해지네. 폴 들로즈가 장인인 당드빌 백작을 만나야만 출처를 알 수 있을 테지."

"장인인 당드빌 백작은 현재 영국군에 입대해 전쟁에 참여하고 있습니다. 폴 들로즈에게서 약 12킬로미터 떨어져 있고요."

"저들이 그 사실을 알고 있나?"

"아니요, 다만 우연히 만날 수 있습니다. 게다가 베르나르와 그의 아버지인 당드빌 백작은 서로 편지를 교환하고 있습니다. 베르나르는 분명 아버지에게 오르느캥에서 있었던 일을 이야기했을 겁니다. 적어도 폴 들로즈와 함께 재구성한 사건에 대해서 말입니다."

"아! 그건 상관없어. 다른 일들만 모른다면 말이야. 그 일들이 중요하지. 엘리자벳이 우리의 비밀과 내가 누구인지에 대해 알려줄 뻔했지만 저들은 엘리자벳이 죽었다고 믿고 있으니 더는 찾지 않을 거야."

"정말 그렇게 보십니까, 각하?"

"무슨 뜻인가?"

두 공범은 서로 마주한 채 뚫어지게 바라봤다. 소령은 초조하고 걱정스러워 보였고 카를은 다소 빈정대는 표정이었다.

"말하게, 무슨 이야기인가?" 소령이 말했다.

"각하, 들로즈의 가방에 손을 댄 적이 있습니다. 오! 오랫동안은 아니고… 아주 잠시였습니다…. 하지만 두 가지만은 자세히 볼 수 있었습니다."

"어서 본론을 말하게."

"먼저, 각하께서 주의 깊게 제일 중요한 페이지들을 불로 태우셨지만 끝까지 처리하지 못한 원고 낱장들입니다."

"엘리자벳의 일기?"

"예."

소령이 욕설을 내뱉었다.

"젠장! 그때 전부 태웠어야 했는데! 아! 바보 같은 호기심 때문에…! 그다음은?"

"그다음이요, 각하? 오! 별것 아닙니다. 그저 포탄 파편, 작은 포탄 파편입니다. 각하께서 엘리자벳의 머리카락을 붙여 별채 벽면에 박아놓으라고 하신 그 포탄 파편이었습니다. 어떻게 생각하십니까, 각하?" 카를이 물었다.

소령은 분노로 발을 굴렀고 폴 들로즈를 향해 각종 욕설과 저주의 말을 퍼부었다.

"어떻게 생각하십니까, 각하?" 카를이 다시 물었다.

"자네 말이 맞아. 그 여자의 일기를 읽으면서 그 짜증 나는 프랑스인은 진실을 대충 눈치챌 수 있을 거야. 확보한 포탄 파편은 자신의 아내가 살아 있을지도 모른다는 증거가 될 수도 있고 말이야. 가능하다면 피하고 싶었던 일이지. 그것만 아니라면 그 프랑스인을 늘 통제할 수 있었을 텐데 말이야."

헤르만 소령은 점점 분노했다.

"아! 카를, 그자는 정말 짜증 나네. 그자와 처남이라는 자, 모두 건달 같은 놈들이지! 제길, 우리가 성으로 돌아갔던 그날 밤, 그자들의 이름이 벽에 새겨진 방에서 자네가 그자들을 처치한 줄 알았지. 이제 여자가 죽지 않았다는 것을 알고 있으니 그대로 있지는 않을 테지. 그자들은 여자를 찾아내려 할 거고 결국 찾아내겠지. 여자가 우리 비밀을 전부 알고 있지 않나…! 여자를 없애야 해, 카를!"

"그럼 왕자는 어떡하고요?" 카를이 빈정거렸다.

"콘라트는 멍청이야. 그놈의 프랑스인 족속들은 우리에게 불운만 가져다줄 거야. 콘라트부터 보라고. 재잘거리는 프랑스 여자에게 빠지다니 멍청하기 짝이 없어. 그 여자를 즉시 없애야 하네, 카를. 이건 명령이야. 왕자는 상관하지 말게…."

불빛에 환하게 드러난 헤르만 소령은 상상할 수 있는 한 가장 무시무시한 악당의 얼굴을 보여주었다. 어디가 특별히 못생겨서가 아니라 거부감을 일으킬 정도로 야만스러운 표정 때문이었다. 폴은 헤르만 소령의 표정이 초상화와 사진에서 본 헤르민 백작부인의 표정이 극단으로 치달은 모습 같았다. 헤르만 소령은 계획한 살인이 실패한 것을 떠올리면서 마치 살인만이 살아갈 이유인 사람처럼 죽을 듯이 괴로워했다. 헤르만 소령은 이를 바드득 갈았고 눈은 시뻘겋게 충혈돼 있었다.

헤르만 소령은 힘없는 목소리로, 부들거리는 손으로 카를의 어깨를 붙잡고 이번에는 프랑스어로 이야기했다.

"카를, 우리가 그자들을 처리하지 못하면 기적이 그자들을 보호해 우리가 불리해질 수 있어. 자네도 최근 세 번이나 실패하지 않았나. 오르느캥 성에서는 그자들 대신 엉뚱한 두 사람만 죽였고 말이야. 나 역시 언젠가 정원의 쪽문 근처에서 그자를 처리하는 데 실패했지. 자네도 잊지 않았을 테지만 16년 전… 똑같은 정원… 똑같은 예배당에서…. 그자가 아주 어린아이였을 때… 자네가 그자의 가슴에 단도를 찔렀지만… 그때부터 자네는 솜씨가 서툴렀어…."

카를이 냉소적이고 무례한 웃음을 터뜨리기 시작했다.

"무엇을 원하십니까, 각하? 당시 저는 초보였고 각하 같은 능수능란한 솜씨가 없었습니다. 그 아버지와 아들도 10분 전에 처음 본 자들이었지요. 그 두 사람이 한 일은 황제를 당황스럽게 했다는 것뿐이었습니다. 지금에서야 고백하건대 그때는 손이 떨렸습니다. 하지만 각하는… 아! 그 아버지를 처리하셨지요. 각하의 솜씨는 대단했습니다. 단 한칼에, 한 번의 칼 솜씨에 그 아버지가 쓰러졌지요!"

이번에는 폴이 천천히, 주의 깊게 돌무더기 틈새에 권총 총구를 들이밀었다. 카를이 말한 대로 아버지를 죽인 범인이 헤르만 소령이라는 사실은 더 이상 의심의 여지가 없다. 바로 저 작자였다! 그리고 헤르만 소령의 하수인인 카를은 아버지가 죽음의 숨소리를 내는 순간에 이번처럼 폴 자신을 죽이려 했다.

폴의 행동을 본 베르나르가 폴의 귀에 대고 속삭였다.

"결심한 건가요? 우리가 저자와 한판 붙는 거지요?"

"내가 신호를 보낼 때까지 기다려. 자네는 소령이 아니라 첩자에게 총을 겨눠." 폴이 중얼거렸다.

어찌 되었든 폴은 헤르만 소령과 베르나르 당드빌, 그리고 엘리자벳 당드빌 사이의 불가사의한 관계가 마음에 걸렸다. 그래서 정의의 심판을 베르나르의 손에 맡기는 게 내키지 않았다. 폴 그 자신도 어디까지 파급력이 미칠지 모르는 행동을 앞두고 머뭇거렸다. 도대체 저 악당은 누구일까? 저자의 정체는 무엇일까? 지금은 독일 첩보 활동의 우두머리다. 하지만 얼마 전만 해도 콘라트 왕자의 측근이자 오르느캥 성에서 막강한 권력을 행사한 존재였고, 또한 시골 아낙네로 변장해 코르비니를 어슬렁거리던 자였다. 옛날에는 살인자이자 황제의 공범이며 또한 오르느캥 성의 여주인이었을지도 모른다…. 이렇듯 한 사람이 둔갑한 여러 모습 가운데 진짜 정체는 무엇이란 말인가?

폴은 조금 전의 사진을 보았을 때나 닫힌 방에서 헤르민 당드빌의 초상화를 보았을 때처럼 헤르만 소령을 뚫어지게 쳐다봤다. 헤르만… 헤르민…. 두 개의 이름이 폴의 머릿속에서 어지럽게 뒤섞였다.

폴은 여자 손처럼 하얗고 섬세한, 소령의 작은 손을 보았다. 가는 손가락들은 보석 반지들로 장식되어 있었고, 장화를 신은 발도 섬세했다. 백지장처럼 창백한 얼굴은 수염 자국 하나 없었다. 다만 부드럽고 여성스러운 모습에 비해 목소리가 탁하고 꺼칠한 데다 걸음걸이와 동작에서 거친 에너지가 느껴져 왠지 잘 어울리지 않았다.

헤르만 소령은 두 손으로 얼굴을 감싸고 잠시 생각에 잠겼다. 카를은 그런 소령을 동정 어린 표정으로 바라봤다. 혹시 소령이 지금까지 저지른 죄를 후회하는 건 아닐까 살펴보는 것 같았다.

소령은 다시 정신을 가다듬고 카를에게 말했다. 소령의 목소리에는 어렴풋이 증오가 느껴졌다.

"카를, 저들에겐 안된 일이지만, 우리의 길을 가로막는 자들에겐 어쩔 수 없는 일이야. 그자의 아버지를 죽이길 잘했지. 언젠가는 그 아들 차례가 올 거야…. 그러나 지금… 지금은 그 여자가 문제야."

"제가 여자를 맡으라는 겁니까, 각하?"

"아니, 자네는 여기에 있어야 하네. 나도 여기에 있어야 하고. 일이 상당히 꼬이고 있어. 하지만 1월 초에는 그곳에 갈 거야. 나는 오전 10시에 에브르쿠르트에 있을 걸세. 그리고 마흔여덟 시간이 지나면 모든 것이 끝나 있어야 해. 모든 것이 끝날 것이라고 확신해."

소령은 다시 한 번 침묵을 지켰고 카를은 웃음을 터뜨렸다. 폴은 권총을 조준하기 위해 몸을 숙였다. 더 이상 머뭇거리면 나중에 죄책감마저 들 것 같았다. 소령을 죽이는 일은 더 이상 복수도 아니고 아버지를 살해한 범인을 죽이는 일도 아니다. 새로운 살인이 일어나지 못하게 미리 막고, 엘리자벳을 구하는 일이다. 결과가 어떻게 되든 행동해야 했다. 폴은 결심했다.

"준비되었나?" 폴이 베르나르에게 아주 나지막한 목소리로 말했다.

"예, 신호를 기다리고 있어요."

폴은 냉정하게 상대를 향해 조준했고 적절한 순간을 노렸다.

폴이 방아쇠를 당기려는 순간, 카를이 독일어로 이렇게 말했다.

"그런데 각하, 뱃사공 휴게소와 관련해 무엇이 준비되어 있는지 아십니까?"

"그게 무언가?"

"공격을 취할 생각입니다. 아프리카 의용병 100명이 이미 늪지대를 지나오고 있습니다. 공격은 새벽부터 이루어질 겁니다. 당장 본부에 알리고 대비하셔야 합니다."

소령이 간단하게 대답했다.

"이미 대비해놓았네."

"그게 무슨 말씀이십니까, 각하?"

"이미 준비해놓았다고 했네. 다른 통로를 통해 전해 들었지. 뱃사공 휴게소는 중요한 곳이라 사령부에 전화해서 새벽 5시에 300명을 보내달라고 했지. 아프리카 의용병 부대는 함정에 빠질 거야. 단 한 사람도 살아 돌아가기 어려울 걸세."

소령은 만족스러운 미소를 지으며 망토 깃을 세운 후 덧붙였다.

"게다가 확실하게 하려고 내가 그곳에서 밤을 새울 거야…. 혹시 사령관이 여기에 부하들을 보내 로젠탈이 죽었다고 보고 서류를 가져간 게 아닌지 확인할 겸 말이네."

"하지만…."

"자, 그만 입 다물고 자네는 로젠탈을 맡게. 어서 떠나."

"제가 같이 갈까요, 각하?"

"그럴 필요 없네. 대기 중인 배를 타고 수로를 통해 갈 거야.

뱃사공 휴게소는 여기서 40분밖에 안 걸리니까."

카를이 부르자 병사 세 명이 내려와 로젠탈의 시체를 뚜껑문까지 들어 올렸다.

카를과 소령은 사다리 아래에서 꼼짝도 하지 않고 서 있었다. 카를은 뚜껑문을 향해 등불을 비추었다.

"쏠까요?"

"아니." 폴이 대답했다.

"하지만…."

"쏘지 마…."

시체를 위로 올리는 일이 끝나자 소령이 그다음 지시를 내렸다.

"빛을 잘 비추고 사다리가 움직이지 않게 꽉 잡아." 소령은 사다리를 타고 올라가더니 이내 밖으로 사라졌다.

"됐다! 서둘러." 소령이 큰 소리로 말했다.

이번에는 카를이 사다리를 올랐다. 동굴 위에서 발소리가 들렸다. 발소리는 강 쪽으로 멀어져갔고 이내 아무 소리도 들리지 않았다.

"이런, 어떻게 된 일입니까, 왜 그런 거예요? 유일한 기회였는데. 두 놈을 한꺼번에 해치울 수 있었다고요." 베르나르가 큰 소리로 말했다.

"그다음에 우리는 어떻게 되겠어? 위에서 열두 명이 지키고 있었어. 우리도 끝장났을 거야." 폴이 말했다.

"하지만 누나는 무사했을 거라고요, 폴! 솔직히 이해가 안 가요. 도대체 왜! 그 괴물들이 우리 사정거리 안에 있었는데 그냥 보내다니요! 매형의 아버님을 살해하고 누나도 죽이려는 악당이 가까이 있었는데 우리 생각이나 하고 있다니요!"

"베르나르, 아까 저들이 나누던 마지막 말을 이해하지 못했군. 적은 공격 작전, 뱃사공 휴게소에 대한 우리의 작전을 모두 알고 있어. 조만간 아프리카 의용군 100명이 늪지대를 기어오다가 적의 매복에 걸려들게 돼. 그러니 의용군을 생각해야지. 의용군부터 구해야 해. 중요한 임무를 앞에 두고 뻔한 죽음을 자초할 수는 없지. 자네도 내 말에 동의하리라고 믿어." 폴 들로즈가 대답했다.

"그렇군요. 하지만 정말 좋은 기회였다고요."

"다시 마주치게 될 거야. 아마도 조만간." 폴이 말했다. 폴은 헤르만 소령이 나타날 뱃사공 휴게소를 생각했다.

"그나저나 이제 어떻게 할 거예요?"

"난 의용군 부대에 합류하겠어. 의용군 부대를 지휘하는 중위가 나와 같은 의견이라면 공격은 7시에 일어나지 않을 거야. 그다음엔 내가 선봉에 설 거야."

"그럼 나는요?"

"대령님에게 가서 상황을 보고해. 그리고 뱃사공 휴게소가 오늘 아침 점거될 것이라고 알리고 지원군이 도착할 때까지 우리가 사수하겠다고 해줘."

두 사람은 더 이상 아무 말도 하지 않고 헤어졌다. 폴은 단단히 결심한 듯 늪지대로 달려갔다.

폴이 시작한 일은 생각보다 순조롭게 진행됐다. 40여 분을 힘겹게 늪지대를 걸어가자 중얼거리는 목소리가 들렸다. 폴은 암호를 대고 중위에게 인도되었다.

폴은 상황을 설명해 금방 중위를 설득했다. 작전을 포기하거나 앞당겨야 했다.

부대는 전진했다.

새벽 3시, 사람 무릎 깊이의 늪지 통로를 잘 아는 어느 농부의 안내를 받아 폴의 부대는 들키지 않고 뱃사공 휴게소 근처에 도착했다.

하지만 결국 적의 보초병에게 발각되어 공격이 시작되었다. 이 공격은 아주 유명한 전투 사례 중 하나이므로 자세히 소개할 필요가 있다. 실로 대단한 전투였다. 방어 자세에 들어간 적군도 만만치 않은 강한 저항을 이어갔다. 철조망이 얽혀 있고 함정도 많았다. 뱃사공 휴게소 앞에서 혹은 그 안에서 격렬한 전투가 계속됐다. 마침내 승리한 프랑스군은 여든세 명의 독일군을 죽이거나 포로로 삼았지만 절반에 가까운 아군 병력도 잃고 말았다.

먼저 폴은 뱃사공 휴게소의 왼쪽부터 이제르 강까지 반원을 그리며 이어진 참호 속으로 뛰어들었다. 폴에게는 한 가지 생각이 있었다. 공격이 성공을 거두기 전에 모든 탈출로를 차단하자는 것이었다.

폴은 의용병 세 명과 강가로 갔고, 적의 저항이 있었으나 강을 지나 뱃사공 휴게소 반대편에 도착하는 데 성공했다. 그곳에는 배들을 이어 만든 다리가 있었다. 폴이 예상한 대로였다. 바로 그때 폴은 어둠 속에서 급히 사라지는 그림자를 눈치챘다.

"여기서 기다려. 아무도 지나갈 수 없게해." 폴이 부하들에게 명령했다.

폴은 다리를 건너 달리기 시작했다.

강가를 비추는 조명등 덕에 폴은 쉰 걸음 앞에서 아까의 그림자를 또다시 보았다. 잠시 후 폴이 소리쳤다.

"멈춰라! 안 그러면 쏜다!"

그러나 그림자는 계속 달렸고 폴은 총알이 살짝 빗나가게 조준하여 방아쇠를 당겼다.

상대는 돌연 멈춰서 총알 네 발을 연거푸 쏘았지만 폴은 재빨리 몸을 수그리는 동시에 상대의 다리를 향해 재빨리 달려들어 넘어뜨렸다.

제압된 적은 더 이상 저항하지 않았다. 폴은 상대를 망토로 둘둘 말고 목을 움켜잡았다.

그런 다음 나머지 한 손으로 얼굴에 불빛을 비추었다. 예감은 틀리지 않았다. 폴이 잡은 사람은 헤르만 소령이었다.

# 3
# 뱃사공 휴게소

폴 들로즈는 한마디도 하지 않았다. 포로의 손목을 등 뒤로
묶어 그대로 놔둔 채 드문드문 어둠을 비추는 불빛을 따라 다
시 다리 쪽으로 왔다.

공격이 계속되었다. 상당수의 독일군 패잔병은 도망치려고
퇴로 확보에 나섰지만 다리를 지키는 의용병들이 집중사격을
해대는 바람에 포위되었다고 생각했다. 결국 교란 작전이 성공
한 덕에 적군의 패배를 앞당긴 것이다.

폴이 돌아왔을 때는 이미 전투가 끝났다. 그러나 기지 사령
관이 약속한 지원군이 오면 적의 반격이 시작될 게 분명했다.
따라서 줄곧 방어 태세를 갖춰야 했다.

두 층으로 이루어진 뱃사공 휴게소는 독일군이 주변에 참호
를 파놓는 등 철저하게 요새화되어 있었다. 건물 위층의 방 세
개는 벽을 터 하나로 연결되는 구조였다. 예전에 사환용 골방
으로 사용되던 다락 같은 곳에는 3단 목재 계단을 붙이고 입구
를 만들어 널찍한 실내의 알코브(벽을 파서 침대를 들여놓은 곳 -
옮긴이)로 사용하고 있었다. 내부 정리를 담당한 폴은 여기에

포로를 데려왔다. 폴은 포로를 바닥에 눕혀 더 단단한 밧줄로 동여매 들보에 고정했다. 그러는 와중에 증오심이 북받쳐 포로의 목을 조르듯 움켜잡기도 했다.

일단 폴은 감정을 다스렸다. 서두를 필요가 뭐가 있는가? 직접 죽이든 병사들에게 맡겨 총살하든 우선 이자의 말을 들어보는 것도 큰 재미가 아니겠는가?

중위가 들어오자 폴은 모두가 들을 수 있게, 특히 헤르만 소령이 들을 수 있게 큰 소리로 외쳤다.

"중위님, 이 끔찍한 자를 맡깁니다. 독일 첩보 부대 지휘관 중 한 명인 헤르만 소령입니다. 그 증거도 있습니다. 혹시 제게 무슨 일이 생기더라도 절대 이자를 놓쳐서는 안 됩니다. 퇴각해야 하는 상황이 오더라도요."

중위가 미소 지었다.

"말도 안 되는 가정이네. 우린 퇴각하지 않을 거야. 차라리 이 뱃사공 휴게소 건물을 폭파시키는 게 낫지. 그러면 헤르만 소령도 우리와 함께 산화할 거야. 그러니 안심하게."

폴과 중위는 방어 대책과 관련해 구체적인 이야기를 나누었고 재빨리 작전을 실행했다.

무엇보다 우선 선교를 차단했고 강 쪽을 따라 참호를 팠으며 요소마다 기관총을 설치했다. 폴은 뱃사공 휴게소 건물의 벽면을 모래주머니로 감쌌고 아치형 벽체에 말뚝을 고정해 약해 보이는 부분들을 단단히 정비했다. 새벽 5시 30분, 독일군 탐조등이 비추는 가운데 포탄 여러 발이 근처에 떨어졌다. 포탄 하나는 뱃사공 휴게소 건물에 떨어졌다. 커다란 파편들이 강둑길을 휩쓸었다.

날이 밝기 조금 전에는 급파된 자전거 분견대가 그 길을 통해 들어왔다. 베르나르 당드빌이 자전거 분견대의 선두를 맡고 있었다.

베르나르의 보고에 따르면, 본격적인 전투 부대가 출발하기 전에 두 개의 보병 중대와 한 개의 공병 소대가 먼저 출발했지만 적군의 포격 때문에 늪지대를 따라 가능하면 강둑길의 경사면에 기댄 채 몸을 숨겨 전진한다고 했다. 따라서 전진 속도가 더디니 최소한 한 시간은 기다려야 한다는 것이다.

"한 시간이라면, 너무 오래 걸리는데. 어쩔 수 없지. 그렇다면…." 중위가 말했다.

중위는 새로운 지시를 내렸고 자전거 부대의 위치를 배정했다. 그동안 폴은 다시 올라갔다. 베르나르에게 헤르만 소령을 생포했다는 이야기를 해줄 참이었다. 그런데 베르나르가 먼저 입을 열었다.

"폴, 아빠와 함께 왔어요!"

폴은 깜짝 놀랐다.

"아버님이 여기에? 아버님이 처남과 함께 오셨다고?"

"그렇다니까요. 세상에서 가장 자연스럽게 말이에요. 아버지는 얼마 전부터 기회를 찾고 계셨어요…. 아! 아버지는 통역을 맡은 소위가 되었어요."

폴은 더 이상 베르나르의 말을 듣지 않고 이런 생각을 했다.

'당드빌 백작이 이곳에 나타나다니…. 당드빌 백작은 헤르민 백작부인의 남편이야. 그렇다면 백작부인의 생사를 모를 리가 없어. 아니면 악녀에게 속은 바보일까? 그래서 죽은 아내에 대한 추억과 애정을 품고 있는 걸까? 아니야, 그럴 리 없어. 죽은 후 4년이 지난 다음에 찍어 보낸 사진이 있잖아. 그 사진은 베를린에서 백작에게 보내온 것이라고! 그러니까 백작도 알고 있을 거야. 그렇다면….'

폴은 너무나 혼란스러웠다. 첩자 카를의 말을 들어서인지 폴은 당드빌 백작이 의심스럽게 보였다. 그런 와중에 하필이면 헤르만 소령을 체포한 지금, 당드빌 백작이 나타난 것이다!

폴은 다락 쪽을 돌아봤다. 헤르만 소령은 얼굴을 벽 쪽에 묻고 꼼짝도 하지 않았다.

"아버님은 밖에 계셔?" 폴이 베르나르에게 물었다.

"예, 아버지가 어느 병사에게 자전거를 빌렸는데 그 병사가 우리 곁으로 달려오다가 약간 부상을 당했어요. 아버지가 그 병사를 간호하고 계세요."

"아버님을 모시고 와. 중위님이 괜찮다고 하면…."

그때 유산탄 하나가 폭발하면서 앞에 쌓여 있는 모래주머니들을 벌집으로 만들었다. 어느덧 날이 밝아오고 있었다. 1킬로미터 떨어진 곳에서 적의 부대가 어둠을 뚫고 전진하고 있었다.

"준비하라! 내 지시가 있기 전까지는 발포해선 안 된다. 모습을 드러내서도 안 된다…!" 아래에서 중위의 외침이 들렸다.

15분이 지나서야 폴과 당드빌 백작은 몇 마디를 나눌 수 있었다. 폴은 엘리자벳의 아버지 앞에서 어떤 태도를 보여야 할지 생각할 여유가 없어 의례적인 태도를 보였다. 과거의 비극과 그 비극에서 헤르민 백작부인의 남편인 당드빌 백작이 담당했을지도 모르는 역할 등 이 모든 생각이 폴의 머릿속에서 전투 상황과 뒤섞였다. 폴과 당드빌 백작은 그동안 서로 좋은 감정이었음에도 건성으로 악수했다.

폴은 매트리스로 작은 창문을 막았고 베르나르는 방 맞은편에서 보초를 섰다. 당드빌 백작이 폴에게 말했다.

"방어에 자신이 있는 모양이네, 그렇지 않나?"

"당연합니다. 그래야 하니까요."

"그래, 그래야 하겠지. 나는 어제 통역관으로 모시는 영국군 장교와 함께 있었지. 그때 이번 공격이 결정되었다는 말을 들었네. 이곳 전선은 상당히 중요한 곳이라 반드시 지켜야 하네. 그래서 폴, 자네를 다시 만날 수 있겠다고 생각했지. 자네 부대의 위치를 알고 있었으니까. 그래서 파견될 징집 부대와 함께 가게 해달라고 부탁을…."

갑자기 또다시 포탄이 터졌다. 포탄은 지붕을 뚫고 강 맞은편 벽을 파고들었다.

"아무도 안 다쳤나?"

"모두 무사합니다!" 누군가 대답했다.

잠시 후 당드빌 백작이 말을 이었다.

"놀랍게도 간밤에 베르나르가 자네의 상관과 함께 있는 것을 보았네. 난 자전거 부대와 함께 오게 되어 얼마나 기뻤는지 모르네. 내 아들인 베르나르 곁에 있고 자네와 악수할 유일한 방법이었으니까…. 하지만 가여운 엘리자벳의 소식은 모른다네. 베르나르 말이…."

"아! 베르나르가 성에서 있었던 일을 모두 이야기했습니까?"
폴이 깜짝 놀라 물었다.

"적어도 베르나르가 아는 내용은 모두 이야기해주었네. 이해되지 않는 부분도 있는데 이에 대해서는 자네가 자세히 안다고 했어. 그런데 엘리자벳은 어째서 오르느캥 성에 남아 있었던 건가?"

"엘리자벳이 원했습니다. 저도 나중에야 엘리자벳의 결정을 편지로 알게 되었습니다." 폴이 대답했다.

"그렇군, 그런데 왜 자네가 엘리자벳을 직접 데리고 나오지 않았나?"

"저는 오르느캥 성을 떠나면서 엘리자벳 역시 떠날 수 있도록 필요한 조치를 모두 마련해두었습니다."

"그렇군. 하지만 엘리자벳을 놔두고 자네 혼자 떠나서는 안되었어. 모든 불행이 거기서부터 비롯된 거지."

당드빌 백작이 엄하게 이야기했다. 폴이 가만히 있자 백작은 더욱더 강하게 이야기했다.

"도대체 왜 엘리자벳을 데리고 나오지 않은 건가? 베르나르 말로는 무언가 아주 심각한 일이 있었다더군. 자네가 특별한 사건이 있었던 것처럼 돌려서 이야기했다는데, 그게 무엇인지 내게 설명을 좀 해보게나…."

폴은 당드빌 백작이 은근히 자신을 원망한다고 느꼈다. 그러한 당혹스러운 태도에 몹시 짜증이 났다.

"지금 그런 이야기를 하실 때라고 보십니까?"

"그래, 그렇게 생각하네. 우리는 언제든 또다시 헤어질 수 있

으니까….'

"맞습니다! 끔찍한 생각이지요. 아버님의 질문에 제가 대답할 수 없다면 끔찍하겠지요. 엘리자벳의 운명은 아마도 아버님과 제가 나눌 몇 마디 이야기에 달려 있을 수도 있으니까요. 진실은 아버님과 저 사이에 있기 때문입니다. 진실을 밝히려면 단 한마디면 됩니다. 상황이 급합니다. 지금부터 무슨 일이 있어도 말씀드려야겠습니다."

폴이 감정적으로 나오자 당드빌 백작은 놀라서 물었다.

"베르나르를 부르는 게 낫지 않을까?"

"안 됩니다! 안 돼요! 절대! 베르나르가 알면 안 되는 일입니다. 왜냐하면…." 폴이 말했다.

"왜 안 되는 건가?" 당드빌 백작은 점점 더 놀란 기색으로 물었다.

그때 병사 하나가 총에 맞아 두 사람 곁으로 쓰러졌다. 폴은 얼른 살펴봤다. 병사는 이마에 총을 맞아 죽어 있었다. 너무 커서 폴이 다 막지 못한 곳을 통해 총알 두 발이 연속으로 들어왔다.

당드빌 백작은 폴을 도우며 계속 물었다.

"베르나르가 알아서는 안 되는 일이 있다고 했는데 이유가…."

"베르나르의 어머니와 관계된 일이기 때문입니다."

"베르나르의 어머니? 그게 무슨 소리인가? 베르나르의 어머니…? 내 아내 말인가? 이해할 수 없군."

뱃사공 휴게소 앞, 강변으로 통하는 좁은 도로 위에서 세 개

종대로 다가오는 적군의 모습이 총안으로 보였다.

중위가 방어 태세를 살피기 위해 올라와 의용군에게 지시했다. "강에서 200미터 떨어진 곳에 적군이 있으면 발포한다. 적군의 대포가 뱃사공 휴게소 건물을 파괴하지는 않았으면 좋겠군!"

"우리 지원 병력은 어떻게 됐습니까?" 폴이 물었다.

"30~40분 후에 도착하네. 그때까지는 우리 75밀리 포가 할 일이 많겠지."

적군과 아군이 서로 쏘아댄 포탄들이 허공에서 교차했다. 아군의 포탄은 독일군 한가운데에 떨어졌고 적군의 포탄은 아군의 요새 주변으로 떨어졌다.

폴은 사방을 뛰어다니며 병사들에게 힘을 북돋고 독려했다.

그러면서도 틈틈이 다락 쪽으로 와 헤르만 소령을 살핀 뒤 자신의 위치로 돌아갔다.

폴은 매 순간 장교와 전투원으로서 해야 할 의무를 생각했으며 동시에 당드빌 백작에게 할 말은 해야겠다는 생각도 하고 있었다. 그러나 이 두 가지 강박관념이 뒤섞이다 보니 명석한 판단력이 사라진 폴은 장인인 당드빌 백작에게 이해하기 어려운 이 상황을 어떻게 설명해야 할지 몰랐다. 당드빌 백작이 여러 번 물었으나 폴은 대답하지 않았다.

중위의 목소리가 들렸다.

"준비…! 거총…! 발사…!"

발포 명령이 네 번이나 이어졌다.

가장 가까이 있는 적의 대열은 몇몇 병사들이 총알을 맞아 쓰러지자 머뭇거리는 듯 보였다.

하지만 다른 병사들이 빈자리를 채우며 다시 대열을 재정비했다.

독일군이 쏜 두 개의 포탄이 뱃사공 휴게소 건물에 맞았다. 지붕이 한번에 날아갔고 벽체는 얼마간 무너졌으며 병사 세 명이 쓰러졌다.

그렇게 엄청난 혼란 뒤에 일시적으로 상황이 진정되었다. 폴은 아군 모두가 위험해질 수 있으며 더 이상 버티기는 어렵다고 판단했다. 폴은 무언가 결심한 듯 당드빌 백작에게 다짜고짜 말했다.

"우선 한마디만 하겠습니다…. 제가 알아야 할 게 있습니다…. 당드빌 백작부인이 세상을 떠난 게 확실합니까?"

그리고 폴은 곧장 말을 이었다.

"제 질문이 정신 나간 것처럼 들리겠지요…. 백작님은 아무것도 모르시니 그렇게 느껴질 겁니다. 하지만 제 정신은 멀쩡합니다. 왜 이런 질문을 드리는지에 대해 자세히 설명할 수도 있으니 우선 대답부터 해주십시오. 헤르민 백작부인은 정말로 세상을 떴습니까?"

당드빌 백작은 감정을 추스르며 폴의 말을 이해하기로 마음먹고 대답했다.

"내 아내가 아직 살아 있을지도 모른다고 생각하는 이유가 있나?"

"아주 진지한 이유가 있습니다. 부인할 수 없는 이유라고 말씀드리겠습니다."

당드빌 백작은 어깨를 으쓱하고는 단호한 목소리로 말했다.

"아내는 내 품에서 숨을 거두었네. 아내의 차가워진 손에 내 입술을 갖다 대었어. 사랑하는 사람의 싸늘한 죽음은 정말로 끔찍하지. 아내의 바람대로 내 손으로 직접 아내에게 수의 대신 웨딩드레스를 입혀주었고 관 뚜껑에 못을 박는 자리를 끝까지 지켰네. 다른 질문이 있나?"

폴은 당드빌 백작의 말을 들으면서 생각했다.

'백작이 진실을 말했을까? 그렇다 해도 내가 받아들일 수 있을까…?'

"다른 질문은?" 당드빌 백작은 좀 더 위압적인 목소리로 다시 물었다.

"다른 질문이 있습니다. 규방에 걸려 있는 초상화는 당드빌 백작부인의 초상화가 맞습니까?" 폴이 물었다.

"당연히 아내의 전신 초상화지…."

"어깨에 검은색 레이스 숄을 두른 초상화, 맞나요?" 폴이 물었다.

"그래, 생전에 아내가 즐겨 걸치던 숄이었지."

"테두리에 황금색 뱀 장식이 있는 카메오 브로치로 여미는 숄이 맞지요?"

"그래. 우리 어머니가 아내에게 물려준 오래된 카메오 브로치인데 아내가 한시도 떼어놓은 적이 없었네."

갑자기 폴은 자신도 모르게 몸을 들썩였다. 당드빌 백작의 말은 고백처럼 들렸다. 폴은 분노로 몸을 떨며 큰 소리로 말했다.

"백작님, 제 아버지가 살해당한 일을 잊지 않으셨겠지요? 저와 함께 그 이야기를 자주 하셨으니까요. 아버지는 백작님의 친구였습니다. 아버지를 살해한 여자, 제가 똑똑히 본 그 여자, 제 머릿속에 또렷이 모습이 남았으며 어깨에 검은색 레이스 숄을 두른 여자, 테두리에 황금색 뱀 장식이 있는 카메오 브로치를 한 여자, 그 여자를 당드빌 백작부인의 방에 걸린 초상화에서 또다시 보았습니다⋯. 그래요, 제가 결혼식을 올린 날 밤에 그 초상화를 봤습니다⋯. 이제 아시겠습니까⋯? 아시겠느냐고요?"

두 사람 사이에 처절할 정도의 침묵이 흘렀다. 당드빌 백작의 손은 소총을 쥔 채 떨고 있었다.

'왜 저렇게 떠는 거지? 진실이 탄로 나 걱정되어서 그런 걸까? 아내의 정체가 드러나 분노한 거야? 아내와 공범이라고 생각해도 되는 걸까? 하긴⋯.' 폴이 생각했다.

폴은 당드빌 백작이 자신의 팔을 세게 잡는 것이 느껴졌다. 당드빌 백작이 창백한 얼굴로 더듬거렸다.

"감히! 내 아내가 자네 부친을 죽였다고 말하다니⋯! 자네 제정신이 아니군! 신과 세상의 모든 인간 앞에서 성녀와 다름없던 내 아내가! 감히 뭐라고? 내가 왜 자네의 얼굴에 한 방을 날리지 않는 건지 모르겠군."

폴은 거칠게 백작의 팔을 뿌리쳤다. 소란스러운 전투 속에서도 점점 분노가 치밀어 오른 두 사람은 제정신이 아니었다. 총알과 포탄으로 주변이 요란한 가운데 곧 한판 붙을 기세였다.

한쪽 벽면이 다시 무너졌다. 폴은 부하들에게 이런저런 지시를 내렸다. 동시에 구석에 있는 헤르만 소령을 생각했다. 폴은 범죄자와 공범을 대질시키듯 당드빌 백작을 헤르만 소령 앞에 데려가고 싶다고 생각했다. 그러나 왜 행동으로 옮기지 않았을까?

폴은 독일 병사 로젠탈의 시신에서 발견한 백작부인의 사진을 주머니에서 꺼냈다.

"이걸 보십시오." 폴이 당드빌 백작의 눈앞에 사진을 내밀었다. "이게 무엇인지 아시겠지요? 날짜가 적혀 있습니다. 1902년이라고. 이런데도 헤르민 백작부인이 세상을 떠났다고 주장하실 겁니까? 대답해보세요. 죽은 지 4년 후에 아내인 백작부인이 베를린에서 백작님께 보낸 사진입니다!"

당드빌 백작이 비틀거렸다. 백작은 모든 분노가 사라지고 대신 그 자리에 끝없는 두려움이 밀려드는 것 같았다. 폴은 백작 앞에서 사진을 흔들었다. 결정적인 증거였다. 당드빌 백작이 중얼거렸다.

"이 사진을 누가 훔쳤나? 파리에 남겨두고 온 내 서류들 속에 있던 사진인데…. 그리고 나는 왜 이 사진을 찢지 않았던 걸까?"

당드빌 백작이 아주 낮은 목소리로 말을 이었다.

"오! 헤르민, 사랑하는 헤르민…!"

저건 고백이 아닌가? 죄와 수치로 점철된 한 여인을 향한 애정을 드러내는 고백이 아닌가?

1층에서 중위가 외쳤다.

"열 명을 제외한 전원은 전방의 참호로 갈 것. 들로즈, 최정예

사격수들을 이끌고 집중사격하라!"

의용군들은 베르나르의 지휘를 받으며 서둘러 내려왔다. 적
군은 피해 상황은 아랑곳없이 계속 강으로 다가왔다. 또한 좌
우의 공병대가 강에 흩어진 배들을 계속해서 열심히 모았다.
총공세가 임박하자 의용군 중위는 병사들을 전방에 배치했고,
뱃사공 휴게소 건물 안에 있는 사격수들은 포탄이 사정없이 빗
발치는 가운데 집중사격을 맡기로 했다. 사격수가 한 명씩 한
명씩 쓰러졌다. 사격수 중 다섯 명이 쓰러졌다.

폴과 당드빌 백작은 주어질 명령과 해야 할 행동에 집중하며
여러 병사의 몫을 도맡아야 했다. 수적으로 열세이기 때문에
저항 자체가 무리였다. 지원병이 도착할 때까지만이라도 버틸
수 있을까? 버티기만 하면 요새를 확보할 수 있을 텐데 말이다.

프랑스군 포병대는 전투병들이 뒤섞인 상황이라 어쩔 수 없
이 포격을 멈추었으나 독일군의 대포는 뱃사공 휴게소 건물을
목표로 삼고 수시로 포탄을 날렸다. 병사 한 명이 또 부상을 당
해 헤르만 소령이 있는 다락으로 옮겨졌다. 그러나 병사는 중
상이어서 곧 숨을 거두었다.

물 밖이든 물속이든, 배 위든 그 주변이든, 바깥 어느 곳에서
도 전투가 벌어졌다. 몸과 몸이 격렬하게 부딪쳤고 증오와 고
통에 찬 비명, 공포와 승리의 고함으로 아주 소란스러웠다….
적군과 아군이 섞여 있으니 폴과 당드빌 백작 역시 총을 쏘기
가 어려웠다.

폴이 당드빌 백작에게 말했다.

"지원군이 오기 전에 우리가 쓰러질 수도 있을 것 같군요. 미

리 알려드리지만 중위가 건물을 폭파할 준비를 해놓은 상태입니다. 백작님은 전투원으로서의 사명감이나 임무가 아닌 우연히 이곳에 들르신 거라…."

"나는 이곳에 프랑스인 자격으로 왔네. 마지막 순간까지 남아 있을 거야." 백작이 말했다.

"그럼 우리끼리 이야기를 끝낼 시간이 있겠군요. 백작님 잘 들으십시오. 간단히 말씀드리겠습니다. 혹시 조금이라도 자세한 설명을 원하시면 즉시 알려주십시오."

두 사람 사이에는 깊이를 알 수 없는 어둠이 드리워져 있었다. 범인이든 아니든, 아내의 공범이든 아내에게 속은 것이든 당드빌 백작은 무언가를 아는 듯했다. 폴이 모르는 무언가를 말이다. 폴은 그동안 일어난 사건들을 이야기해야 의문스러운 부분을 정확히 짚고 넘어갈 수 있다고 생각했다.

그래서 폴은 이야기하기 시작했다. 폴이 차분하게 이야기하는 동안 당드빌 백작은 조용히 들었다. 그러면서 두 사람은 적군을 향해 계속 총을 쏘았다. 총알을 넣고 거총해 발사한 뒤 다시 총알을 넣었다. 두 사람의 행동이 어찌나 차분한지 마치 사격 연습을 하는 것처럼 보였다. 두 사람을 둘러싼 사방은 온통 죽음이 판을 치고 있었는데 말이다.

폴이 엘리자벳과 함께 오르느캥 성에 도착해 닫힌 방으로 들어가 끔찍한 초상화를 보았다는 이야기를 하고 있을 때였다. 커다란 포탄 하나가 두 사람의 머리 위에서 폭발해 파편 덩어리가 떨어졌다.

의용병 네 명이 맞았다. 폴 역시 목 부위에 포탄 파편을 맞았으나 고통스럽지는 않았다. 대신 머릿속 생각이 안갯속으로 조금씩 빨려 들어가면서 손에 잡히지 않는 듯한 느낌이 들었다. 그래도 폴은 노력하여 기운을 차리고 힘을 회복했다. 그 덕에 사고력과 어느 정도의 감각을 유지할 수 있었다. 폴 곁에는 당드빌 백작이 무릎을 꿇고 앉아 있었다. 폴이 말했다.

"엘리자벳의 일기… 야영지에 있는 제 가방 안에 있습니다…. 그중 몇 페이지는 제가 썼습니다…. 보시면 이해할 수 있을 겁니다…. 하지만… 우선… 저기 묶여 있는 저 독일 장교를 붙잡고 있어야 합니다…. 첩자입니다…. 저자를 감시하다 죽이십시오…. 그러지 않으면 1월 10일…. 아, 저자를 반드시 죽여야만 합니다."

폴은 더 이상 말할 수 없었다. 게다가 당드빌 백작이 폴의 이야기를 경청하기 위해 무릎을 꿇고 있는 게 아닌 것 같았다. 백작은 포탄 파편에 맞았는지 얼굴이 피투성이가 된 채 쓰러지며 점점 낮아지는 목소리로 신음하고 있었다.

널찍한 실내에는 침묵이 흘렀고 이따금 소총 소리가 들릴 뿐이었다. 독일군의 대포 소리는 더 이상 들리지 않았다. 적의 반격은 성공적으로 계속될 것 같았다. 폴은 움직일 수 없는 몸으로 중위가 말한 뱃사공 휴게소 건물이 폭발하기를 기다렸다.

폴은 엘리자벳의 이름을 여러 번 불렀다. 헤르만 소령도 폭발과 함께 죽을 테니 엘리자벳을 둘러싼 위험은 사라질 것이다. 또한 베르나르가 엘리자벳을 지켜줄 것이다. 그러나 시간이 흐르자 나른한 상태가 옅어지며 점점 왠지 모르게 거북스럽고 혼란스러웠다. 매 순간 고통이 커지는 듯했다. 악몽인가, 아니면 고약한 환각인가? 폴이 헤르만 소령을 끌고 갔던 다락, 병사 한 명의 시신이 있는 다락 쪽에서 일이 벌어지고 있었다. 이럴 수가! 헤르만 소령이 끈을 풀고 일어나 주변을 살피는 것 같았다.

폴은 있는 힘을 다해 눈을 뜬 뒤 그 상태를 유지하기 위해 애썼다.

하지만 어둠이 점점 짙어져 시야를 가렸고 폴은 마치 캄캄한 밤에 희미한 광경을 보듯 이상한 장면이 아른거리는 것을 보았다. 소령이 망토를 벗더니 프랑스군 병사의 시신 위로 몸을 숙여 푸른색 군복을 벗겼다. 군모와 목도리마저 착용한 후 소총과 총검, 탄약통까지 집어들었다. 헤르만 소령이 프랑스 군인으로 변신한 채 3단 나무 계단을 내려오는 것이다.

무시무시한 광경이었다! 폴은 도저히 믿고 싶지 않았다. 신열과 환각 때문에 유령을 본 것이라고 믿고 싶었다. 그러나 모든 것이 실제로 일어나는 현실이 분명했다. 폴에게는 가장 끔찍한 고통 중 하나였다. 헤르만 소령이 도망치고 있다!

폴은 너무나 기력이 쇠했기에 있는 그대로의 상황을 예상해 대비할 수 없었다. 소령은 폴 자신과 당드빌 백작을 죽일 것인가? 두 사람 모두 부상당한 채 가까이 있다는 것을 소령이 알까? 폴은 여러 질문을 떠올릴 힘조차 없었다. 희미해져 가는 의식은 단 한 가지 생각만 붙들고 있었다. 헤르만 소령이 도망치고 있다! 헤르만 소령은 군복까지 입었으니 의용군 대열에 합류할 것이다. 그리고 몇 가지 신호를 주고받음으로써 곧바로 독일군에 합류할 것이다! 소령은 자유로운 몸이 되겠지! 또다시 엘리자벳의 목숨을 위협할 것이다!

아! 뱃사공 휴게소 건물은 왜 폭발하지 않을까? 이 건물이 폭발하기만 해도 소령은 죽었을 텐데….

폴은 의식을 잃으면서도 여전히 희망의 끈을 놓지 않았다. 하지만 의식은 점점 비틀거렸고 생각은 뒤죽박죽으로 엉클어졌다. 결국 깊은 어둠 속으로 빨려 들어가더니 더 이상 아무것도 보이지 않고, 아무것도 들리지 않았다.


그로부터 3주일 후, 군용 병원으로 개조된 불로뉴의 고성 입구 계단 앞에 자동차가 한 대 멈춰 섰고, 이어 군단장이 자동차에서 내렸다.

행정장교가 문 앞에서 군단장을 기다리고 있었다.

"들로즈 소위가 내가 방문한다는 것을 알고 있겠지?"

"예, 장군님."

"소위의 방으로 안내해주게."

폴 들로즈가 몸을 일으켰다. 목에는 붕대를 감고 있었지만 피곤한 기색 없이 안정돼 보였다.

폴은 넘치는 힘과 냉철함으로 프랑스를 구한 사령관의 등장에 감동한 듯 군인으로서 깍듯한 자세를 취했다. 그러나 군단장은 선뜻 폴에게 악수를 청했고 다정한 목소리로 말했다.

"앉게, 들로즈 중위…. 그래, 이제부터 중위라네. 어제부로 자네의 계급이 올라갔으니까. 아니, 고마워할 필요는 없네. 오히려 우리가 자네에게 고마워해야지. 벌써 일어나도 되는가?"

"예, 장군님, 부상은 그리 심하지 않습니다."

"다행이야. 나는 우리 장교들이 하나같이 마음에 드네. 특히 자네 같은 젊은이라면 웬만한 열 명보다 낫지. 자네 부대의 대령이 특별한 보고를 했는데 자네가 그동안 벌인 활약상이 놀랍더군. 그래서 말인데, 규칙상 예외를 인정해 이 보고서를 공개하는 게 어떨까 하네."

"안 됩니다, 장군님. 부탁드립니다."

"자네 말이 맞네. 익명으로 있는 게 고결한 영웅의 모습이지. 또한 지금은 조국 프랑스에 모든 영광을 돌려야 할 시기이기도 하고. 그래서 일단은 군령에 따라 자네가 세운 공을 치하하고 이전에도 추천받은 적 있는 십자무공훈장을 수여할까 하네."

"장군님, 뭐라고 감사드려야 할지…."

"그리고 조금이라도 원하는 게 있으면 말해보게. 특별히 자네에게 개인적인 도움을 주고 싶어서 그러네."

폴은 미소를 지으며 고개를 끄덕였다. 높은 지위의 장군이 호의와 배려를 베풀자 마음이 편안해졌다.

"제 요구가 지나치면 어쩌시겠습니까, 장군님?"

"일단 말해보게!"

"알겠습니다. 장군님, 먼저 제게 2주간의 요양 휴가를 주셨으면 합니다. 1월 9일 토요일부터, 즉 제가 퇴원하는 날부터 2주간입니다."

"그건 따로 요구할 게 아니라 당연히 누려야 할 권리지."

"예, 장군님. 하지만 그 휴가는 제가 원하는 곳에서 보내고 싶습니다."

"그렇게 하게."

"장군님께서 친히 써주신 통행허가증을 갖고 싶습니다. 프랑스 전선 어디든 갈 수 있으며 필요한 모든 지원을 요청할 권리를 보장하는 허가증 말입니다."

장군은 폴을 바라보며 말했다.

"자네의 부탁이 무거운 면이 있긴 하군."

"알고 있습니다, 장군님. 하지만 제가 하려는 일 역시 무겁습니다."

"좋아. 그렇게 하지. 그다음은?"

"장군님, 제 처남인 베르나르 당드빌 중사는 저와 함께 뱃사공 휴게소 작전에 참여했습니다. 저처럼 부상을 당했고 이곳 병원에 똑같이 후송되어 있습니다. 중사도 저와 똑같은 시기에 퇴원할 것 같습니다. 베르나르 당드빌 중사에게도 저와 같은 기간의 휴가를 주시고 저와 함께 갈 수 있도록 허락해주시기 바랍니다."

"알겠네. 또 있나?"

"베르나르의 아버지인 스테판 당드빌 백작은 영국군 부대에서 통역관 소위로 있는데 그날 저와 함께 부상을 당했습니다. 부상이 심하기는 해도 생명에 지장을 줄 정도는 아니고 현재 어느 영국군 병원으로 후송되었다고 들었습니다…. 어느 병원인지는 모릅니다. 완쾌되면 스테판 당드빌 소위를 장군님 곁에서 참모로 활동하게 해주십시오. 제가 돌아와 그동안 한 일을 보고드릴 때까지만이라도 말입니다."

"알겠네. 그게 다인가?"

"거의 그렇습니다, 장군님. 이제 딱 한 가지의 부탁만 남아 있는데, 이건 장군님의 호의에 감사하는 마음에서 드리는 청입니다. 현재 독일에 잡혀 있는 우리 측 포로 중에 장군님이 특별히 생각하는 사람 스무 명을 추려서 명단을 적어주시기 바랍니다. 그 스무 명은 늦어도 보름 후에 자유의 몸이 될 것입니다."

"뭐라고?"

언제나 침착하다고 알려진 장군이지만 이번에는 아주 놀라고 말았다. 장군은 폴이 했던 말을 되짚었다.

"보름 후에 자유의 몸이 된다! 스무 명의 포로가!"

"약속드립니다."

"진짜인가?"

"제가 말한 대로 이루어질 것입니다."

"포로들의 계급이나 사회계층은 상관없이 말인가?"

"예, 장군님."

"정당하고 합리적인 방법으로 말인가?"

"어떤 이견도 없는 방법을 통해 그렇게 될 것입니다."

장군은 폴을 다시 한 번 바라봤다. 평소 장군은 부하들을 제대로 평가했으며 그 진가를 알아보았다. 장군은 폴이 절대로 허풍쟁이가 아니며 결단력 있는 행동으로 꿋꿋이 앞으로 나아가 약속을 지킬 사람임을 알아봤다.

장군이 대답했다.

"알겠네, 내일 자네에게 그 명단을 넘겨 주지."

# 4
# 독일 문명의 걸작

1월 10일 일요일 아침, 들로즈 중위와 당드빌 중사는 코르비니 역에 내려 현지에 주둔한 사령관을 만나러 갔고, 그런 뒤 마차를 타고 오르느캥 성으로 갔다.

"이제르 강과 뱃사공 휴게소 사이에서 유산탄 파편에 맞았을 때도 일이 이렇게 되리라고는 생각도 못 했어요. 정말 치열한 전투였잖아요! 정말이지, 폴, 지원병이 5분만 늦게 도착했어도 우리는 끝장났을 거예요. 정말 운이 좋았어요!" 베르나르가 좌석에 몸을 길게 뻗으며 말했다.

"그래, 정말 운이 좋았지! 그다음 날 프랑스 야전병원에서 깨어나면서 나도 그렇게 생각했어." 폴이 말했다.

"다만, 그 헤르만 소령 놈이 탈출한 게 화가 납니다. 직접 포로로 잡았다고 했지요? 그놈이 결박을 풀고 도망가는 것도 직접 봤다고 했고요. 보통 놈이 아니에요! 분명 별 어려움 없이 몸을 피했을 겁니다." 베르나르가 말했다.

폴이 중얼거렸다.

"분명 그랬을 거야. 그리고 그자는 또다시 엘리자벳을 위협하겠지."

"젠장! 소령이 카를에게 1월 10일에 도착한다고 했고 그로부터 이틀 후에 본격적으로 행동한다고 했으니 우리에게 남은 시간은 마흔여덟 시간이에요."

"그런데 오늘부터 행동에 들어가면?" 폴이 심각한 목소리로 말했다.

폴은 마음이 불안했지만 여정은 빠르게 진행되는 듯했다. 지난 넉 달 동안은 목표를 이룰 방법이 매일매일 멀어지는 듯했다면 이번에는 드디어 현실적인 방법에 가까이 다가간다는 생각이 들었다. 오르느캥은 국경선에 있고, 국경선에서 몇 발자국 떨어진 곳에 에브르쿠르트가 있다.

에브르쿠르트에 가기 전에, 그곳에서 엘리자벳의 은신처를 발견하기 전에, 또 엘리자벳을 구해내기 전에 수많은 장애물을 만나겠지만 폴은 그것들을 생각하고 싶지 않았다. 지금 폴은 살아 있고 엘리자벳도 살아 있다. 엘리자벳과 폴 사이에는 아무런 장애물도 없는 것처럼 느껴졌다.

오르느캥 성, 아니 오르느캥 성의 잔해(이미 폐허였으나 11월에 다시 한 번 포격을 맞았다)는 재향 군부대의 야영지로 사용되고 있었으며 최전선 참호 지대가 국경선을 따라 늘어져 있었다.

이곳에서는 적과의 전투가 거의 벌어지지 않았다. 전략상 적군이 무리하게 진군하지 않았기 때문이다. 대신 아군과 적군 모두 방어 태세가 팽팽했고 매우 활발한 감시가 이루어졌다.

이 같은 상황은 재향군 중위와 아침을 먹으면서 얻은 정보다. 폴이 자신이 온 목적을 이야기하자 재향군 중위는 이렇게 말했다. "전적으로 돕겠지만, 오르느캥 성에서 에브르쿠르트로 건너가는 일은 분명 쉽지 않을 겁니다."

"건너갈 겁니다."

"공중으로요?" 장교가 웃으며 말했다.

"아닙니다."

"그럼 지하로요?"

"어쩌면 그럴 수 있겠지요."

"꿈 깨십시오. 우리도 대호며 갱도며 줄기차게 시도해보고 싶었지만 이곳 지반은 암석층으로 되어 있어 파고 들어갈 수 없습니다."

이번에는 폴이 웃었다.

"딱 한 시간 동안만 곡괭이와 삽을 갖춘 건장한 장정 네 명을 보내주십시오. 저는 오늘 밤 에브르쿠르트에 있을 겁니다."

"오! 네 명이 한 시간 동안 작업해서 암석에 10킬로미터 터널을 파겠다고요!"

"더도 필요 없습니다. 그리고 이 일에 대해서는 반드시 비밀을 지켜주십시오. 시도 자체는 물론, 그 와중에 나타날 호기심 어린 발견에 대해서도 말입니다. 모든 것은 내가 올린 보고서를 통해 총사령관만이 알아야 할 겁니다."

"알겠습니다. 내가 직접 장정 네 명을 고르겠습니다. 어디로 데려다주면 되겠습니까?"

"성탑 근처의 성토로 보내주십시오."

40~50미터 아래로 리즈롱 계곡을 굽어보고, 그 굽이치는 강

줄기 너머로 종탑과 인근 언덕을 포함해 코르비니 도시가 정면으로 바라보이는 곳이 성토였다. 성탑은 토대밖에 남지 않았고 토대를 이루는 벽들이 암반과 함께 죽 늘어져 있어 성토를 받치고 있었다. 정원은 참빗살나무와 월계수 숲이 흉벽까지 펼쳐져 있었다.

바로 그곳이 폴이 말한 곳이다. 폴은 여기저기를 성큼성큼 다니며 아래의 강물을 내려다보는가 하면 성탑에서 떨어져 나간 돌 더미 아래에 드리워진 송악 그늘을 살폈다.

"그곳이 출발점입니까? 미리 말해두지만 우리가 있는 곳은 국경선과 반대 방향입니다." 장정들과 함께 나타난 중위가 말했다.

"아! 모든 길은 베를린으로 통합니다." 폴이 농담하듯 말했다.

폴은 말뚝으로 표시한 원을 가리켰고 장정들에게 작업을 지시했다.

"자, 시작합시다."

장정 네 명이 지름 3미터의 부식토를 파기 시작하자 20분 만에 깊이 1.5미터의 구덩이가 생겼다. 이 정도 깊이에 이르자 시멘트로 단단히 엮인 자갈층이 나왔고 작업은 훨씬 더 어려워졌다. 시멘트가 너무 단단해서 약간의 틈새에 곡괭이질을 해대야만 겨우 부술 수 있었다. 폴은 초조하게 작업을 지켜보았다.

"중지!" 한 시간 후 폴이 외쳤다.

폴은 혼자 구덩이에 들어가 계속 팠다. 그러다 작업 속도를 늦추더니 곡괭이질을 한 번 할 때마다 그 자리를 자세히 살폈다.

"됐어." 폴이 허리를 펴며 말했다.

"뭐가 말입니까?" 베르나르가 물었다.

"우리가 있는 이곳은 예전에 낡은 성탑 주변에 있던 큰 건축물의 한 층에 불과해. 수 세기 전에 이 큰 건축물을 무너뜨려 정원으로 개조한 거야."

"그래서요?"

"옛날 건물의 방 중 한 곳의 천장을 뚫을 거야. 한번 봐." 폴이 돌멩이를 집어 구덩이 가운데에 있는 조그만 구멍으로 밀어 넣자 돌멩이가 사라졌다. 곧바로 돌이 바닥에 떨어져 나는 듯한 소리가 희미하게 들렸다.

"입구만 넓히면 되지. 그동안 우리는 사다리와 불을 밝힐 도구를 구해오자고…. 빛이 많을수록 좋아."

"송진 횃불이 있습니다." 중위가 말했다.

"좋습니다."

폴의 말이 맞았다. 사다리를 구덩이 안에 밀어 넣은 후 폴과 중위, 그리고 베르나르가 함께 내려가 보니 넓은 방이 나타났다. 아치형 천장은 굵은 기둥들로 지탱되고 있었는데, 기둥들은 비정형화된 성당처럼 중앙 홀 두 줄과 그보다 좁은 측랑들로 방을 나누고 있었다.

이어서 폴은 중위와 베르나르에게 중앙 홀 바닥을 살펴보라고 했다.

"콘크리트 바닥입니다, 잘 보십시오…. 내가 예상한 대로군요. 두 개의 레일이 두 기둥을 지나고 있습니다…! 다른 기둥 사이에도 두 개의 레일이 있고요!"

"그런데 이게 어떻다는 건가요?" 베르나르와 중위가 물었다.

"나는 코르비니 시와 그곳에 있는 두 요새가 함락된 이유가 의심스러웠는데, 이제 그 이유가 밝혀진 셈입니다."

"뭐라고요?"

"코르비니와 두 요새는 몇 분 만에 허물어지지 않았습니까? 코르비니 시는 국경선에서 약 24킬로미터 떨어져 있고 적의 어떤 대포도 국경을 넘은 적이 없는데 포격은 어디서 이루어진 걸까요? 바로 여기 지하 요새에서 이루어진 겁니다."

"말도 안 돼!"

"이 레일 위로 포격을 위한 거대한 대포를 움직인 거예요."

"이런! 하지만 동굴에서 포격할 수는 없습니다! 포탄을 쏜 구멍은 어디에 있는 겁니까?"

"레일들이 우리를 그곳으로 안내해줄 겁니다. 베르나르, 불빛을 잘 비춰보게. 기단(건축물의 터를 반듯하게 다듬은 후 한 층 높게 쌓은 단 – 옮긴이)이 이 축에 고정되어 회전하게끔 되어 있어. 크기도 꽤 크군. 다들 어떻게 생각합니까? 여기에 또 다른 계단이 있습니다."

"하지만 구멍은요?"

"자네 앞에 있어, 베르나르."

"그저 벽일 뿐인데…."

"언덕의 암반과 함께 리즈롱 계곡 위의 성토를 지탱하는 벽이지. 코르비니 시를 마주하고 있고 말이야. 이 벽에는 동그란 구멍이 두 개 파여 있었는데 나중에 다시 메워졌어. 벽을 자세히 보면 보수 공사를 한 흔적이 또렷하게 보일 거야."

베르나르와 중위는 깜짝 놀랐다.

"하지만 엄청난 공사였을 텐데!" 중위가 말했다.

"엄청난 공사였겠지요! 그러나 너무 놀랄 필요는 없습니다. 내가 알기로는 16~17년 전부터 공사가 시작되었으니까요. 게다가 이미 설명했다시피 공사는 부분적으로 이루어졌어요. 우리가 있는 이곳은 오르느캥의 옛 건축물 아래쪽 방에 해당합니다. 옛 건축물의 내부를 목적에 맞게 변형해 다시 개조한 겁니다. 그런데 이보다 더 엄청난 공사가 있었습니다."

"무슨 공사입니까?"

"대포 두 문을 여기로 가져오는 데 필요한 터널입니다."

"터널?"

"이런! 터널이 아니라면 어디로 대포를 옮겼겠습니까? 레일 반대 방향으로 가보면 터널에 도착할 겁니다."

실제로 조금 반대 방향으로 가보니 두 쌍의 철로 레일이 만나는 지점이 나타났다. 폴 일행은 넓이와 높이가 각각 2.5미터 정도의 터널이 시작되는 커다란 입구를 볼 수 있었다. 터널은 아주 완만한 경사를 이루며 지하로 뻗어 있었다. 터널 벽은 벽돌로 이루어져 있었으며 습기로 얼룩진 곳이 없었고, 바닥은 아주 건조했다.

"에브르쿠르트행 노선입니다." 폴이 웃으며 말했다. "햇볕이 들지 않는 지하로 11킬로미터나 이어집니다. 코르비니의 단단한 요새가 이렇게 숨겨져 있었던 겁니다. 우선 병사 수천 명이 이 길을 지나와 오르느캥 성의 빈약한 수비대를 죄었을 테고, 그런 뒤엔 국경선 초소를 접수해 도시 쪽으로 계속 진격한 겁니다. 동시에 엄청난 괴력의 대포 두 문을 옮겨와 미리 정해진 목표 지점을 조준하도록 설치되었고요. 작전을 마친 적군은 철수하면서 대포 구멍을 막아버린 겁니다. 이 모든 일이 단 두 시간 만에 이루어졌습니다."

"이 결정적인 두 시간을 위해 프로이센 왕(프로이센은 독일의 전신으로 여기에서 말하는 왕은 빌헬름 2세 – 옮긴이)이 17년을 보냈다는 거군요!" 베르나르가 말했다.

"사실 프로이센 왕은 우리를 위해 일한 셈이지." 폴이 말했다.

"왕의 노고를 치하하며 출발해봅시다."

"우리 부하들과 함께 가겠습니까?" 중위가 제안했다.

"고맙지만 처남과 단둘이 가는 게 나을 것 같습니다. 만일 적이 터널을 허문다면 그때 다시 돌아와 도움을 요청하겠습니다. 하지만 그럴 일은 없을 듯합니다. 프로이센 왕이 아무에게도 들키지 않으려고 조심한 것을 보면 나중에 다시 사용할 것에 대비해 잘 보관할 듯합니다."

오후 3시, 두 사람은 베르나르의 표현을 빌리자면 '황제의 터널' 속으로 들어갔다. 무기와 식량, 탄약을 제대로 갖춘 두 사람은 이번에는 끝을 보고야 말겠다고 결심했다. 잠시 후, 그러니까 200미터쯤 걸어가자 램프 빛에 오른쪽으로 올라가는 계단이 나타났다.

"제1분기점이네. 내가 계산한 바로는 이런 분기점이 적어도 세 개는 나올 거야."

"그런데 이 계단은 어디로 이어지는 건가요…?"

"당연히 성이지. 성의 어느 부분이냐고 물어봐도 대답해줄 수 있네. 초상화가 걸려 있는 방이야. 공격이 있던 저녁, 분명이 길로 헤르만 소령이 성으로 돌아온 거야. 공범 카를이 헤르만 소령과 함께 왔지. 우리 이름이 벽에 새겨진 것을 본 그들은 그 방에서 자고 있던 두 사람을 칼로 찔렀어. 그렇게 제리플루르와 그의 동료가 희생된 거야."

베르나르 당드빌이 농담조로 말했다.

"폴, 잘 들어요. 벌써 뭐가 뭔지 모르겠어요. 폴은 예언력과 투시력을 가지고 행동하는 것 같아요! 바로 파 들어갈 곳으로 곧장 가기도 하고 어떤 일이 일어났는지 직접 본 듯이 이야기하니까요. 모든 것을 알고 미리 대비하는 것 같아요. 사실 우리는 폴에게 그런 능력이 있는 줄 몰랐어요! 혹시 아르센 뤼팽과 알고 지내기라도 한 거예요?"

순간 폴이 멈칫했다.

"왜 그 이름을 언급하는 거야?"

"뤼팽의 이름이요?"

"그래."

"그냥 해본 말이에요…. 정말 무슨 관계가 있기라도 한 거예요?"

"아니, 아니야…. 하지만…."

폴이 웃기 시작했다.

"신기한 이야기가 있으니 들어봐. 실제 일어난 일일까? 그래, 분명 꿈은 아니야…. 어쨌든… 우리가 입원한 야전병원에서 어느 날 아침 열에 시달리며 잠이 들어 있었어. 그런데 병실에서 인기척이 느껴졌지. 가만 보니 군의관으로 보이는 웬 낯선 장교 한 명이 탁자 앞에 앉아 조용히 내 가방을 뒤지고 있더군. 그 장교는 내가 가지고 있던 서류들을 탁자 위에 펼쳐놓았어. 나는 반쯤 몸을 일으켜 그것들을 바라보았지. 서류들 사이에는 엘리자벳의 일기장도 있었어. 내가 부스럭대자 장교가 고개를 돌렸는데 분명 내가 모르는 사람이었지. 가는 콧수염에 힘이 넘치는 인상이었고 미소가 아주 부드러웠어. 그 사람은 내게 말했어…. 아니, 정말 꿈이 아니었어…. 그 사람이 내게 이렇게 말했지. '움직이지 마십시오. 흥분할 필요 없습니다.' 그리고 서류들을 챙겨 다시 가방 안에 넣고는 내게 다가왔어. 남자가 말했지. '우선 내 소개도 하지 않고 허락 없이 사소한 일을 저질러 미안합니다. 조금 뒤에 내 소개를 할 참이었습니다. 당신에게 모든 것을 설명하기 위해 깨어나기를 기다리고 있었지요. 자, 그럼 설명하겠습니다. 비밀경찰 내부에 내가 심어놓은 밀사 한 명이 서류들을 전해주었는데, 독일군 첩보대 수령인 헤르만 소령의 행적에 관한 것이었습니다. 그 서류에 당신 이름이 여러 번 나왔습니다. 나는 우연히 당신이 이곳에 있다는 것을 알게 되어 만나서 이야기를 나누고 싶었습니다. 그래서 아주 개인적인 방법을 동원에 이곳에 들어왔습니다. 당신은 아픈 상태였고 잠을 자고 있었습니다. 하지만 내 시간도 소중해서(단 몇 분밖에 여유가 없거든요) 먼저 당신의 서류를 볼 수밖에 없었습니다. 단호한 결정에 따라 한 일로 매우 이성적인 행동이었습니다.' 나는 놀란 얼굴로 낯선 사람을 바라봤지. 남자는 물러날 듯 모자를 쓰고는 내게 말했어. '들로즈 중위님, 중위님의 용기와 뛰어난 지략에 찬사를 보냅니다. 중위님이 한 일은 모두 대단했고 결과 역시 훌륭했습니다. 다만, 목표를 향해 좀 더 빨리 나아가게 도와줄 특별한 재능이 조금 부족하더군요. 중위님은 사건의 연결고리를 잘 모르고 있습니다. 그러다 보니 중요한 결론을 끌어내지 못하고 있지요. 더구나 아내분께서 자신이 알아챈 놀라운 사실을 일기장에 적어놓았는데 중위님은 눈치채지 못했습니다. 왜 독일군이 성 주변을 비우기 위해 그처럼 노력했는지 의문을 품고, 바늘에 실을 꿰듯 과거와 현재를 연결해 생각하고 추리해야 합니다. 이를테면 독일 황제와 마주쳤던 일이나 그 밖에 서로 연관된 일들을 생각해봤다면 양쪽 진영 사이에 비밀 통로가 있고 그 통로는 코르비니를 사격할 수 있는 지점과 정확히 연결되어 있을 것이란 사실을 알았을 텐데요. 제가 보기에 그런 지점은 분명 성토인 듯합니다. 성토 위에서 송악으로 둘러싸인 고목을 발견한다면 확실합니다. 부인께서 땅속에서 소리가 들려왔다고 한 곳이니까요. 그다음에는 행동에 들어가기만 하면 됩니다. 그러니까 적의 나라에 들어가서… 여기까지만 하겠습니다. 너무 세세한 작전은 중위님에게 방해만 될 테니까요. 중위님 같은 사람은 하나하나 챙겨줄 필요가 없지요. 안녕히 계십시오, 중위님. 아! 내 이름은 모르고 있는 편이 나을 겁니다. 그저 군의관이라고만 해두지요. 하지만 내 진짜 이름을 군이 안 밝힐 이유도 없지요. 나중에라도 알게 될 테니까요. 저는 아르센 뤼팽이라고 합니다.' 그런 후 남자는 다정하게 인사하고 더는 아무 말 없이 병실을 나갔어. 이게 다야. 어떻게 생각해, 베르나르?"

"누군가 장난을 친 것 같은데요."

"그럴 수도 있지만 조사해본 결과 그 군의관이 누구인지, 어떻게 내가 있는 병실에 들어왔는지 아무도 아는 사람이 없었어. 더구나 장난이라고 하기에는 그 사람이 들려준 정보가 현재 아주 유용하게 쓰이고 있단 말이지."

"하지만 아르센 뤼팽은 죽었다고⋯."

"그래, 알고 있어, 죽었다고 알려졌다. 하지만 뤼팽은 보통 인물이 아니야! 어쨌든 뤼팽이 살아 있든 죽어 있든, 그 사람이 진짜 뤼팽이든 가짜 뤼팽이든 내게 도움을 준 것만은 확실해."

"목표는 뭐예요?"

"내 목표는 하나야. 엘리자벳을 구출하는 일이지."

"계획은요?"

"아직은 없어. 상황에 따라 움직일 거야. 하지만 길을 제대로 가고 있는 건 확실해."

실제로 폴이 세운 가정들이 하나둘 사실로 나타났다. 10분 후 두 사람은 교차로에 도착했는데, 교차로에는 오른쪽으로 레일이 깔린 또 다른 터널이 나왔다.

"제2분기점이야. 코르비니로 가는 길이지. 이 길을 통해 도시로 행진한 독일군은 우리 쪽이 규합하기도 전에 먼저 공격을 해온 거야. 어느 날 저녁 자네에게 말을 건 시골 아낙네도 이리로 지나갔을 테지. 분명 출구는 도시에서 얼마 떨어지지 않은 곳에 있을 거야. 그 시골 아낙네가 소유한 농장 같은 곳 말이야."

"그럼 제3분기점은요?" 베르나르가 물었다.

"바로 이쪽이야." 폴이 말했다.

"계단이군요."

"그래, 분명 예배당으로 통하는 계단이겠지. 우리 아버지가 살해된 날, 독일 황제는 이곳에 와서 공사를 살펴봤을 거야. 황제가 명했고, 함께 있던 여자의 구체적인 지시에 따라 이루어진 공사였으리라고 가정할 수 있지 않겠어? 당시만 해도 이 예배당은 정원 벽으로 둘러싸여 있지 않았어. 그때의 예배당은 분명 우리가 찾고 있는 비밀 통로의 끝으로 이어져 있었을 거야."

폴은 얽혀 있는 통로 중에서 국경선 근방으로 이어져 있을 듯한 장소와 방향에 맞는 두 개의 통로를 찾아냈다. 두 개의 통로는 첩보와 침공의 그 대단한 시스템을 보완해주고 있었다.

"정말 대단해요. 독일식 문명이라 할 수 있군요. 전혀 몰랐어요. 독일인은 전쟁 감각이 탁월한 것 같아요. 작은 요새에서 포격할 목적으로 20년 동안이나 터널을 뚫을 생각은 프랑스인이라면 절대 못 했을 것 같군요. 이런 일을 완수하려면 우리가 생각할 수 없을 정도의 문명이 뒷받침되어야 할 거예요. 아! 독한 놈들!" 베르나르가 말했다.

터널 위의 배관 시설을 본 베르나르는 더욱 감탄했다. 폴은 베르나르에게 입을 다물거나 목소리를 낮추라고 지시했다.

"저들이 통로를 그대로 놔두는 게 낫다고 판단한 것으로 보아 프랑스군은 이 통로를 사용할 수 없도록 조치해놓았을 거야. 에브르쿠르트는 그리 멀지 않아. 청음 초소가 있을 것이고, 필요한 지점마다 그 밖의 초소도 배치되어 있을 거야. 빈틈이라고는 없는 녀석들이지."

폴의 가정에 무게를 실어주는 것은 바로 레일 사이에 있는 발파공이었다. 발파공은 철판이 덮여 있어 전기 스파크만 일어도 폭발하게끔 되어 있었다. 첫 번째 발파공에는 5번, 두 번째 발파공에는 4번이라고 적혀 있었고 그런 식으로 계속해서 번호가 매겨져 있었다. 폴과 베르나르는 조심스럽게 발파공을 피해가며 천천히 걸었다. 램프를 잠깐씩 비출 수밖에 없었기 때문에 발걸음은 더욱 더디었다.

저녁 7시쯤, 두 사람은 지면에서 일상생활에서의 소음을 들었다. 아니, 들리는 것 같았다. 두 사람은 깜짝 놀랐다. 바로 머리 위에 독일 땅이 펼쳐져 있고, 독일인의 일상에서 나는 소리가 메아리처럼 울려 퍼지고 있었던 것이다.

"이상하군. 터널 감시가 삼엄하지 않은 것도 그렇고, 우리가 아무 어려움 없이 여기까지 올 수 있었다는 것도 말이야." 폴이 말했다.

"저들에게도 약점이 있는 거예요. 독일식 문명의 오점 말이에요." 베르나르가 말했다.

내벽을 따라 좀 더 활기찬 공기의 흐름이 느껴졌다. 바깥의 신선한 공기가 배관 시설을 통해 유입되는 모양이었다. 폴과 베르나르는 어둠 속 저 멀리에서 불쑥 불빛 하나를 보았다. 불빛은 움직이지 않았다. 그 주변도 매우 고요해서 마치 철로 주변에 설치된 신호등 같기도 했다.

두 사람이 가까이 다가가 살펴보니 전구에서 나오는 빛이었다. 전구는 터널의 출구에 세워진 어느 임시 건물 안에 있었다.

전구가 발산한 빛은 하얀 절벽과 모래, 자갈 더미를 비추고 있었다.

폴이 중얼거렸다.

"채석장이군. 독일군은 터널 입구를 이쪽에 놓음으로써 평화로운 시기에도 주의를 끌지 않고 작업을 계속할 수 있었던 거야. 위장된 채석장에서의 채굴도 비밀리에 이루어졌을 테고, 노동자들도 제한된 곳에서만 작업했을 테지."

"대단한 독일식 문명이군요!" 베르나르가 말했다.

베르나르는 폴이 갑자기 세게 팔을 붙드는 것을 느꼈다. 불빛 앞으로 무엇인가 지나갔는데 마치 어떤 실루엣이 일어섰다가 금세 엎드리는 것처럼 보였다.

폴과 베르나르는 매우 조심스럽게 임시 건물까지 기다시피 갔고, 창문 높이에 눈이 닿도록 반쯤 몸을 일으켰다.

병사 대여섯 명이 모두 뒤엉켜 누워 있는 가운데 주위는 온통 빈 술병과 지저분한 접시, 기름종이와 햄 찌꺼기들로 어질러져 있었다.

터널을 지키는 병사들로 보이나, 이들은 코가 비뚤어지게 취해 있었다.

"역시 독일식 문명이군요." 베르나르가 말했다.

"운이 따라 주었어." 폴이 말했다. "어째서 감시가 소홀했는지 이제야 알겠군. 오늘이 일요일이라서지."

탁자 위에는 무선 전신기가 한 대 있고, 벽에는 전화기가 달려 있었다. 폴은 두꺼운 유리판 아래 구리 손잡이 다섯 개가 달린 장치를 보았다. 다섯 개의 구리 손잡이는 터널에 마련된 발파 장치 다섯 개와 전선으로 연결되어 있을 것이다.

베르나르와 폴은 그곳을 벗어나 계속 레일을 따라 걸었고, 암벽을 파 들어간 좁은 길을 거쳐 마침내 불빛이 무수하게 비치는 탁 트인 공간에 이르렀다. 병사들이 사는 마을 전체가 두 사람의 눈앞에 펼쳐졌다. 마을은 병사들의 막사로 가득했고 여기저기에서 병사들이 오갔다. 폴과 베르나르는 마을을 우회해서 걸었다. 돌연 자동차 소리와 두 개의 전조등에서 뿜어져 나온 불빛이 두 사람의 주의를 끌었다. 이것들을 쫓아 방책을 넘고 관목림을 지나자 불이 환하게 밝혀진 어느 별장이 나타났다. 자동차는 하인들과 위병 초소들이 있는 계단 앞에 멈춰 서 있었다. 곧 장교 두 명과 모피를 두른 부인 한 명이 차에서 내렸다. 자동차가 돌아 나오면서 전조등 불빛으로 넓은 정원을 구석구석 비추었는데, 정원은 아주 높은 담벼락으로 둘러쳐져 있었다.

"내가 생각한 대로군. 오르느캥 성과 대응하는 건물이야. 출발점이나 도착점 모두 시선을 끌지 않고 작업하려면 보안 유지가 필수였겠지. 다만 이곳의 기지는 지하에 있는 게 아니라 탁 트인 노천에 있어. 하지만 채석장, 공사장, 막사, 보초병 초소, 참모용 별장, 정원, 창고 같은 모든 군사시설은 벽으로 둘러싸여 외부와 차단되어 있고, 바깥에는 초소병들이 지키고 있겠지. 그러니 장벽 안에서 쉽게 돌아다닐 수 있는 거야."

바로 그때 두 번째 자동차가 장교 세 명을 내려놓고 차고로 가더니 첫 번째 자동차 옆에 멈춰 섰다.

"파티가 있나 본데요." 베르나르가 말했다.

두 사람은 가능한 한 가까이 다가가기로 했다. 건물을 둘러싼 길을 따라 울창한 관목림이 있어 몸을 숨기는 데 도움이 되었다.

두 사람은 한참을 기다렸다. 1층에서 환호성과 웃음소리가 들렸다. 뒤쪽 어느 곳에 파티장이 마련되어 있고 초대 손님들이 식탁에 앉아 떠들고 있는 듯했다. 간간이 노랫소리와 큰 목소리가 들렸다. 반면 밖에서는 아무런 움직임도 없고 정원에도 사람 한 명 없었다.

"조용하군. 자네가 날 도와주고 난 뒤에 다시 숨어 있는 게 좋겠어." 폴이 말했다.

"저 창문으로 올라가려고요? 하지만 덧창은요?"

"그리 단단히 닫혀 있진 않을 거야. 한복판에서 빛이 새어 나오고 있으니."

"도대체 무얼 어떻게 하려고요? 다른 건물도 아닌 이 건물에 들어가야 할 이유가 없잖아요."

"이유야 있지. 자네가 내게 해준 이야기를 떠올려봐. 부상당한 어느 독일군 병사가 말해줬다고 했지. 콘라트 왕자가 에브르쿠르트 근처의 별장에 산다는 이야기였어. 그런데 이 건물이 마침 야영지 같은 곳 한복판과 터널 입구에 있어서 그런지 뭔가 심상치 않아 보여."

"꽤 화려한 파티가 있는 것도 수상하긴 하군요. 듣고 보니 일리가 있어요. 올라가 봅시다." 베르나르가 웃으며 말했다.

두 사람은 길을 지나갔다. 베르나르의 도움으로 폴은 1층의 돌출부를 잡고 석재 발코니까지 올라갔다.

"됐어. 자네는 다시 저기로 돌아가 있어. 무슨 일이 생기면 휘파람을 불기로 하지." 폴이 말했다.

발코니를 넘어간 폴은 덧창 하나를 조금씩 흔들어 그 틈새로 손가락을, 이어 손 전체를 넣어 문의 걸쇠 고리를 빼내는 데 성공했다.

안쪽에서 커튼이 겹쳐 드리워진 덕분에 폴은 들키지 않고 행동할 수 있었다. 반면 위쪽은 커튼이 제대로 겹쳐 있지 않아 삼각형 모양의 틈이 있었다. 폴은 발코니 난간까지만 올라가면 삼각형 틈으로 안을 들여다볼 수 있으리라고 생각했다.

폴은 난간으로 올라갔다. 그런 뒤 살짝 몸을 기울여 안을 바라봤다.

그런데 눈앞에 펼쳐진 광경이 너무나 충격적이라서 폴은 다리가 후들거리기 시작했다.

# 5
# 콘라트 왕자의 파티


탁자 하나가 나란히 달린 창문 세 개와 평행하게 놓여 있었다. 탁자 위에는 술병과 물병, 잔들이 잔뜩 쌓여 있었다. 과자와 과일 접시가 차지할 자리는 거의 남아 있지 않았다. 마치 샴페인 병들로 쌓인 산 같았다. 그 꼭대기에는 꽃바구니가 놓여 있었다.

손님은 모두 스무 명이었는데 그중 무도회 복장을 한 여자가 대여섯 명 끼어 있었고, 나머지는 화려하게 치장한 장교들이었다.

창문들을 마주한 탁자 한가운데에서 콘라트 왕자가 파티를 이끌어갔다. 콘라트 왕자의 좌우에는 여자가 한 명씩 있었다. 폴은 그 세 명을 바라보면서 끝없는 고통을 느꼈다. 도무지 이해할 수 없는 세 사람의 모습 때문이었다.

두 여자 중 한 명, 즉 왕자의 오른쪽에서 딱딱한 자세로 있는 여자는 갈색 모직 드레스를 입은 채 검은색 레이스 숄로 짧은 머리카락을 반쯤 가리고 있었다. 이 여자가 있다는 건 이해할 수 있다. 그러나 다른 한 여자, 콘라트 왕자가 느끼할 정도로 추파를 던지는 이 여자는 도대체 여기에서 무엇을 하고 있는 걸까? 폴은 크게 충격받은 눈으로 이 여자를 바라보았다. 할 수만 있다면 두 팔로 목을 조르고 싶었다. 여자는 바로 엘리자벳이었다. 엘리자벳은 술에 취한 장교들, 수상한 독일인들 한가운데에서, 또 콘라트 왕자와 저 괴물 같은 여자 옆에서 도대체 무엇을 하고 있는 걸까?

헤르민 당드빌 백작부인! 엘리자벳 당드빌! 어머니와 딸! 폴은 왕자 옆에 있는 두 여자를 달리 부를 호칭이 떠오르지 않았다. 끔찍한 현실을 보여주는 호칭밖에 생각나지 않았다. 잠시 후 콘라트 왕자가 샴페인 잔을 든 채 큰 소리로 외쳤다.

"호흐! 호흐! 호흐!(호흐Hoch는 축배를 들 때 외치는 독일어 – 옮긴이) 우리의 신중한 친구를 위해 마십시다! 호흐! 호흐! 호흐! 헤르민 백작부인의 건강을 위해!"

폴은 콘라트 왕자의 입에서 쏟아지는 끔찍한 말을 듣고 있었다.

"호흐! 호흐! 호흐!" 초대 손님들이 큰 소리로 화답했다. "헤르민 백작부인을 위하여!"

백작부인은 잔을 들어 단숨에 비웠고 무슨 말인가를 하기 시작했는데, 다른 사람들은 기분이 달아오른 상태로 백작부인의 말에 귀를 기울였다.

엘리자벳 역시 듣고 있었다.

엘리자벳은 회색 드레스를 입었다. 폴이 익히 아는 옷이었다. 깃이 높이 서 있고 단순한 디자인의 드레스로 소매가 손목까지 내려와 있었다.

그러나 엘리자벳의 목에 걸린 네 줄의 화려하고 커다란 진주 목걸이는 폴이 처음 보는 것이었다.

"모, 못된 년! 못된 년!" 폴이 더듬거리며 말했다.

엘리자벳이 미소를 지었다. 그랬다. 콘라트 왕자가 몸을 숙여 뭐라고 하자 엘리자벳은 입가에 미소를 지었다. 폴은 똑똑히 봤다.

왕자가 너무나 떠들썩하게 흥에 겨워하자 헤르민 백작부인은 하던 말을 멈추고 부채로 콘라트 왕자의 손을 살짝 치며 진정하라는 신호를 보냈다.

폴에게는 모든 장면이 끔찍했다. 어찌나 고통스러웠는지 머릿속에는 한 가지 생각만 떠올랐다. '떠나자. 다시는 엘리자벳을 보지 말자. 싸움을 포기하고 인생과 기억 속에서 저 가증스러운 아내를 지워버리자.'

'정말 헤르민 백작부인의 딸이 맞군.' 폴은 절망에 휩싸여 생각했다. 그런데 폴이 자리를 막 떠나려 할 때 작은 사건 하나가 일어나 폴의 걸음을 붙들었다. 엘리자벳은 손에 꼭 쥔 손수건으로 흘러넘치기 직전인 눈물을 남몰래 훔쳤다.

동시에 폴은 엘리자벳의 얼굴이 매우 창백하다는 것을 알았다. 지나치게 밝고 인위적인 빛 때문에 창백해 보인다고 생각했지만, 실은 죽은 사람이나 띨 법한 창백함이었다. 슬픈 엘리자벳의 얼굴에서 피가 전부 빠져나간 듯했다. 왕자의 농담에 보여주었던 미소 역시 입술을 일그러뜨린 채 드리운 슬픈 미소였다!

'그런데 엘리자벳은 여기서 무엇을 하고 있는 걸까?' 그럼에도 폴은 생각했다. '아까 눈물을 흘린 이유는 죄책감과 후회 때문일까? 살고 싶다는 마음과 두려움, 그리고 협박 때문에 비겁해졌기에 오늘 눈물을 흘린 걸까?'

폴은 계속해서 욕하면서도 자신도 모르게 엘리자벳을 향한 연민이 되살아났다. 참기 어려운 시련을 버텨낼 힘이 모두 빠져버린 여자처럼 보였다.

한편 헤르민 백작부인은 말을 마치고 다시 술을 마시더니 잔이 빌 때마다 머리 뒤로 던졌다. 장교들과 그 부인들도 헤르민 백작부인을 따라 했다. '호호'를 외치며 열정적인 건배가 이어졌고, 모두 취해 애국심을 발산하는 분위기 속에서 왕자가 자리에서 일어나 독일 국가를 부르기 시작했다. 다른 사람들은 열정적으로 따라 불렀다.

엘리자벳은 팔꿈치를 탁자에 대고 두 손으로 얼굴을 받치고 있었다. 혼자 있고 싶은 표정이었다. 여전히 일어서서 큰 소리로 노래 부르던 왕자는 엘리자벳의 팔을 거칠게 낚아챘다.

"귀여운 것, 새침하게 굴지 말기야!"

엘리자벳이 거부하는 몸짓을 보이자 왕자는 화를 냈다.

"어라! 투정을 부리는군. 아까도 우는 척하더니! 아! 역시 재미있는 여자야! 쳇! 어라? 잔이 아직도 가득 차 있군!"

왕자는 잔을 잡아 손을 떨며 엘리자벳의 입술에 억지로 갖다 댔다.

"내 건강을 위해 마시라고. 주인의 건강을 위해! 이런, 거절하는 건가…? 알겠어. 샴페인은 더 이상 싫다는 말이군. 샴페인은 집어치우라는 거지! 라인의 와인이 필요한가? 너희 나라의 노래를 기억하겠지. '우리는 그대 독일의 라인 강을 마셨다네. 라인 강이 우리의 잔에 담겼다네.' 그게 라인 와인이지!" 장교들은 단번에 일어나 큰 소리로 노래를 불렀다. "저들은 독일의 라인 강을 마시지 못하리라. 탐욕스러운 까마귀처럼 아무리 떠들며 졸라도⋯."

흥분한 왕자가 큰 소리로 말했다. "저들은 마시면 안 되지만 넌 마셔야 해!"

또 다른 잔 하나에 술이 채워졌다. 다시 한 번 왕자는 엘리자벳의 입에 강제로 술을 넣으려고 했다. 엘리자벳이 또 거부하자 왕자는 엘리자벳의 귀에 대고 아주 낮은 목소리로 무언가를 속삭였다. 엘리자벳의 드레스에 술이 쏟아졌다.

앞으로 어떤 일이 일어날지 기다리며 모두 입을 다물었다. 엘리자벳은 더욱 창백해진 얼굴로 꼼짝도 하지 않았다. 왕자는 몸을 숙여 짐승 같은 얼굴을 엘리자벳에게 들이밀고는 협박하거나 애원하거나 명령하면서 끈질기게 요구했다. 역겨운 장면이었다. 참다못한 엘리자벳이 왕자에게 칼을 꽂을 수만 있다면 폴은 목숨도 내놓을 수 있을 것 같았다. 그러나 엘리자벳은 고개를 뒤로 젖히고 눈을 감더니 힘없이 왕자가 주는 술을 몇 모금 받아 마셨다.

왕자는 술잔을 흔들며 승리의 외침을 내지르더니 엘리자벳의 입술이 닿은 그 자리에 게걸스럽게 입을 갖다 대고는 남은 술을 단숨에 들이켰다.

"호흐! 호흐!" 왕자가 말했다. "일어서게 동지들. 의자 위에 올라서서 다리 한쪽을 탁자 위에 올려놓게! 세상의 지배자들이

여 일어서게! 독일의 힘을 노래하자고! 독일의 친절함을 노래하자고! '저들은 자유로운 독일의 라인 강을 마시지 못하리. 대담한 청년들이 날씬한 아가씨들에게 추근대는 한 마시지 못하리.' 엘리자벳, 당신의 잔에 라인의 와인을 담아 마셨어. 엘리자벳, 당신이 무슨 생각을 하는지 알아. 사랑을 생각하고 있겠지, 안 그런가 동지들! 내가 주인이야! 오! 파리지엔… 귀여운 파리의 여자…. 우리에겐 파리가 필요해…. 오! 파리! 오! 파리….”

왕자가 비틀거렸다. 왕자의 손에 들려 있던 잔은 술병에 부딪혀 깨졌다. 왕자는 탁자 위에 무릎을 꿇고 접시 조각과 깨진 잔들 가운데서 술병을 잡고는 그대로 바닥으로 나뒹굴며 중얼거렸다.

“파리가 필요해…. 파리와 칼레…. 아빠가 그랬지…. 개선문… 카페 앙글래(19세기 파리의 유명한 레스토랑 – 옮긴이)… 그랑 세즈… 물랭루주…!”

순간 소란이 뚝 끊겼다. 헤르민이 위압적인 목소리로 명령하듯 말했다.

“이제 모두 가세요! 각자 집으로 돌아가세요! 지금 당장 출발하세요, 부탁입니다.”

장교들 부부는 서둘러 자리를 떴다. 바깥 맞은편 건물에서 여러 번 휘파람 소리가 들렸다. 이어서 자동차들이 차고에서 우르르 나오더니 모두 별장을 떠났다.

백작부인은 하인들을 불러 콘라트 왕자를 가리키며 말했다.

“방으로 모시게.”

지시는 순식간에 이루어졌다.

그런 뒤 헤르민 백작부인은 엘리자벳에게 다가갔다.

왕자가 탁자 밑으로 쓰러진 지 채 5분도 지나지 않았으나 아까의 떠들썩함은 온데간데없고 어지러운 파티장에 큰 침묵만 흘렀다. 그 가운데에 두 여자만 남았다.

엘리자벳은 다시 한 번 두 손으로 얼굴을 가리고 오열하듯 어깨를 들썩이며 울었다. 헤르민 백작부인은 그 곁에 앉아 엘리자벳의 팔을 부드럽게 잡았다.

두 여자는 아무 말 없이 서로 바라봤다. 둘 다 증오심이 담긴 묘한 눈빛을 보였다. 폴은 두 사람의 시선을 번갈아 관찰한 결과 이들이 이전에 서로 만난 적이 있으며 그때 했던 대화를 지금 다시 이어서 하리라고 추측할 수 있었다. 과연 어떤 이야기를 나누었을까? 헤르민 백작부인에 대해 엘리자벳은 무엇을 알고 있을까? 엘리자벳은 혐오스러운 이 여자를 어머니로 받아들였을까? 두 사람은 얼굴 생김새가 달라서라기보다는 상반된 표정으로 확연히 구분되었다. 그럼에도 두 사람을 이어주는 증거들이 얼마나 많은가! 더는 증거가 아니라 생생한 현실 그 자체이기에 폴은 그것에 대해 논의할 생각조차 못했다. 가짜 죽음 후 4년 뒤에 베를린에서 찍은 백작부인의 사진을 본 당드빌 백작은 당황했다. 이는 당드빌 백작 역시 백작부인의 거짓 죽음에 동참했고, 그 외 다른 일에도 동참했다는 뜻이 아닐까?

폴은 어머니와 딸의 불안한 만남에 대해 생각했다. 엘리자벳은 어디까지 알고 있을까? 끔찍한 수치와 모욕, 배신, 살인의 모든 일에 대해 얼마나 잘 알고 있을까? 엘리자벳은 어머니를 비난할까? 어머니가 저지른 죄악의 무게에 눌린 엘리자벳은 자신의 무기력함마저 어머니 탓으로 돌렸을까?

'그래, 그럴 거야. 하지만 왜 저토록 증오하는 걸까? 두 사람 사이에는 죽음만이 해결해줄 지독한 증오심이 있어. 죽이고 싶다는 눈빛이 엘리자벳이 더 강해. 엘리자벳을 죽일 목적으로 찾아온 저 백작부인보다도 강하단 말이지.' 폴은 생각했다.

이런 느낌이 워낙 강하게 들다 보니 폴은 두 여자가 당장 무슨 일이라도 벌일 듯 보였고, 그 와중에 엘리자벳을 어떻게 도와야 할지 궁리했다. 그런데 생각지도 못한 일이 일어났다. 헤르민 백작부인이 주머니에서 지도를 꺼냈다. 자동차 운전사가 사용하는 지도였다. 백작부인은 지도를 펼치고 손가락 끝으로 한 지점에서 시작해 빨간 선으로 표시된 도로를 지나 어느 지점에서 멈추었다. 그런 뒤 몇 마디를 중얼거렸는데, 이를 듣고 있던 엘리자벳의 얼굴에 기쁨이 어렸다.

엘리자벳은 백작부인의 팔을 잡고는 웃음과 오열이 뒤섞인 어조로 무언가를 열심히 이야기했다. 백작부인은 이렇게 말하듯 고개를 끄덕였다.

'그래⋯. 우리는 같은 생각이야⋯. 모든 것이 네가 바라는 대로 될 거야⋯.'

폴은 엘리자벳이 적의 손에 입을 맞추는 게 아닌가 하고 생각했다. 엘리자벳은 그 정도로 기쁨과 감사한 마음이 가득한 것 같았다. 가엾은 엘리자벳이 새로운 함정에 빠지는 게 아닐까? 그때 백작부인이 자리에서 일어나 문 쪽으로 걸어갔다.

백작부인은 문을 열어 무언가 신호를 보낸 후 다시 돌아왔다.

곧 제복을 입은 누군가가 들어왔다.

폴은 누구인지 알아보았다. 헤르민 백작부인이 부른 남자는 첩자 카를이었다. 백작부인의 공범이자 행동대장, 엘리자벳을 살해할 임무를 맡은 카를! 엘리자벳의 목숨이 위험해진 것이다.

카를이 경례했다. 헤르민 백작부인은 카를을 소개한 후 지도의 도로와 두 지점을 가리키더니 앞으로 해야 할 일을 설명했다. 카를은 손목시계를 보고는 단호한 태도로 약속했다.

"제시간에 해내겠습니다."

이어서 엘리자벳은 백작부인의 권고로 밖으로 나갔다. 폴은 저들이 하는 이야기는 한마디도 듣지 못했지만 잠깐 벌어진 광경만으로도 무시무시한 의미가 있음을 눈치챘다. 무소불위의 권력을 가진 백작부인은 콘라트 왕자가 잠이 든 틈을 타 엘리자벳에게 탈출 계획을 제안한 것이다. 아마도 앞서 정한 인근 지역의 어느 곳으로 자동차를 타고 탈출하는 계획 같았다. 그리고 카를이 이끄는 대로 카를의 보호를 받으며 탈출하는 계획이다! 엘리자벳은 이 뜻밖의 제안을 받아들였다.

함정이 매우 그럴듯했기에 고통에 사로잡힌 엘리자벳은 얼른 이 계획을 받아들일 수밖에 없었다. 하지만 백작부인과 카를은 단둘이 남자 웃으면서 시선을 교환했다. 계획이 아주 쉽게 이루어진 터라 성공을 점치지 않을 수 없었다.

두 사람은 이미 어떤 설명도 할 필요가 없었다. 잠깐의 몸짓이나 행동만으로도 그 사악한 계획이 무엇인지 알아챘다. 카를은 백작부인을 똑바로 바라보면서 칼집에서 단도를 반쯤 빼 보였다. 백작부인은 고개를 흔들더니 작은 약병을 내밀었다. 카를은 어깨를 으쓱하며 약병을 받아들였다.

"원하신다면! 저야 상관없습니다."

두 사람은 가까이 앉아 열심히 이야기를 나누었다. 백작부인은 지시했고 이에 대해 카를은 동의하기도, 이의를 제기하기도 했다. 폴은 놀란 마음을 진정시켜야 한다고, 두근거리며 요동치는 심장을 달래야 한다고 생각했다. 그러지 않으면 엘리자벳의 목숨이 위험해질 것이다. 엘리자벳을 구하려면 머리를 잘굴려 그때그때의 상황에서 주저 없이 즉각 결정을 내려야 한다.

그러나 적의 계획을 실제로는 모르므로 이 같은 결심은 우연히 혹은 반사적으로 이루어질 수밖에 없다. 어쨌든 폴은 권총을 장전했다.

폴은 엘리자벳이 떠날 준비를 마치면 다시 방에 들어와 카를과 함께 떠나리라고 생각했다. 그런데 잠시 후 백작부인이 벨을 울려 하인을 불러들인 뒤 무언가 지시를 내렸다. 하인은 곧장 물러갔다. 그 뒤 휘파람 소리가 두 번 울리고 이어서 자동차 엔진 소리가 점점 가까이 들려왔다.

카를은 반쯤 열린 문으로 복도를 바라보고 백작부인에게 돌아와 말했다.

"저기… 내려가고 있습니다…"

폴은 상황을 이해했다. 엘리자벳은 곧장 자동차로 가고 카를이 나중에 합류하는 것이다. 그렇다면 지금 당장 행동해야 한다.

하지만 폴은 잠시 머뭇거렸다. 카를이 아직 방에 있을 때 무작정 들어가 권총으로 카를과 헤르민 백작부인을 처치하는 게 낫지 않을까? 오직 이 두 명만이 엘리자벳의 목숨을 노리고 있으니 두 사람을 처치하면 엘리자벳이 안전하리라는 생각이 들었다.

그러나 너무 대담한 계획이라 실패할 수 있다. 폴은 발코니에서 뛰어내려 베르나르를 불렀다.

"엘리자벳은 자동차로 떠날 거야. 카를이 함께 가다가 독살할 것 같아. 날 따라와…. 권총을 쥐고…."

"어떻게 하려고요?"

"상황을 봐야지."

폴과 베르나르는 길을 따라 늘어선 덤불로 들어가 별장을 우회했다. 다행히 인적이 드물었다.

"잘 들어봐요. 자동차가 떠나고 있어요…." 베르나르가 말했다.

걱정에 휩싸여 있던 폴은 부정했다.

"아니야, 아니라고. 시동 거는 소리야."

실제로 폴과 베르나르는 중앙 건물이 한눈에 보이는 위치에 이르자 계단 앞에 서 있는 리무진을 볼 수 있었다. 리무진 주변에는 열두어 명의 병사와 하인들이 모여 있었다. 자동차의 전조등은 정원의 맞은편을 비추고 있었다. 폴과 베르나르는 어둠 속에 남아 있었다.

여자 한 명이 계단을 내려와 자동차 안으로 사라졌다.

"엘리자벳이야. 그리고 카를…." 폴이 말했다.

카를은 계단의 마지막 단에 멈춰 서서 운전병에게 지시를 내렸다. 폴의 귀에 드문드문 지시 사항이 들렸다.

자동차는 곧 출발할 듯했다. 1분 정도나 남았을까. 폴은 이대로 있다간 자동차가 살인자와 희생자를 태우고 훌쩍 떠나버릴 것 같았다. 끔찍한 1분이었다. 폴 들로즈는 괜히 어설프게 개입했다간 위험해지리라고 생각했다. 어찌어찌하여 카를을 죽인다 해도 헤르민 백작부인은 자신의 계획을 계속 밀고 나갈 것이기 때문이다.

베르나르가 중얼거렸다.

"폴, 설마 누나를 납치할 생각은 아니지요? 저렇게 초소병들이 있는데."

"내가 원하는 건 하나야. 카를을 죽이는 것."

"그다음에는요?"

"그다음? 우리가 체포당하겠지. 고문과 조사가 이어지고 소란이 일겠지…. 콘라트 왕자가 사건에 개입할 테고."

"그리고 우리는 총살당하겠군요. 사실 그 계획은…."

"다른 계획이라도 있어?"

폴이 말을 멈추었다. 카를이 잔뜩 화를 내며 운전병에게 뭐라고 퍼부어댔는데, 폴은 그중 몇 마디를 알아들었다.

"바보 같은 놈! 늘 그런 식이지, 기름이 없다니. 이 밤중에 기름을 어디서 구하란 말이야? 기름이 어디에 있다고? 차고에? 당장 달려가, 이 얼간이야. 그리고 내 모피 망토는? 그것도 잊었다고? 당장 달려가서 가져와! 그리고 내가 직접 운전하겠다. 너 같은 놈에게 맡겼다가는 무슨 일이 일어날지 모르니까…."

운전병이 달려갔다. 순간 폴은 어둠을 보호막 삼아 빛이 보이는 차고까지 직접 달려갈 수 있음을 깨달았다.

"따라와. 내게 생각이 있어." 폴이 베르나르에게 말했다.

폴과 베르나르는 잔디밭 덕에 발소리를 내지 않고 마구간 겸 차고로 사용되는 부속 건물로 다가갈 수 있었다. 그러고는 외부에 들키지 않게 안으로 숨어들었다. 운전병은 문이 열려 있는 뒤쪽 창고에 있었다. 폴과 베르나르는 숨어서 지켜봤다. 옷걸이에서 커다란 암염소 가죽 망토를 빼내 어깨에 걸친 운전병은 기름이 담긴 양철통 네 통을 집어들었다. 운전병은 그렇게 망토와 양철통을 든 채 창고를 빠져나와 폴과 베르나르 앞을 지나갔다.

기습 공격이 시작됐다. 운전병은 비명을 지를 틈도 없이 거꾸러져 뻗었고 입에 재갈이 물렸다.

"됐다. 이제 놈의 망토와 모자를 내게 줘. 이런 변장까지는 안 하고 싶었지만 어쩔 수 없지…." 폴이 말했다.

"모험을 하게요? 카를이 운전병이 아니라는 걸 알아보면 어떡해요?" 베르나르가 물었다.

"카를은 운전병 얼굴을 볼 생각도 안 할 거야."

"하지만 카를이 말을 걸면 어떻게 해요?"

"대답하지 않을 거야. 일단 이곳 울타리만 벗어나면 카를을 두려워할 필요가 없지."

"그럼 나는 그동안 무얼 할까요?"

"이 운전병을 꽁꽁 묶어 구석에 가둬. 그다음에는 발코니 창문 뒤의 숲으로 들어가 있어. 밤중에 엘리자벳을 데리고 자네와 합류하면 좋겠군. 그러면 셋이 터널을 통과하기만 하면 되지. 만일 내가 돌아오지 않거든….”

“그러면 어떡해요?”

“동이 트기 전에 혼자 떠나.”

“하지만….”

폴은 이미 멀어져갔다. 폴은 자신이 결정한 행동에 대해 더는 생각하지 않기로 했다. 일이 술술 풀리니 오히려 걱정스러웠다. 다행히 카를은 운전병으로 변장한 폴에게 욕만 해댔을 뿐 별다른 주의도 기울이지 않고 의심도 하지 않았다. 카를은 암염소 가죽 망토를 입고 운전석에 앉아 기어를 조작했다. 폴은 카를 옆에 앉았다.

자동차에 시동이 걸리려고 할 때 계단에서 목소리가 들려왔다.

“카를! 카를!”

폴은 순간 가슴이 덜컹했다. 목소리의 주인공은 헤르민 백작부인이었던 것이다.

백작부인은 카를에게 다가와 나지막한 프랑스어로 말했다.

“한 가지 알려줄 게 있는데, 카를…. 운전병은 프랑스어를 모르겠지?”

“독일인입니다, 각하. 무지한 자니 마음 놓고 말씀하십시오.”

“약은 열 방울만 사용해야 해, 안 그러면….”

“알겠습니다, 각하. 또 있습니까?”

“일이 잘되면 여드레 안에 내게 편지를 쓰게. 우리의 파리 주소로 말이야. 그전에는 써봤자 쓸데없고.”

"프랑스로 돌아가시는 겁니까, 각하?"

"그래. 계획이 무르익었으니까."

"그때 말씀하신 계획입니까?"

"그래. 때가 좋은 것 같아. 며칠 동안 비가 내리고 있어. 참모가 자기 쪽에서 행동하겠다고 했어. 그러니 내일 저녁에 돌아가려고. 손가락 하나만 까딱해도…."

"오! 그렇지요, 손가락 하나만 까딱해도 되지요. 저도 작업에 동참했는데 모든 것이 아주 좋은 상태입니다. 그런데 첫 번째 계획을 보충하는 또 다른 계획에 대해서도 말씀하셨잖아요? 그건…."

"어쩔 수 없어. 운이 따라주지 않으니 말이야. 하지만 이번에 성공하면 지금까지 이어진 불운의 사슬을 끊어버리는 셈이지." 백작부인이 말했다.

"황제의 동의는 얻으셨습니까?"

"소용없어. 말하지 않는 게 나을 때도 있네."

"이번 일은 꽤 위험하고 부담이 따릅니다."

"어쩔 수 없어."

"제가 같이 가지 않아도 되겠습니까, 각하?"

"그래, 자네는 그 여자만 처리하면 돼. 지금은 그것만으로도 충분해. 잘 가게."

"안녕히 계십시오, 각하."

카를이 클러치를 벗겼고 차가 출발했다.

중앙의 잔디밭을 에두른 길은 별채 앞으로 이어져 있었다. 별채는 정원의 철책 문 맞은편에 있었고 정비 본부로 사용되었다. 양쪽에는 높은 울타리 담벼락이 서 있었다.

장교 한 명이 별채에서 나왔다. 카를이 암호를 말했다. "호엔 슈타우펜(중세 독일의 왕조 – 옮긴이)." 철책 문이 열렸고 자동차는 큰 도로를 내달렸다. 도로는 먼저 에브르쿠르트를 지나갔고 이어 낮은 언덕 사이를 구불구불 파고들었다.

밤 11시, 폴 들로즈는 마침내 엘리자벳, 카를과 함께 황량한 들판에 남게 되었다. 먼저 첩자를 제압할 것이다. 그러면 엘리자벳은 자유의 몸이다. 그런 다음 아까 들었던 암호를 대고 콘라트 왕자의 별장으로 돌아가 베르나르와 만날 것이다. 폴의 계획대로만 된다면 셋은 터널을 지나 오르느캥 성에 도착할 것이다.

폴은 온몸에 차오르는 기쁨을 만끽했다. 엘리자벳은 폴의 보호를 받고 있다. 엘리자벳은 용기 있게 시련을 잘 버텨왔다. 그러나 애초에 엘리자벳이 곤란한 상황에 놓인 이유는 폴이 방치했기 때문이다. 폴은 그동안 겪은 비극적인 일들을 모두 잊고 코앞으로 다가온 승리, 아내를 구출하는 일에만 몰두하고 싶었다.

폴은 도로를 주의 깊게 살펴 돌아가는 길을 잊지 않으려고 애썼다. 동시에 카를을 어떻게 공격해야 할지도 생각했다. 제일 처음 차를 세웠을 때 계획을 시행하기로 했다. 죽이기보다는 주먹을 한 방 날려 기절시킨 뒤 꽁꽁 묶어 덤불숲 어딘가에 던져버리기로 했다.

가다 보니 제법 큰 마을이 나왔고, 이어 또 다른 마을 두 곳과 도시도 지나갔다. 자동차는 도시에서 잠시 멈춰 자동차 등록 서류를 보여주어야 했다.

다시 들판이 펼쳐졌고 작은 숲을 이룬 나무들이 지나가는 자동차의 불빛을 받고 있었다.

바로 그때, 전조등 불빛이 차츰 약해지자 카를은 자동차 속도를 줄였다. 그러고는 으르렁거렸다.

"이 바보, 멍청이 같은 녀석. 전조등도 조절 못 하나! 카바이드(탄화칼슘. 물을 섞으면 발생하는 아세틸렌 가스를 태워 빛을 냄 - 옮긴이)는 보충한 거야?"

폴은 대답하지 않았다. 카를은 계속 으르렁거렸고 급기야 욕을 하며 브레이크를 밟았다.

"바보 같은 자식! 더 이상 앞으로 갈 수가 없잖아···. 일어나서 불빛을 비추란 말이야."

자동차가 길가에 서자 폴은 자리에서 일어났다.

드디어 행동할 때가 왔다.

폴은 우선 불빛에 얼굴이 드러나지 않도록 조심하며 전조등을 살피는 한편 카를의 움직임을 관찰했다. 카를은 차에서 내린 뒤 리무진 문을 열고 몇 마디를 주고받았는데 폴에게는 들리지 않았다. 카를은 곧 폴에게 다가왔다.

"어때, 바보, 다 끝나가나?"

폴은 등을 돌린 채 전조등을 만지며 카를이 두 발짝 앞으로 다가와 사정권 안에 들어올 때를 노렸다. 1분이 흘렀다. 폴은 주먹을 꽉 쥐었다. 정확히 어떤 행동이 필요한지 생각했고 계획을 실행에 옮기기로 했다. 그런데 갑자기 카를이 뒤에서 폴의 몸을 부둥켜안았다. 폴은 이렇다 할 저항 한번 해보지 못하고 엎어졌다.

"아! 이런!" 카를은 무릎 아래로 폴을 짓누르며 외쳤다. "그래서 대답을 안 한 거로군…? 어쩐지 행동이 수상하다 했더니…. 그래도 설마 했는데…. 불빛에 네놈의 옆모습이 비쳐서 알아봤지. 넌 웬 놈이야? 개 같은 프랑스인가?"

폴이 힘을 주었다. 카를의 완력이 느슨해지는가 싶어 잘하면 카를의 손아귀에서 벗어날 수 있을 것 같았다. 폴은 좀 더 기운을 냈고 이렇게 외쳤다.

"그래, 프랑스인 폴 들로즈다. 네놈은 이전에도 날 죽이려 했었지. 지금은 네가 못살게 굴고 있는 엘리자벳의 남편… 그래, 바로 나다. 나는 네놈이 누구인지 알고 있어…. 가짜 벨기에인 라셴이자 첩자 카를이지."

카를은 아무 말도 하지 않았다. 카를이 완력을 다소 푼 이유는 허리춤에서 단도를 꺼내기 위해서였다. 카를이 폴을 향해 단도를 치켜들었다.

"아! 폴 들로즈…. 이거 대단하군, 수확이 대단하겠어…. 둘을 차례로 처리할 수 있게 되었으니 말이야…. 남편과 아내 둘다…. 아! 그러고 보니 제 발로 내 손아귀에 들어오셨군…. 자! 꼴 좋아, 애송이…."

단도 날이 얼굴 위에서 번쩍였다. 폴은 질끈 눈을 감고 엘리자벳의 이름을 중얼거렸다.

바로 그때 세 발의 총소리가 들렸다. 폴과 카를이 뒤엉켜 몸싸움을 벌이는 곳 뒤에서 누군가 총을 쏜 것이다.

카를이 험악한 욕설을 내뱉었다. 폴을 붙잡던 카를의 팔이 술술 풀렸다. 단도가 떨어지고 카를은 앞으로 고꾸라지며 신음했다.

"아! 망할 년…. 자동차 안에서 목을 졸랐어야 하는데… 이럴 줄 알았지…."

좀 더 잦아든 목소리가 이어졌다.

"제대로 당했군! 아! 망할 년, 제길…!"

카를은 더 이상 아무 말도 하지 못했다. 몇 차례 경련이 일고 숨이 끊어질 듯 헐떡이더니, 그게 다였다.

폴은 재빨리 몸을 일으켰다. 자신의 목숨을 구해준 사람이 엘리자벳이라 생각한 폴은 후다닥 달려갔다. 여자의 손에는 아직 권총이 있었다.

"엘리자벳!" 폴은 기뻐하며 엘리자벳의 이름을 불렀다.

하지만 두 팔을 벌린 채 다가가던 폴은 곧 걸음을 멈추었다. 어둠 속 여자의 실루엣은 엘리자벳보다 좀 더 키가 크고 강인해 보였다.

폴은 불안감을 느끼며 중얼거렸다.

"엘리자벳… 당신인가요? 정말 당신이에요…?"

동시에 폴은 어떤 대답을 들을지 직감했다.

"아니에요. 들로즈 부인은 우리보다 먼저 다른 자동차로 떠났어요. 카를과 내가 합류하기로 했고요." 여자가 말했다.

폴은 베르나르와 함께 별장을 우회할 때 들었던 자동차 시동 소리가 떠올랐다. 하지만 몇 분 차이로 먼저 떠났을 뿐이니, 폴은 용기를 잃지 않고 외쳤다.

"그렇다면 서두릅시다. 속도를 내면 따라잡을 수 있을 겁니다."

그러나 여자가 바로 대답했다.

"따라잡는다고요? 불가능해요. 두 자동차가 완전히 다른 길을 가고 있거든요."

"상관없습니다. 목적지가 같다면. 들로즈 부인은 어디로 간 겁니까?"

"헤르민 백작부인이 소유한 성으로요."

"그 성은 어디에 있습니까?"

"모르겠어요."

"모른다니요? 황당하군요. 적어도 성 이름은 알 게 아닙니까?"

"카를이 말해주지 않아서 몰라요."

# 6
# 불가능한 결투

여자의 마지막 말을 듣고 난 폴은 아까 콘라트 왕자의 파티에서와 마찬가지로 즉각 행동에 나서는 것의 필요성을 절감했다. 이제 모든 희망이 사라졌다. 적이 경계하기 전에 터널을 이용해 탈출한다는 계획은 무너져버렸다. 엘리자벳을 만나 구한다 해도 그때가 언제란 말인가? 그리고 그다음에 어떻게 적을 피해 프랑스로 돌아간단 말인가?

이제 공간과 시간의 조건은 폴에게 불리해졌다. 패배가 확실하면 으레 모든 것을 체념하고 최후의 일격을 기다리게 된다.

그러나 폴은 꿈쩍하지 않았다. 이런 때일수록 한번 어긋나면 영영 돌이킬 수 없음을 잘 알기 때문이다. 폴을 여기까지 오게 한 추진력이 더욱 맹렬하게 계속되어야 한다.

폴은 쓰러진 카를에게 다가갔다. 여자도 시체 위에 몸을 숙이고 전등을 비추었다.

"죽었지요?" 폴이 물었다.

"예, 죽었어요. 등에 두 발을 맞았군요." 여자가 떨리는 목소리로 중얼거렸다.

"끔찍하군요…. 내가 이런 일을 저지르다니. 내가 이 남자를 죽이다니, 내가! 이건 살인이 아니지요? 내가 총을 쏠 수밖에 없는 이유가 있었던 거지요…? 하지만 끔찍하군요…. 내가 카를을 죽이다니!"

아직 젊고 꽤 예쁘장한 데다 다소 천박한 티가 나는 여자의 얼굴이 심하게 일그러져 있었다. 여자의 눈길이 시체에서 떨어지지 않았다.

"당신은 누구십니까?" 폴이 물었다.

여자는 흐느끼면서 대답했다.

"카를의 친구였어요…. 그보다는 가깝고, 아니 그보다는 더 나쁜 사이라고 할 수 있겠네요…. 카를은 내게 결혼하겠다고 맹세했어요…. 하지만 카를의 맹세란…! 거짓말쟁이에 비겁하기 그지없는 자예요! 내가 아는 것만 해도…. 하지만 조금씩 입을 다물다 보니 나 역시 공범이 되었어요. 카를이 너무 무섭게 위협했으니까요! 카를을 더 이상 사랑하지 않았지만 무서워서 복종했어요…. 결국 얼마나 증오했는지 몰라요! 카를도 이런 나의 증오심을 느꼈어요! 카를은 자주 내게 이렇게 말했어요. '넌 언젠가 내 목을 조를 거야.' 아니에요…. 그런 생각을 해보지 않은 건 아니지만 차마 그럴 용기는 없었어요. 카를이 아까 당신을 찌르려고 해서… 더구나 당신의 이름을 듣고 나니…."

"내 이름이라니요?"

"들로즈 부인의 남편이더군요."

"그런데요?"

"들로즈 부인을 알아요. 오래전부터 안 건 아니고 오늘부터 알았지만요. 오늘 아침 카를이 벨기에에서 돌아오는 길에 내가 사는 도시에 들러 나를 콘라트 왕자의 집으로 데려갔어요. 어느 프랑스 여자의 시중을 들라고 했어요. 우리가 성으로 데리고 가야 하는 여자라고 했지요. 나는 단번에 그 뜻을 이해했어요. 이번에도 공범 역할을 하라는 지시였어요. 그 프랑스 여자에게 일단 믿음을 얻으라고…. 그 여자를 봤어요…. 울고 있더군요…. 너무나 친절하고 착한 여자라 마음이 아프더군요. 내가 구해주겠다고 약속했어요…. 다만 이렇게 카를을 죽여서 돕겠다는 생각은 안 했는데….”

여자는 갑자기 몸을 일으키며 단호한 말투로 말했다.

“하지만 그럴 수밖에 없었어요. 카를을 너무나 잘 알고 있었기에 다른 방법이 없었지요. 그 아니면 나…. 결국 그가 갔지요…. 다행히 후회는 안 해요…. 이 세상에 그자처럼 비열한 인간은 없어요. 카를 같은 사람에 대해서는 망설일 필요가 없습니다. 그래요, 후회하지 않아요.”

폴이 여자에게 말했다.

“카를은 헤르민 백작부인에게 헌신하지 않았습니까?”

여자가 몸을 떨더니 목소리를 낮춰 대답했다.

“아! 그 여자 이야기는 아직 하지 마세요. 훨씬 더 끔찍한 사람이에요. 그 여자는 아직 살아 있어요! 아! 날 의심한다면….”

“헤르민 백작부인은 어떤 사람입니까?”

“그걸 누가 알겠어요? 여기저기 다 나타나고 어디에서든 주인 행세를 합니다…. 사람들은 황제에게 복종하듯 그 여자에게 복종해요. 모두 헤르민 백작부인을 두려워합니다. 그 여자의 오빠를 두려워하듯이."

"오빠요?"

"예, 헤르만 소령이요."

"예? 지금 헤르만 소령이 그 여자의 오빠라고 했습니까?"

"그럼요, 얼굴만 봐도 짐작할 거예요. 헤르민 백작부인과 똑 닮았거든요!"

"두 사람이 같이 있는 걸 본 적이 있습니까?"

"글쎄요…. 기억나지 않아요…. 그런데 그걸 왜 묻나요?"

지금 이 질문을 계속하고 있기에는 폴에게 남은 시간이 너무 소중했다. 이 여자가 헤르민 백작부인을 어떻게 생각하는지는 중요하지 않았다.

폴이 여자에게 물었다.

"백작부인은 왕자의 별장에 사나요?"

"지금은 그래요…. 왕자는 2층 뒤쪽에 살고 백작부인은 같은 층 앞쪽에 살고 있어요."

"만일 내가 백작부인에게 가서 카를이 사고를 당해 운전사인 나를 보내 알리라고 했다면 백작부인이 믿어줄까요?"

"그럼요."

"백작부인이 카를의 원래 운전사를 알고 있나요?"

"아니요. 카를이 벨기에서 데려온 병사예요."

폴은 잠시 생각에 잠겼다가 말을 이었다.

"나를 좀 도와주십시오."

여자와 폴은 카를의 시체를 도로 옆의 도랑으로 밀어 넣은 후 고목 가지로 덮었다.

"나는 별장으로 돌아가겠습니다. 당신은 가옥들이 보일 때까지 걸어가십시오. 사람들을 깨워서 카를이 운전사에게 살해당하고 댁만 도망쳐왔다고 말하십시오. 경찰에 신고가 들어가 당신이 조사를 받고 별장에 전화가 올 때쯤 일이 끝나 있을 겁니다."

그러자 여자는 꽤 당황스러워했다.

"하지만 헤르민 백작부인이 알아채면요?"

"그건 걱정할 필요가 없습니다. 내가 그 여자에게 당장 무슨 짓을 하는 것도 아닌데, 왜 당신을 의심하겠습니까? 더구나 모든 수사는 나 하나에 집중될 거예요. 우리에겐 선택의 여지가 없습니다."

폴은 여자가 하는 말을 더는 듣지 않고 차에 시동을 걸어 운전대를 잡았다. 여자는 애원하며 말렸지만 폴은 곧 출발했다.

폴은 새로 세운 계획을 생각하며 굳은 결심을 하고 출발했다. 계획은 구체적이고 상세했기에 잘만 하면 어느 정도 성과가 있을 것 같았다.

'백작부인을 만나봐야겠어. 카를이 당한 일에 충격을 받아 내게 현장으로 안내해달라고 할 수도 있고, 아니면 별장의 어느 방으로 데려갈 수도 있어. 어떻게 해서든 엘리자벳이 갇혀 있는 성의 이름을 알아낼 거야. 그리고 엘리자벳을 구해 도망칠 방법을 찾아내고 말겠어.' 폴은 생각했다.

그러나 생각해보니 불안한 부분도 있었다. 장애물도 너무 많고 불가능해 보이는 부분도 한둘이 아니었다! 백작부인을 속여 그 누구의 도움도 받지 못하는 상황에 빠뜨리는 게 과연 쉬울까? 그 정도의 여자는 어떤 위협이나 회유를 가해도 순순히 말을 따르지 않을 듯했다. 하지만 아무렴 어떤가! 폴은 더 이상 의심하고 싶지 않았다. 끝까지 하다 보면 성공할 것이다. 빨리 성공하고 싶다면 속도를 높여 달려갈 수밖에 없다. 자동차는 질풍처럼 들판을 지났고, 마을과 도시를 지날 때도 속도를 늦추지 않았다.

"호엔슈타우펜…." 폴은 울타리 초소 앞에 있는 초소병에게 큰 소리로 말했다.

보초 장교가 몇 가지를 질문한 후 현관 근처 초소의 부사관에게 가보라고 했다. 부사관은 유일하게 별장에 접근할 수 있는 사람으로 그를 통해 백작부인에게 방문객 보고가 들어간다고 했다.

"그럼 먼저 차고에 차를 두고 오겠습니다." 폴이 말했다.

폴은 장벽을 통과하자 곧바로 전조등을 끄고 별장으로 향했다. 부사관에게 가기 전에 베르나르를 찾아 그동안 있었던 일을 알아보기로 했다.

폴은 별장 뒤 발코니 창문 맞은편에 있는 우거진 덤불숲에서 베르나르를 발견했다.

"혼자 온 건가요?" 베르나르가 불안한 목소리로 물었다.

"그래, 착오가 생겼어. 엘리자벳은 처음에 출발한 자동차에 타고 있었다는군."

"이런, 맙소사!"

"그래, 하지만 만회할 수 있어."

"어떻게요?"

"아직은 모르겠어. 자네 이야기 좀 해봐. 어떻게 돼가고 있어? 운전병은?"

"안전합니다. 아무도 발견하지 못할 거예요…. 다른 운전병들이 차고에 오는 아침까지는 그럴 겁니다."

"좋아. 그 밖에 다른 일은 없었어?"

"한 시간 전에 정원을 순찰했어요. 다행히 몸을 숨길 수 있었고요."

"그리고?"

"터널까지 한번 가봤어요. 사람들이 슬슬 움직이기 시작했어요. 사람들 정신을 바짝 차리게 한 일이 일어난 것 같아요!"

"무슨 일일까?"

"우리가 아는 사람이 갑자기 나타났기 때문이에요. 코르비니에서 만난 여자, 그 헤르만 소령과 아주 닮은 여자 말이에요."

"순찰을 나왔나 보지?"

"아니요, 떠나는 길이었어요…."

"그래, 알아. 떠날 일이 있긴 하지."

"어쨌든 떠났어요."

"그런데 믿어지지가 않아. 왜 그렇게 급하게 프랑스로 떠났는지."

"떠나는 모습을 직접 봤어요."

"어디로? 어느 길로?"

"터널 아니겠어요? 터널을 더 이상 사용할 수 없다고 생각하는 건 아니시지요? 그 여자는 그 길로 갔어요. 똑똑히 봤습니다. 그것도 매우 안락하게 말이에요…. 전기로 작동되고 기계 엔지니어가 운전하는 광차로 갔어요. 방금 말한 것처럼 프랑스가 목적지라면 코르비니에서 방향을 틀어야 할 거예요. 떠난 지 두 시간이 지나 광차가 돌아오는 소리가 들렸어요."

헤르민 백작부인이 프랑스로 가버렸다는 소식은 폴에게 새로운 충격이었다. 이제 어떻게 엘리자벳을 찾아내 구한단 말인가? 모든 노력이 물거품이 될 수도 있는 어둠 속에서 어떤 끈을 붙잡아야 할까?

폴은 정신을 바짝 차렸다. 의지력을 길러 완전히 성공할 때까지 계속 나아가리라고 결심했다.

폴이 베르나르에게 물었다.

"또 알아낸 건 없어?"

"전혀요."

"들락날락한 사람들은?"

"없어요. 하인들은 자고 있었고 불도 꺼져 있었어요."

"모든 불이?"

"딱 하나만 빼고요. 바로 저기 우리 머리 위쪽에 있는 불이에요."

그곳은 2층이었다. 폴이 콘라트 왕자의 파티를 엿보던 창문 바로 위에 있는 창문이었다.

"내가 발코니에 올라가 있는 동안에도 불이 켜져 있었나?"

"예, 막바지쯤에요."

폴이 중얼거렸다.

"내가 알아낸 정보에 의하면 저긴 콘라트 왕자의 방이 틀림없어. 콘라트 왕자는 어찌나 취했는지 방으로 실려 갔을 정도였고."

"실제로 그때 그림자 몇 개를 봤어요. 그 후로는 전혀 움직임이 보이지 않았고요."

"왕자는 샴페인에 취했으니 취기를 깨려면 잠을 자야 했겠지. 아! 직접 볼 수만 있다면…! 저 방에 들어갈 수만 있다면!"

"쉬워요." 베르나르가 말했다.

"어떻게 말인가?"

"옆방을 통해서 가면 돼요. 화장실인 것 같은데 왕자를 위해 환기를 시키려고 창문을 살짝 열어둔 것 같아요."

"하지만 사다리가 필요해…."

"사다리 하나가 있긴 해요. 차고 벽에 매달려 있어요. 가져다 줄까요?"

"그래, 그래. 서둘러." 폴이 말했다.

폴의 머릿속에 새로운 계획이 떠올랐다. 처음의 작전과 연결되어 목표를 이루게 해줄 것 같았다. 폴은 별장 좌우가 인적이 드물고 현관 계단 쪽 초병들도 제자리를 벗어나지 않는다는 사실을 확인했다. 베르나르가 사다리를 가지고 돌아오자 폴은 사다리를 벽에 세웠다.

폴과 베르나르는 사다리를 타고 올라갔다.

창문이 반쯤 열린 곳은 역시나 화장실이었다. 옆방에서 빛이 새어들었다. 이 방에서는 코 고는 소리 외에는 아무 소리도 들리지 않았다. 폴은 조심스레 고개를 들이밀었다.

콘라트 왕자는 가슴받이가 지저분하게 얼룩진 제복을 입은 채 침대에 마네킹처럼 널브러져 자고 있었다. 깊이 잠이 들었기에 폴은 마음껏 방을 관찰할 수 있었다. 현관 역할을 하는 작은방을 지나 복도로 나가는 구조였다. 콘라트 왕자는 통로가 되는 양쪽 문을 모두 빗장과 이중 자물쇠로 잠가놓았다. 다시 말해 폴과 베르나르는 실내 소리가 밖으로 전혀 나가지 않는 곳에 콘라트 왕자와 있는 셈이었다.

"시작하자고." 폴은 해야 할 일이 정해지자 베르나르에게 말했다.

폴은 왕자의 얼굴에 돌돌 만 수건을 갖다 대고 양 끝을 왕자의 입안에 집어넣었다. 그동안 베르나르는 다른 수건으로 왕자의 발목과 손목을 묶었다. 모든 일이 조용하게 진행되었다. 왕자 쪽에서는 저항도, 비명도 없었다. 마침내 눈을 뜬 왕자는 무슨 일인지 모르겠다는 표정으로 방에 침입한 폴과 베르나르를 바라봤다. 그러다가 자신에게 위험이 닥쳤음을 깨닫고 점점 겁에 질린 표정이 되었다.

"빌헬름의 후손이 용기가 없군. 겁도 많아! 여보세요, 정신부터 차려야겠어요. 암모니아 약병은 어디 있습니까?" 베르나르가 빈정대며 물었다. 폴은 왕자의 입속에 수건의 절반을 모두 밀어 넣었다.

"이제 가자." 폴이 말했다.

"무얼 하려고요?" 베르나르가 물었다.

"데려가야지."

"어디로요?"

"프랑스."

"프랑스로요?"

"당연하지! 이자를 붙잡아 놓아야 도움이 되지!"

"여기서 나가기가 쉽지 않을 거예요."

"터널은?"

"말도 안 돼요! 지금은 감시가 너무 삼엄해요."

"한번 보자고."

폴은 권총을 들어 콘라트 왕자에게 겨누었다.

"잘 들어요. 지금은 머릿속이 복잡해서 내 질문이 잘 이해되지 않을 수도 있습니다. 하지만 이 권총 하나면 뭐든 이해되겠지, 안 그렇습니까? 아무리 취해 있고 두려움에 떠는 사람이라도 총은 확실한 언어니까요. 날 순순히 따르지 않는다든지, 소란을 피우며 저항한다든지, 나와 내 동료가 잠깐이라도 위협에 처하면 당신은 끝장입니다. 이 브라우닝 총구에서 튀어나온 총알이 당신의 관자놀이를 뚫고 뇌수를 터뜨릴 겁니다. 알겠습니까?"

왕자가 고개를 끄덕였다.

"좋아요." 폴이 말했다. "베르나르, 왕자의 다리를 풀어줘. 팔은 몸통에 붙여 단단히 메고…. 좋아, 이제 출발한다."

사다리를 타고 방 밖으로 나오는 일은 매우 순조로웠다. 폴일행은 덤불숲 한가운데를 가로질러 방책까지 걸어갔다. 방책은 병영으로 사용되는 넓은 땅과 정원을 가로질러 있었다. 폴과 베르나르는 왕자를 마치 소포처럼 주고받으며 방책을 넘었고 올 때와 같은 길을 이용해 마침내 채석장에 다다랐다.

그대로 계속 나가기에는 주변이 너무 환했고, 터널 입구의 경비 본부에서 쏟아지는 불빛도 만만치 않았다. 초소마다 조명이 켜져 있었고 병사들은 가건물 밖에 서서 커피를 마시고 있었다.

터널 앞에는 병사 한 명이 어깨 위에 총을 세운 채 왔다 갔다 했다.

"우리는 둘이고 저쪽은 여섯 명이에요. 첫 총성이 나면 여기서 5분 거리에 진을 치고 있는 독일 놈 수백 명이 몰려올 거예요. 불리한 싸움 같은데, 어떻게 생각해요?" 베르나르가 한숨을 쉬었다.

싸움을 더욱 어렵고 곤란하게 만드는 것은 폴과 베르나르만 있는 게 아니라 왕자까지 세 명이라는 점이다. 왕자야말로 지금으로서는 가장 끔찍한 장애물이다. 왕자를 데리고 있는 한 달리지도 도망칠 수도 없다. 그럴듯한 전략을 세워야 했다.

폴 일행은 발아래 돌멩이 구르는 소리조차 나지 않게 주의를 기울였다. 환한 공간 밖으로 원을 그리듯 우회해서 한 시간을 걸어간 끝에 터널과 가까운 암석 비탈에 도착했다. 암석 비탈을 버팀벽으로 이용하기로 했다.

"여기 있어." 폴은 목소리를 낮췄으나 왕자가 분명히 들을 수 있게끔 말했다. "여기에서 내 지시를 잘 지켜. 먼저 자넨 왕자를 맡아…. 권총을 쥐고 왼손으로는 왕자의 먹살을 붙잡고 있어. 왕자가 계속 움직이면 머리를 깨버려. 우리도 난처하지만 왕자에게도 좋을 것은 없지. 나는 가건물에서 좀 더 떨어진 곳으로 가서 초소에 있는 병사 다섯 명을 유인할 거야. 경비를 서는 병사가 동료와 합세할 때 자네는 왕자와 함께 지나가면 돼.

만일 근무 수칙을 지키느라 경비병이 움직이지 않으면 총으로 쏴버리고 지나가."

"알았어요, 그렇게 할게요. 하지만 독일 놈들이 쫓아올 겁니다."

"당연하지."

"따라잡힐 수 있어요."

"따라잡히지는 않을 거야."

"확실해요?"

"확실해."

"그렇게 자신 있다면…."

"그럼 됐어. 그리고 당신." 폴이 왕자에게 말했다. "당신도 알아들었지? 순순히 따르지 않고 경솔한 행동이나 수상한 움직임을 보이면 목숨이 위험할 겁니다."

베르나르가 폴의 귀에 대고 말했다.

"끈을 하나 주웠어요. 왕자의 목에 두를 겁니다. 조금이라도 허튼짓을 하면 지금 상황이 어떤지 정확히 알려주려고요. 만일 이자가 격렬히 저항하면 죽일 수밖에 없어요…. 가차 없이…. 미리 알려드려요."

"안심해…. 왕자는 지금 극도로 겁에 질려서 저항할 생각도 못 할 거야. 강아지처럼 터널 반대쪽까지 군말 없이 자네를 따라갈 테지."

"도착하고 난 뒤에는 무얼 해야 하나요?"

"일단 도착하면 오르느캥 성에 이자를 가둬. 하지만 왕자의 이름은 절대 누구에게도 들키면 안 돼."

"폴은 어쩌려고요."

"내 걱정은 하지 마."

"하지만…."

"우리 둘 다 위험하긴 마찬가지야. 우리가 하려는 도박은 위험 그 자체야. 실패할 가능성이 크단 말이지. 하지만 성공하면 엘리자벳이 안전해지는 거야. 그러니까 마음 단단히 먹고 해보자고. 이따 봐, 베르나르. 10분 안에 어떤 식으로든 모든 것이 해결될 거야."

폴과 베르나르는 오랫동안 포옹했다. 그런 뒤 폴은 멀어져갔다.

폴이 예고했듯이 이 계획은 대담성과 과감성이 있어야 성공할 수 있다. 이번 일이 아무리 어려워 보여도 반드시 실행해야 했다. 앞으로 10분만 있으면 지금까지의 모든 모험이 결말을 드러낼 것이다. 다시 말해 10분만 있으면 폴의 운명이 결정된다. 승리하거나 총살당하거나.

이 시각 이후로 폴이 한 행동들은 마치 시간을 두고 미리 준비해 성공을 확신한 일을 해치우듯 치밀하고 철저했다. 물론 실제로는 처절한 상황이 있을 때마다 그때그때의 즉각적인 결정에 따라 행동했을 뿐이다.

폴은 모래를 채취하기 위해 쌓은 비탈에 몸을 의지한 채 우회해서 다가갔다. 채석장과 야영부대를 연결하는 협로가 나왔다. 폴은 마지막 모래 더미를 지나다 우연히 돌덩어리 하나에 부딪혔다. 살짝 흔들린 돌덩이를 만져보던 폴은 그 뒤로 모래와 자갈이 산더미처럼 쌓여 있음을 깨달았다.

"내게 필요한 거야." 순간적으로 퍼뜩 묘안이 떠올랐다.

폴은 돌덩어리를 힘껏 발로 찼다. 겨우 지탱되던 그 위의 모래와 자갈이 마치 산사태가 난 것처럼 협로 쪽으로 쏟아졌다.

폴은 우르르 쏟아지는 모래와 자갈로 뛰어내려 산사태에 휩싸인 사고를 당한 사람처럼 고래고래 살려달라고 외치기 시작했다.

이 협로는 구불구불해서 병영까지는 소리가 잘 전달되지 않았지만 100미터 정도 떨어진 터널 가건물에서는 조금만 소리를 높여도 다 들렸다. 실제로 병사들이 즉각 초소에서 달려왔다.

대략 다섯 명이 온 것 같았다. 모두 놀라 폴의 주위를 에워싸고 질문을 해댔다. 폴은 거의 들리지 않을 만큼 작은 목소리로 두서없이 대답했다. 병사들은 폴이 콘라트 왕자의 지시로 헤르민 백작부인을 찾으러 온 심부름꾼이라고 생각했다.

폴은 자신의 계략이 짧은 시간 동안만 통한다는 것을 잘 알고 있었다. 물론 매분이 귀하다는 사실도 알았다. 베르나르가 터널 앞에 있는 여섯 번째 보초병을 물리치고 콘라트 왕자와 빠져나갈 황금 같은 시간이기 때문이다. 그렇지 않다고 해도 베르나르는 권총을 사용하지 않고서도 보초병의 주의를 다른 데로 돌릴 수 있을 것이다.

폴은 조금씩 목소리를 높여 횡설수설한 설명을 늘어놓았다. 하사는 하나도 알아듣지 못해 짜증을 냈다. 바로 그때 저쪽에서 총소리가 들렸고 이어서 두 번 더 울렸다.

부사관은 총소리가 어디에서 들리는지 잘 파악되지 않아 잠시 머뭇거렸다. 병사들도 폴의 곁에서 떨어져 귀를 기울였다. 폴은 상황을 파악하지 못해 어리둥절해하는 병사들 틈을 헤치고 어둠 속으로 파고든 뒤 점점 멀어졌다. 그리고 첫 번째 우회로에서 달리기 시작해 가건물에 도착했다.

서른 걸음 앞의 터널 입구에서 베르나르가 도망치려는 왕자와 몸싸움을 벌이고 있는 게 눈에 들어왔다. 근처에는 보초병이 신음을 내며 기어가고 있었다.

폴은 무엇을 해야 할지 정확히 그림이 그려졌다. 베르나르를 도와 위험을 무릅쓰고 탈출을 감행하는 건 미친 짓이다. 적들이 몰려들어 콘라트 왕자가 구출될 수 있기 때문이다. 아니, 지금 가장 중요한 일은 협로에서 몰려나올 초소 병사들을 막고 베르나르가 왕자를 처리할 시간을 버는 일이다.

폴은 가건물에 반쯤 몸을 숨기고 권총을 겨누며 소리쳤다.

"멈춰!"

부사관은 개의치 않고 빛이 드는 곳으로 들어왔다. 폴은 방아쇠를 당겼다. 부사관이 쓰러졌지만 부상을 당했을 뿐이었다. 부사관이 거친 목소리로 명령했다.

"돌격! 놈들을 덮쳐라! 돌격하라고, 겁쟁이들아!"

그러나 병사들은 움직이지 않았다. 폴은 독일군 가건물 근처에 걸어총을 해둔 소총 하나를 빼들고 병사들을 조준했다. 뒤를 보니 왕자를 제압한 베르나르가 왕자를 끌고 터널 안으로 들어가고 있었다.

'베르나르가 가능한 한 멀리 갈 수 있도록 5분만 버티면 돼.' 폴은 생각했다.

이렇게 생각하니 마음이 아주 편해져서 맥박을 느끼며 시간도 잴 수 있을 것 같았다.

"돌격! 덮치라고! 돌격!" 부사관은 계속 외쳐댔다. 부사관은 콘라트 왕자를 알아보지 못했으나 터널 안으로 두 그림자가 도망치는 모습은 본 듯했다.

부사관은 무릎을 꿇고 폴을 향해 권총을 한 발 발사했다.

폴도 부사관을 향해 총을 쏘았고 팔을 명중시켰다. 그럼에도 부사관은 계속 외쳤다.

"돌격! 두 놈이 터널로 도망갔다! 돌격! 저기 지원군이 온다!"

정말로 총소리를 듣고 병영에서 병사 대여섯 명이 달려오고 있었다. 가건물로 들어온 폴은 채광창을 깨버리고 그 자리를 이용해 연거푸 세 발을 발사했다. 병사들은 몸을 숨겼다. 다른 병사들은 부사관의 지시에 따라 흩어졌다. 폴은 이 병사들이 인근 비탈로 올라가 자신을 비켜가려는 속셈임을 알아챘다. 폴은 계속 총을 쏘았다. 소용없었다! 더 오래 저항할 희망은 사라졌다.

그래도 폴은 가능한 한 오래 버티려고 거리를 유지한 채 적들에게 계속 총을 쏘았다. 하지만 적들은 도망자 두 명을 잡으려는 확고한 목표에 따라 폴을 스쳐 터널 쪽으로 내달렸다.

폴은 포기하지 않았다. 매초 시간이 흐를수록 베르나르가 더 멀리 도망칠 수 있다고 생각하니 시간이 매우 귀하게 느껴졌다.

병사 세 명이 커다란 터널 입구로 들어갔고 이어서 네 명, 다섯 명이 들어갔다.

가건물로 총탄이 쏟아졌다.

폴은 계산해봤다.

'베르나르는 600~700미터까지 갔을 거야. 뒤쫓아간 독일 병사 세 명은 50미터쯤 갔겠지…. 지금은 75미터 정도겠고. 이 정도면 일이 잘되고 있어.'

독일군들이 가건물로 몰려들고 있었다. 폴 한 명만 있다고는 생각하지 않은 듯했다. 그 정도로 폴은 많은 노력을 쏟아부었다. 이제는 항복할 수밖에 없었다.

'지금이야. 베르나르는 위험 지역을 벗어났어.' 폴은 생각했다.

폴은 터널 안 발파 장치에 연결된 손잡이가 있는 배전반으로 달려갔고 개머리판으로 유리를 부순 후 첫 번째와 두 번째 손잡이를 내렸다.

땅이 부르르 떨리는 것 같았다. 터널에 천둥 같은 큰 소리가 울렸고 오랫동안 메아리처럼 퍼져 나갔다.

이로써 베르나르 당드빌과 그 뒤를 쫓는 병사들 사이의 길이 가로막혔다. 베르나르는 천천히 콘라트 왕자를 데려갈 수 있을 것이다.

폴은 가건물을 나오며 두 손을 들고 유쾌한 목소리로 외쳤다.

"친구들! 친구들!"

병사 열 명이 폴을 에워싼 가운데 이들에게 지시를 내리는 장교가 미친 듯이 화를 내며 말했다.

"총살하라…! 당장… 당장… 총살하라…!"

# 7
## 승자의 법칙

아무리 독일군이 거칠게 다뤄도 폴은 조금도 저항하지 않았다. 아무리 독일군이 사납게 수직 절벽으로 몰아도 폴은 머릿속으로 줄곧 계산했다.

'수학적으로 보면 300~400미터 떨어진 곳에서 폭발이 일어났을 거야. 베르나르와 콘라트 왕자는 분명 폭파 지점 저쪽에 있고 뒤를 쫓던 병사들은 폭파 지점 이쪽에 있겠지. 그러니까 모든 것이 잘된 거야.'

폴은 빈정거리며 순순히 총살 준비에 따랐다. 총을 든 독일군 병사 열두 명은 이미 밝은 조명 아래에 일렬로 늘어서서 지시가 떨어지길 기다렸다. 전투 초반에 폴이 쏜 총에 맞은 부사관이 몸을 이끌고 와 소리쳤다.

"총살…! 총살…! 더러운 프랑스 놈…."

폴은 웃으면서 대답했다.

"이런, 일을 그렇게 서두르면 안 되지."

"총살이라고 소위님이 말했어." 병사 한 명이 말했다.

"그래! 그럼 소위님은 무엇을 기다리는 건가?"

장교는 터널 입구를 재빨리 조사했다.

터널 안에 들어갔던 병사들이 폭발 가스에 헐떡이며 달려나왔다. 베르나르가 해치울 수밖에 없었던 보초병은 이미 피를 너무 많이 흘려서 무언가를 물어볼 상황이 아니었다.

그때 병영에서 소식이 들려왔다. 병영에서 달려온 기마 전령이 전하는 바로는 콘라트 왕자가 실종되었고, 초소를 지키는 인원을 두 배로 늘리고 특히 터널 주변의 경비를 강화하라는 명령이 장교들에게 내려졌다는 것이다.

폴은 이런 식은 아니어도 무엇인가 자신의 처형을 늦춰줄 혼란스러운 상황이 있으리라고 예상했다. 서서히 날이 밝아오자 폴은 생각했다. 콘라트 왕자가 술에 취한 채 방에 있다고 생각한 하인 한 명이 왕자를 살피러 방으로 왔을 것이다. 문이 잠겨 있자 비상사태를 알리고 즉각 수색 작업이 이루어졌을 것이다.

그러나 그 누구도 왕자가 터널을 통해 납치되었으리라는 의심을 하지 않다니 폴로서는 놀라운 일이었다. 일단 부상당해 기절한 보초병은 말할 수 없었다. 다른 병사들은 저 멀리에서 본 두 명의 도망자 중 한 명이 다른 한 명을 끌고 가는 사실을 눈치채지 못했다. 그러니 독일군은 왕자가 살해되었다고, 공격자 세 명이 왕자의 시체를 채석장 어딘가에 던져놓고 도망갔다고 생각하는 것이다. 즉 범인 두 명은 탈출에 성공했고 마지막 한 명은 체포했다고 보았다. 그 누구도 이 대범한 작전을 상상하지 못했다.

어쨌든 사전 조사 없이, 그리고 조사 결과를 상부에 보고하지 않고 폴을 총살할 수는 없는 일이었다.

폴은 별장으로 이송되었다. 독일군은 폴이 입은 독일 군용 외투를 벗겨 샅샅이 몸수색을 한 다음 어느 방에 가두고 건장한 네 명이 지키게 했다.

폴은 그 방에서 졸면서 몇 시간을 보냈다. 그동안 너무나 필요로 한 휴식이었다. 카를은 죽었고 헤르민 백작부인은 없었으며 엘리자벳은 어딘가에 숨어 있을 테니 정말로 마음이 편했다. 흘러가는 상황에 그저 몸을 맡기기만 하면 됐다.

10시쯤, 장군 한 명이 폴을 찾아와 신문하려 했지만 만족스러운 대답을 얻지 못하자 화를 냈다. 그러나 장군은 나름 절제하려 했고 만만치 않은 범죄자를 다루듯 나름의 배려를 보였다.

'모든 것이 잘되고 있어. 장군의 방문은 2단계에 불과해. 그다음에는 좀 더 중요한 대사, 특사처럼 권한을 위임받은 사람이 오겠지.' 폴이 생각했다.

장군의 말을 들어보니 아직도 독일군은 왕자의 시체를 찾고 있는 듯했다. 폴과 베르나르에 의해 차고에 감금된 운전병이 발견되었고, 자동차가 출발했다가 돌아왔다는 보고가 여러 초소에서 올라왔다. 이러한 새로운 정보로 왕자의 시체 수색 작업은 울타리를 벗어나 외부 지역으로 확대되고 있었다.

정오에는 폴에게 푸짐한 식사가 나왔다. 더욱 세심한 배려가 이어졌다. 맥주와 커피도 나왔다.

'언젠가 난 총살되겠지. 하지만 절차는 따를 거야. 총살하려는 이 수수께끼 같은 인물의 정체가 무엇이고 결과가 어땠는지를 정확히 알기 전에는 총살하지 않겠지. 그런 정보를 줄 수 있

는 사람은 나뿐이니까. 그래서….'

폴은 지금 자신의 위치가 얼마나 유리한지와 폴의 계획에 말려든 독일군 입장이 얼마나 초조한지 알고 있었다. 한 시간 후, 폴은 어느 작은 거실로 인도되었고 요란하게 차려입은 두 명에게 또다시 몸수색을 당했다. 그런 뒤 독일군은 사치스러울 정도로 신중함을 기해 꽁꽁 묶었다.

'최소한 제국의 총리가 친히 이 몸을 보러 오는 모양이군…. 그렇지 않다면….' 폴이 생각했다.

지금까지 상황을 보면 총리보다 더 높은 사람이 개입한 것 같았다. 그때 창밖에서 자동차 멈추는 소리가 들렸다. 요란한 복장의 두 사람이 불안해하는 모습을 보니 폴의 예상이 맞는 듯했다.

모든 준비가 끝났다. 주인공이 등장하지 않았는데도 두 사람은 군대식 기립 자세였고 병사들은 그보다 더욱 경직되어 마네킹 같았다.

문이 열렸다.

열린 문틈으로 바람이 불어왔다. 허리에 찬 검과 박차가 철커덕거리는 소리가 들렸다. 안으로 들어온 사람은 곧 나갈 것 같은 태도였다. 제한된 시간 안에 볼일을 보겠다는 인상이었다.

방에 들어온 사람이 손짓하자 수행원이 물러났다.

독일 황제와 프랑스 장교가 마주하게 된 것이다.

황제는 화난 목소리로 말했다.

"자넨 누구인가? 무엇을 하러 왔는가? 공범은 어디에 있는

가? 누구의 명을 따른 건가?"

폴은 그동안 사진이나 신문 삽화에서 독일 황제를 봐왔는데 지금의 모습과는 닮은 점이 별로 없었다. 황제는 세월의 흔적으로 주름이 선명했고 군데군데 피부가 누런 노인이었다.

폴은 증오심에 휩싸여 몸을 떨었다. 개인적으로 겪은 고통스러운 불행에서 기인한 증오심이 아니라 끔찍한 전범자에 대한 공포와 경멸이 뒤섞인 증오심이었다. 격식과 관례는 무시하지 말자고 생각했으나 다짜고짜 이런 말이 튀어나왔다.

"결박을 풀어주십시오!"

황제는 깜짝 놀랐다. 자신에게 그런 식으로 말하는 사람은 처음이었기 때문이다. 황제가 소리쳤다.

"한마디만 하면 총살된다는 것을 잊었나 보군! 어디서 감히! 분수도 모르고⋯!"

폴은 침묵을 지켰다. 황제는 검 손잡이를 잡은 채 왔다 갔다 했다. 검 끝이 양탄자에 질질 끌렸다. 황제는 두 번이나 걸음을 멈추고 폴을 쳐다봤다. 폴이 눈 하나 깜짝이지 않자 황제는 더욱 분노하며 이리저리 발걸음을 옮겼다. 황제는 별안간 호출벨을 눌렀다.

"이자를 풀어줘라!" 황제가 서둘러 달려온 병사들에게 말했다.

결박에서 풀려난 폴은 자리에서 일어나더니 상관 앞에 선 군인처럼 자세를 바로잡았다.

다른 사람들은 다시 한 번 방에서 물러났다. 황제가 다가왔고 폴과 황제 사이에는 방패처럼 탁자 하나가 놓여 있었다. 황제가 여전히 거친 목소리로 물었다.

"콘라트 왕자는 어떻게 되었나?"

폴이 대답했다.

"콘라트 왕자는 죽지 않았습니다, 폐하. 잘 지내고 있습니다."

"아!" 황제가 깊이 안심하며 탄식을 내뱉었다.

황제는 문제의 핵심을 공격하길 피하며 다시 물었다.

"아무리 그래도 그대에 대한 일은 달라지지 않는다. 공격… 염탐… 내가 가장 아끼는 부하 한 명을 살해했고…."

"카를 말씀이시군요, 그렇지요? 카를을 죽인 건 정당방위였습니다."

"하지만 어쨌든 죽였지 않았나? 그러니 살인을 비롯해 나머지 행동의 죄까지 따지면 영락없이 총살감이네."

"아닙니다, 폐하. 콘라트 왕자의 목숨은 제 목숨에 달려 있습니다."

황제가 어깨를 으쓱했다.

"콘라트 왕자가 살아 있다면 찾아내겠지."

"아닙니다, 폐하. 찾아내지 못할 것입니다."

"독일 땅에서 내 수색이 미치지 않는 곳은 없다." 황제는 탁자를 주먹으로 쾅 치며 외쳤다.

"콘라트 왕자는 독일에 없습니다, 폐하."

"뭐라고? 그게 무슨 소리인가?"

"콘라트 왕자는 독일에 없다고 말씀드렸습니다, 폐하."

"그럼 어디에 있나?"

"프랑스."

"프랑스!"

"예, 폐하. 프랑스 오르느캥 성에서 제 친구들이 보살피고 있습니다. 내일 저녁 6시, 제가 합류하지 않으면 콘라트 왕자는 군 당국으로 넘어갈 겁니다."

황제는 엄청나게 놀란 듯했다. 어느새 분노는 사라지고 크나큰 충격에 휩싸인 모습이었다. 아들이 포로로 잡혀 있는 게 알려진다면 왕정과 제국이 모욕을 당하고 웃음거리가 될 뿐만 아니라 전 세계의 비웃음을 살 게 뻔했다. 더구나 적국에 볼모로 잡혀 있다니. 이런 생각을 떠올린 황제는 눈빛이 불안했고 어깨는 구부정했다.

폴은 승리에 찬 전율을 느꼈다. 마치 무릎 아래에 깔려서 살려달라고 애원하는 패배자를 바라보는 듯했다. 힘의 균형이 완전히 깨져 상황이 더 유리해졌고, 폴을 바라보는 황제의 눈빛만으로도 폴은 이미 승리감을 맛보고 있었다.

황제는 간밤에 일어난 사건을 따져봤다. 터널을 통한 침투, 터널을 통한 납치, 침입자들의 탈출을 돕기 위한 갱도 폭파.

황제는 적의 대담한 모험이 당혹스럽기 그지없었다.

황제가 중얼거렸다.

"그대는 누구인가?"

폴은 경직된 자세를 조금 풀었다. 떨리는 손으로 탁자를 짚고 진지하게 말했다.

"16년 전입니다, 폐하. 9월의 어느 늦은 오후…."

"뭐? 지금 무슨 소리를 하는가?" 뜬금없는 폴의 첫마디에 황제는 어리둥절했다.

"폐하, 질문하시기에 답을 드리는 겁니다."

폴은 여전히 심각한 말투로 이야기를 이어갔다.

"16년 전 9월의 어느 늦은 오후였습니다, 폐하. 폐하께서는 누군가와 함께 에브르쿠르트에서 코르비니에 이르는 터널 공사 현장을 방문하셨습니다. 그런데 오르느캥 숲에 있는 작은 예배당에서 나오시다가 두 명의 프랑스인, 즉 어느 아버지와 아들을 보셨습니다…. 기억하시는지요, 폐하? 비가 내리고 있었습니다. 폐하는 예기치 못한 마주침이 너무나 마음에 걸려서 좀 전의 좋은 기분이 몽땅 날아가 버렸습니다. 그로부터 10분 후, 폐하와 함께 있던 부인이 다시 와서 두 프랑스인 중 아버지에게 황제 폐하와 이야기를 해야 한다며 독일 영토로 데려가려고 했습니다. 프랑스인은 거절했습니다. 그러자 부인은 아들이 보는 앞에서 아버지를 죽였습니다. 살해당한 프랑스인의 이름은 들로즈였고, 제 아버지였습니다."

황제는 폴의 이야기를 들으며 점점 놀랐다. 그런데 폴에게는 황제의 얼굴에 짜증이 섞인 듯 보였다. 아버지의 죽음은 황제가 신경 쓸 필요조차 없는 사소한 사건 중 하나였을 것이다. 황제가 그 일을 기억이나 하겠는가?

황제는 자신이 지시한 적 없는 사건을 해명할 마음이 없어 보였다. 살인을 직접 저지른 부인을 그대로 놔두어 본의 아니게 공범이 되었지만 말이다. 황제는 잠시 아무 말도 하지 않다가 이렇게 내뱉었다.

"헤르민 백작부인은 자신의 행동에 책임을 진다."

"자신 앞에서만 책임을 지면 되겠지요. 부인이 속한 나라는 부인의 행동에 책임을 물으려 하지 않았으니까 말입니다." 폴이 말했다.

황제는 독일의 윤리와 정치 문제를 토론할 생각은 없다는 듯 어깨를 으쓱했다. 그리고 손목시계를 본 뒤 호출벨을 울리고는 몇 분 있으면 출발하겠다고 알렸다. 황제가 폴을 돌아봤다.

"그러니까 자네 부친의 죽음에 대해 복수하려고 콘라트 왕자를 납치한 건가?"

"아닙니다, 폐하. 그건 헤르민 백작부인과 제 문제입니다. 콘라트 왕자와는 해결해야 할 다른 일이 있습니다. 오르느캥 성에 머물 당시 콘라트 왕자는 성에 사는 젊은 여자에게 계속 추근거렸습니다. 여자가 거부하자 왕자는 이곳 별장으로, 마치 포로처럼 데려왔습니다. 여자는 저와 같은 성을 가졌습니다. 전 그 여자를 찾기 위해 이곳에 왔습니다."

황제의 태도를 보니 이 이야기는 전혀 모르는 듯했다. 아무튼 황제는 아들의 불명예스러움이 마음에 거슬리는 모양이었다.

"정말인가? 부인이 여기에 있다고?" 황제가 물었다.

"어제저녁에는 이곳에 있었습니다, 폐하. 하지만 여자를 제거하기로 한 헤르민 백작부인이 첩자 카를에게 그 가여운 여자를 맡긴 뒤 독살시키라고 명했습니다. 콘라트 왕자가 찾지 못하게 말입니다."

"거짓말! 어처구니없는 거짓말이군!" 황제가 외쳤다.

"여기 헤르민 백작부인이 첩자 카를에게 건넨 약병이 있습니다."

"그래서? 그래서 어쩌란 말인가?" 독일 황제가 짜증이 밴 목소리로 다그쳤다.

"그래서라고 하셨습니까, 폐하? 첩자 카를은 죽었지만 제 아내가 어디에 있는지는 모릅니다. 그래서 이리로 왔습니다. 콘라트 왕자는 잠들어 있었습니다. 저는 친구와 함께 왕자를 방에서 끌고 내려와 터널을 통해 프랑스로 보냈습니다."

"자네가 그 일을 한 건가?"

"그렇습니다, 폐하."

"콘라트 왕자를 풀어주는 대가로 아내를 구해달라고 할 셈이군?"

"그렇습니다, 폐하."

"하지만 나도 자네 아내가 어디에 있는지 몰라!" 황제가 말했다.

"아내는 헤르민 백작부인이 소유한 어느 성에 있습니다. 잠시 생각해보십시오, 폐하…. 그 성은 자동차로 몇 시간 안에 도착하고 150~200킬로미터가량 떨어져 있는 것 같습니다."

황제는 입을 다문 채 검 손잡이로 탁자를 신경질적으로 두드렸다.

"자네의 요구는 그게 전부인가?" 황제가 물었다.

"아닙니다, 폐하."

"또 뭐가 있나?"

"프랑스 군단장이 제게 맡긴 명단에 있는 포로 스무 명을 석방해주십시오."

이번에는 황제가 벌떡 일어섰다.

"제정신이 아니군! 포로 스무 명이라니, 아마도 장교들이겠지? 부대장이나 장군 같은!"

"명단에는 일반 병사들도 포함되어 있습니다, 폐하."

황제는 폴의 말을 듣지 않았다. 두서없는 몸짓과 감정적인 태도로 보건대 잔뜩 화가 난 듯했다. 황제는 폴을 쏘아봤다. 포로이면서도 마치 주인처럼 이야기하는 이 프랑스군 중위의 요구를 받아들이는 게 무척 불쾌했던 것이다. 보기 싫은 적을 벌하기는커녕 적이 내놓은 제안을 받아들이며 의논해야 한다니! 어떻게 해야 하는가? 방법이 없다. 황제는 아무리 고문해도 적이 생각을 바꿀 사람 같지 않았다.

폴이 이어서 말했다.

"폐하, 제 아내의 자유와 콘라트 왕자의 석방을 맞교환한다면 너무나 불공평한 거래가 될 것입니다. 제 아내가 포로로 잡혀 있든 자유의 몸이 되든 폐하께 중요한 일이 아니지 않습니까? 콘라트 왕자의 석방은 다릅니다. 합당한 거래가 있어야 공평해집니다…. 프랑스군 포로 스무 명의 석방은 그리 무리한 요구가 아닙니다…. 공개적으로 석방할 필요도 없고요. 프랑스인 포로들이 한 명씩 프랑스로 돌아가면 될 일입니다. 마치 같은 계급의 독일 포로들과 맞교환하는 것처럼요…."

폴의 말에서 빈정거림이 느껴졌다. 겉으로는 패배의 쓰라림을 달래주면서 한 발짝 양보하는 듯했지만 그야말로 황제의 자존심을 건드리는 말이 아닌가!

폴은 이 달콤한 시간을 음미했다. 그리고 그리 크게 자존심에 상처를 입은 것도 아닌데 굉장히 기분 나빠 하면서 자신의 큰 야망이 짓밟히고 운명의 엄청난 힘에 눌렸다고 느끼는 황제를 물끄러미 바라보았다.

'자, 제대로 복수했어. 이건 복수의 시작일 뿐이야.' 폴이 생각했다.

항복 선언이 가까워졌다. 황제가 말했다.

"알아보겠다…. 지시를 내리겠네."

하지만 폴은 그냥 넘어가지 않았다.

"시간을 끌면 위험해집니다, 폐하. 콘라트 왕자가 잡혔다는 소문이 프랑스에 퍼질 수 있습니다…."

"그렇다면 자네 아내를 품으로 돌려보내줄 테니 같은 날 콘라트 왕자도 보내주게."

하지만 폴은 호락호락하지 않았다. 자신을 완전히 믿어달라고 했다.

"폐하, 그렇게 일이 진행되어서는 안 됩니다. 제 아내는 가장 끔찍한 상황에 놓여 있고 목숨도 위태롭습니다. 지금 당장 제 아내에게 데려다주십시오. 오늘 저녁, 아내와 전 프랑스로 돌아갈 것입니다. 우리는 반드시 프랑스로 돌아가야 합니다."

폴이 힘주어 말했다. 그리고 덧붙였다.

"프랑스군 포로의 인도 시기와 방법은 폐하의 제안에 따르겠습니다. 여기, 프랑스군 명단입니다. 장소도 적혀 있습니다."

폴은 연필과 종이를 가지고 있었다. 폴이 말을 다 끝내자 황제는 폴의 손에서 명단을 낚아챘고 곧장 얼굴이 일그러졌다. 명단의 이름을 하나씩 훑어보던 황제는 크게 분노하며 종이를 구겨버렸다. 모든 합의를 깨기로 한 사람 같았다.

황제는 불쑥 호출벨을 세 번 울렸다. 황제는 이런 말도 안 되는 상황에 분노하며 저항하는 듯했다.

부관이 얼른 들어와 황제 앞에 섰다.

황제는 잠시 생각에 잠긴 후 명령했다.

"들로즈 중위를 차에 태워 힐덴스하임 성으로 갔다가 중위의 아내를 데리고 에브르쿠르트 전초기지로 데려오게. 여드레 후 같은 장소에서 들로즈 중위와 만나 콘라트 왕자와 이 명단에 오른 스무 명의 프랑스군을 맞교환한다. 교환은 은밀히 진행될 것이다. 구체적인 방법에 대해서는 들로즈 중위와 함께 정하도록. 상황 보고는 내게 개인적으로 전달하게."

마치 어떠한 압력도 없이 스스로 결정한 것처럼 황제는 매우 단호하고 간결하게 모든 지시를 내렸다.

황제는 이렇게 일을 해결하자 고개를 빳빳이 세우고 방을 나갔다. 검과 박차 소리가 승리자의 그것만큼이나 위풍당당했다.

'마치 자기가 이긴 것 같군, 멍청이.' 폴이 생각했다.

폴은 독일 부관이 보는데도 웃음을 터뜨렸다.

황제가 탄 자동차가 출발하는 소리가 들렸다.

황제와의 면담은 10분을 넘기지 않았다.

잠시 후 폴도 자동차를 타고 힐덴스하임으로 출발했다.

# 8
# 132 고지

행복한 여정이다! 폴 들로즈는 아주 경쾌하게 여행했다! 마침내 목표를 향해 가고 있다. 이번만큼은 잔인한 실망이 기다리던 주먹구구식의 작전이 아니다. 당연히 누려야 할 정당한 노력의 대가였다. 불안의 그림자는 조금도 없었다. 폴은 모든 장애물을 일순간에 없애 버린 승리를 거머쥔 셈이었다. 폴이 황제에게 거둔 승리는 그런 승리였다. 엘리자벳은 힐덴스하임 성에 있다. 폴은 지금 거침없이 그 성을 향해 가고 있다.

날이 밝자 전날 밤 어둠 속에 가려져 있던 풍경이 익숙한 느낌으로 다가왔다. 마을과 집, 하천 등이 그랬다. 그리고 작은 숲들이 연이어 펼쳐졌다. 첩자 카를과 싸웠던 도랑도 보였다.

한 시간도 안 되어 어느 언덕에 도착했다. 힐덴스하임의 봉건 요새가 굽어보는 언덕이었다. 넓은 도랑들이 앞에 있고 그 뒤에 도개교가 있었다. 의심 많아 보이는 문지기가 나타났지만 장교의 몇 마디에 활짝 문을 열었다.

하인 두 명이 성에서 달려나왔고 폴의 질문에 프랑스 여자가 연못가에서 산책하고 있다는 대답을 들려주었다.

폴은 길을 알아두고는 장교에게 말했다.

"나 혼자 가겠습니다. 우린 곧바로 다시 떠날 겁니다."

비가 그쳤다. 창백한 겨울 태양은 커다란 구름 사이를 미끄러져 들어가며 잔디밭과 숲을 비추었다. 폴은 온실을 따라 걸어갔다. 가는 물줄기가 흘러내리는 인공 바위를 지나 검은색 소나무로 둘러싸여 백조와 야생 오리들이 노니는 연못가로 다가갔다. 연못 끝에는 조각상과 돌의자로 꾸며진 테라스가 있었다.

엘리자벳의 모습이 보였다.

폴은 말할 수 없는 감동에 휩싸였다. 전쟁이 일어나기 전부터 엘리자벳은 폴에게 사라진 존재나 마찬가지였다. 그날 이후로 엘리자벳은 끔찍한 시련을 겪어왔다. 남편 앞에서 떳떳한 어머니의 딸이자 떳떳한 아내로 나타나고 싶다는 생각만으로 이러한 시련을 견뎌왔다.

폴은 아직 헤르민 백작부인에 대한 원망이 가시지 않았다. 그리고 콘라트 왕자의 파티장에 있는 엘리자벳을 보고 매우 분노한 적도 있다. 그런 상황에서 폴은 엘리자벳과 다시 만난 것이다.

그 모든 일이 아득하게 느껴졌다! 이제는 그 무엇도 중요하지 않았다! 콘라트 왕자의 비열한 행위, 헤르민 백작부인의 살인, 엘리자벳과 헤르민 백작부인을 이어주는 모녀 관계, 폴이 해온 모든 싸움, 폴이 느낀 모든 불안감, 저항, 증오…. 사랑하는 가련한 여자를 스무 걸음 앞둔 지금의 폴에게 이 모든 것은 의미 없고 하찮은 일이었다. 폴은 엘리자벳이 흘렸을 눈물만을 생각했고 겨울바람을 맞으며 떠는 엘리자벳의 야윈 실루엣만을 보았다.

폴이 다가갔다. 폴은 오솔길의 자갈을 저벅저벅 밟았다. 엘리자벳이 뒤를 돌아봤다.

그러나 엘리자벳은 꼼짝도 하지 않았다. 폴은 엘리자벳의 눈빛만으로도 알 수 있었다. 엘리자벳은 자신을 실재하는 사람이 아닌 꿈속 같은 안개에서 나타난 유령으로 보고 있었다. 그동안 환영에 사로잡혀 무수히 보았을 유령으로….

엘리자벳은 폴을 향해 살짝 미소도 지었다. 그 미소가 어찌나 슬픈지 폴은 두 손을 모으고 무릎을 꿇을 뻔했다.

"엘리자벳… 엘리자벳…." 폴이 더듬거렸다.

엘리자벳이 자세를 바로 하고 손을 가슴에 갖다 댔다. 전날 저녁 콘라트 왕자와 헤르민 백작부인 사이에 있을 때보다 더 창백한 얼굴이었다. 안개를 뚫고 진짜 존재가 나타났다. 엘리자벳의 눈앞에서, 머릿속에서 현실은 점차 또렷해졌다.

엘리자벳은 이번에야말로 폴을 바라보았다!

엘리자벳이 곧 쓰러질 것 같아 폴은 얼른 달려갔다. 하지만 엘리자벳은 몸을 지탱하려고 노력하며 팔을 뻗더니 폴이 다가오지 못하게 했다. 엘리자벳은 폴의 영혼 깊은 곳까지 들어가 폴이 무슨 생각을 하는지 알고 싶은 사람처럼 뚫어지게 바라봤다.

폴은 사랑의 감정으로 가슴이 떨려 더는 움직이지 않았다.

엘리자벳이 중얼거렸다.

"아! 날 사랑하는군요…. 계속 날 사랑해왔어요. 이제는 확실히 알겠어요."

그러면서도 엘리자벳은 둘을 가로막는 장애물처럼 팔을 뻗은 채였기에 폴도 굳이 앞으로 가려 하지 않았다. 하지만 두 사람의 인생과 행복이 눈빛 속에 녹아 있었다. 서로 열정적으로 바라보는 가운데 엘리자벳이 말을 이었다.

"당신이 포로가 되었다는 말을 들었어요. 정말이에요? 아! 난 당신 곁으로 가게 해달라고 얼마나 사정했는지 몰라요! 나 자신은 없어진 존재나 마찬가지라고 생각했어요. 심지어 저들의 파티에서 테이블에 앉아 농담을 들으며 웃어야 했어요. 내게 준비된 보석과 진주 목걸이를 차야 했어요! 그래도 당신을 보기 위해 이 모든 것을 견뎠어요! 저자들은 언제나 약속만 했어요…. 그리고 마침내 간밤에 날 이리로 끌고 왔어요. 저자들이 다시 한 번 나를 속인다고 생각했어요…. 새로운 함정이라고 생각했지요…. 아니면 저들이 날 죽일지도 모른다고 생각했어요. 그런데 당신…! 당신이 여기에 있군요! 사랑하는 폴!"

엘리자벳은 갑자기 두 손으로 얼굴을 감싸며 절망스러워했다.

"또 떠나겠지요? 내일까지만이라도 있어줄 순 없어요? 설마 저들이 몇 분 후에 당신을 빼앗아 가는 건 아니겠지요? 여기 있을 거지요? 아! 폴, 내겐 더 이상 용기가 없어요…. 더는 날 떠나지 마세요."

엘리자벳은 폴이 미소 짓는 모습을 보았다.

"무슨 일이에요? 마치 행복해하는 것 같아요."

폴은 웃기 시작했다. 그리고 이번에는 억지로 참지 않고 엘리자벳을 끌어안아 머리카락, 이마, 목, 입술에 입을 맞추었다. 폴이 말했다.

"내가 웃는 이유는 당신에게 입맞춤하는 것 외에는 달리 할수 있는 게 없어서예요. 그리고 그동안 말도 안 되는 여러 이야기를 상상한 나 자신이 웃겨서 웃는 거예요…. 그래요, 어젯밤 그 파티… 멀리서 당신을 지켜봤습니다. 죽을 만큼 괴로웠지요…. 잘 알지도 못하면서 당신을 비난했습니다…. 나는 정말 바보였어요!"

그러나 엘리자벳은 폴이 어째서 이토록 쾌활한지 이해되지 않았다.

"기분이 아주 좋아 보여요! 어떻게 그렇게 행복할 수 있어요?"

"행복하지 않을 이유가 없습니다. 자, 생각해봐요…. 아트레우스 가문(그리스 신화에서 탄탈로스를 시조로 하는 가계로 존속살해, 근친상간 등의 처참한 범죄가 거듭되는 운명을 지님 – 옮긴이)이 겪은 불행을 뺨칠 정도로 시련을 겪은 후에야 우리가 이렇게 다시 만났습니다. 우리는 함께 있고 그 무엇도 더는 우리를 갈라놓을 수 없을 거예요. 이러니 어찌 기분 좋지 않을 수 있겠어요?" 폴이 말했다.

"그러니까 그 무엇도 더는 우리를 갈라놓을 수 없다는 말이지요?" 엘리자벳이 불안해하며 물었다.

"물론이에요. 그게 그렇게 이상한가요?"

"나와 함께 있을 거예요? 이곳에서 사는 건가요?"

"아! 그건 아닙니다…. 내게 생각이 있어요! 어서 짐을 챙겨 떠날 거예요."

"어디로요?"

"어디냐고요? 그야 프랑스지요. 많이 생각해서 결정한 거니까 편하게 생각해요."

놀란 눈으로 쳐다보는 엘리자벳에게 폴이 말을 이었다.

"자, 서두릅시다. 자동차가 기다리고 있어요. 난 베르나르에게 약속했어요…. 그래요, 당신 동생 베르나르에게 오늘 밤 우리가 함께 가겠다고 약속했습니다…. 준비됐나요? 왜 그렇게 놀라는 표정을 하지요? 아직도 설명이 필요해요? 앞으로도 설명할 시간은 많아요. 당신이 독일 왕자의 마음을 끌고… 당신이 총살당할 뻔한 일…. 그리고… 그리고 맙소사! 내가 내미는 손을 잡고 따라와 주겠어요?"

엘리자벳은 폴의 이야기가 진지하다는 사실을 깨달았고, 폴에게서 눈을 떼지 않은 채 말했다.

"정말이에요? 우리가 자유롭다고요?"

"완전히 자유롭지요."

"우리가 프랑스로 돌아간다고요?"

"곧바로 갈 거예요."

"걱정할 게 더는 없는 건가요?"

"물론이지요."

엘리자벳은 드디어 긴장이 풀렸는지 이번에는 웃음을 터뜨렸다. 마음껏 웃는 어린아이처럼 천진난만한 웃음이었다. 조금만 더 있으면 노래도 부르고 춤도 췄을 것 같았다. 그런데 엘리자벳은 불쑥 눈물을 흘리며 더듬거렸다.

"자유의 몸…! 이제 다 끝났어요…! 내가 힘들지 않았느냐고요…? 아니에요…. 아! 내가 총살형을 당할 뻔한 것도 아는 거군요? 그렇게 무섭지는 않았어요…. 나중에 이야기해줄게요, 다른 이야기도요…. 당신도 내게 이야기해주겠지요…. 그런데 당신은 어떻게 여기까지 온 거예요? 당신이 저들보다 더 강한 거지요? 역겨운 콘라트 왕자보다, 또 독일 황제보다 더 강한 거지요? 아, 정말 신기해요…!"

엘리자벳은 말을 멈추고 폴을 세게 붙잡았다.

"어서 가요. 여기서 1초라도 더 머물렀다간 미쳐버릴 거예요. 저들이 무슨 짓을 할지 몰라요. 사악하고 잔인한 인간들이에요. 어서 떠나요…. 어서요…."

두 사람은 떠났다.

돌아가는 길에는 어떠한 일도 일어나지 않았다. 두 사람은 저녁쯤 에브르쿠르트 앞 전선에 도착했다.

전권을 위임받은 독일의 전속부관은 신호용 반사경을 켰고 백기를 흔들라고 지시한 후 엘리자벳과 폴을 수행해 프랑스군 장교에게 데려다주었다.

프랑스 장교는 후방에 전화했다. 자동차 한 대가 보내졌다.

밤 9시. 엘리자벳과 폴이 탄 차는 오르느캥 성의 철책 문 앞에 멈추었다. 베르나르가 두 사람을 맞았다. 폴이 말했다.

"베르나르, 자네야? 간단히 말할 테니 잘 들어. 엘리자벳을 데려왔어. 그래, 이 자동차 안에 있어. 지금 코르비니로 가는 길이니 자네도 함께 가자고. 내 짐과 자네 짐을 찾으러 가는 동안 콘라트 왕자를 잘 감시하고 있도록 필요한 지시를 해둬. 왕자는 안전하게 있는 거지?"

"예."

"그럼 서둘러. 전날 밤 자네가 봤던 여자를 만나야 해. 터널로 들어갔던 그 여자 말이야. 지금 파리에 있으니 찾으러 가보자고."

"그 여자의 흔적을 찾으려면 터널로 돌아가 코르비니 근처로 빠지는 곳부터 찾는 게 낫지 않을까요?"

"시간 낭비야. 중간 단계는 생략하고 바로 승부를 봐야 해."

"폴, 하지만 누나가 구출되었으니 싸움은 끝난 거잖아요."

"그 여자가 살아 있는 한 싸움은 끝나지 않을 거야."

"도대체 그 여자가 누군데요?"

폴은 대답하지 않았다.

밤 10시, 세 사람은 코르비니 역 앞에서 내렸다. 더 이상 오가는 열차는 없었다. 사람들은 모두 자고 있었다. 폴은 지체하지 않고 군 초소로 가 특무상사를 깨웠고 역장이나 세무원을 불러 꼬치꼬치 캐물었다. 그리하여 다음과 같은 사실을 알아냈다. 당일 월요일 아침에 여자 한 명이 샤토 티에리행 기차표를 끊었는데, 그 여자는 앙토넹 부인이라는 이름으로 된 정기통행증을 가지고 있었다. 그 여자 말고는 혼자서 기차를 탄 여자가 없었다. 여자는 적십자 유니폼을 입고 있었고 인상착의가 헤르민 부인과 일치했다.

"분명 그 여자야!" 하룻밤을 묵기 위해 엘리자벳, 베르나르와 함께 인근 호텔에 도착한 폴이 외쳤다. "그 여자가 분명해. 코르비니를 떠나려면 이 수밖에 없었겠지. 우리도 화요일인 내일 아침, 그 여자와 같은 시각, 같은 열차로 그리로 갈거야. 그 사이에 프랑스에 대한 계획을 실행하지 않았으면 좋겠는데⋯. 어쨌든 우리에게는 기회가 단 한 번뿐이니 이용해보자."

베르나르가 다시 한 번 질문했다.

"그런데 도대체 그 여자가 누구예요?"

폴이 대답했다.

"누구냐고? 엘리자벳이 이야기해줄 거야. 앞으로 한 시간 안에 이야기를 끝마쳐야 해. 그런 다음 우리 셋은 그동안 필요로 했던 휴식을 취해야 하니까."

다음 날, 기차가 출발했다.

폴의 믿음은 흔들리지 않았다. 백작부인의 의도가 무엇인지는 모르지만 그 여자를 쫓는 이 길은 틀리지 않았다고 확신했다. 실제로 전날, 적십자에 소속된 간호사가 일등석에서 홀로 여행하면서 현재 폴 일행이 지나가는 역을 지나쳤다는 증거가 여럿 발견되었다.

세 사람은 오후 늦게 샤토 티에리 성에 내렸다. 폴은 이곳저곳을 조사하며 다녔다. 그 결과 전날 밤, 역 앞에서 기다리고 있던 적십자 자동차가 간호사 복장의 여자를 데리고 갔다는 정보를 입수했다. 서류를 조사해본 결과 그 차는 수아송 후방 지역의 어느 야전병원의 것인데 야전병원의 정확한 위치는 아무도 몰랐다. 폴에게는 이 정도 정보만으로도 충분했다. 수아송은 최전선이었다.

"가자!" 폴이 말했다.

폴은 군단장의 친필 성명서를 가지고 있었기에 어디서든 차를 요청할 수 있었고 전선 지역을 자유롭게 드나들 수 있었다. 폴은 저녁에 수아송에 도착했다.

도시 외곽은 포격과 공방전으로 황폐했다. 도시 자체도 대부분 버려진 듯했다. 그러나 시내 중심으로 가자 어느 정도 활기가 돌았다. 중대 병력이 빠르게 지나갔다. 대포와 군수품 수송 마차가 줄지어 덜컹거리며 지나갔고, 광장의 호텔에 많은 장교가 묵고 있어 시끌벅적하고 다소 무질서했다.

폴과 베르나르는 정보를 캐고 다녔다. 그 결과 엔 강 맞은편, 수아송 정면에 있는 비탈 고지를 며칠 동안 성공적으로 공격했다는 것을 알았다. 그저께는 엽병대와 모로코 출신 병사들이 132 고지를 공격했다고 한다. 어제는 탈환한 고지를 사수하는 동시에 크루이 첨봉의 참호까지 점령했다는 것이다.

그런데 전날 밤, 적이 거세게 반격하는 순간 이상한 사건이 일어났다고 한다. 비가 억수같이 내려 불어난 엔 강이 범람하는 바람에 빌뇌브와 수아송의 다리가 모두 떠내려갔다는 것이다. 하지만 실제 엔 강의 수위는 정상이었다. 설령 물살이 강해져도 교각을 파괴할 수는 없다는 것이다. 마침 교각이 파괴된 시점은 독일군의 반격이 있던 순간과 일치했다. 그 방법도 매우 수상해 조사해보려는 노력이 있었다고 했다. 교각이 파괴되자 프랑스군은 지원군 공수가 거의 불가능해져 곤란한 상황에 놓였다. 종일 고지에서 버티기는 했지만 너무 고전하여 희생이 많았다고 한다. 현재는 엔 강 우안에 포병대 일부가 배치되었다.

폴과 베르나르는 주저하지 않고 결론을 내렸다. 이 모든 사건의 배후에 헤르민 백작부인의 마수가 있는 게 분명했다. 교각 파괴, 독일군의 공격, 이 두 사건은 헤르민 백작부인이 도착한 밤에 일어났다. 분명 헤르민 백작부인은 적군 참모와 손잡고 엔 강의 우기에 맞추어 미리 준비한 계획을 실행시켰으리라.

폴은 콘라트의 별장 계단 앞에서 백작부인과 카를이 나누던 이야기가 떠올랐다.

"그래. 때가 좋은 것 같아. 며칠 동안 비가 내리고 있어. 참모가 자기 쪽에서 행동하겠다고 했어. 그러니 내일 저녁에 돌아가려고. 손가락 하나만 까딱해도….''

백작부인이 손가락을 까딱한 것이다. 모든 다리가 카를과 그의 요원들이 미리 조작해놓았기에 한꺼번에 무너져 내린 듯했다.

"분명 그 여자 짓이에요. 그런데 왜 그리 걱정스러운 표정을 짓는 거예요? 지금이야말로 그 여자를 잡을 수 있으니 기뻐해야 할 것 같은데요." 베르나르가 말했다.

"그래, 하지만 제때 잡을 수 있을까? 전에 카를과 대화하면서 그 여자가 무슨 말인가를 했는데 매우 심각해 보이는 작전이었어. '운이 따라주지 않으니 말이야. 하지만 이번에 성공하면 지금까지 이어진 불운의 사슬을 끊어버리는 셈이지'라고 말했거든. 카를이 그 여자에게 황제의 허락을 받았느냐고 묻자그 여자가 이렇게 대답했어. '소용없어. 말하지 않는 게 나을 때도 있네.' 어때, 베르나르. 이번 일은 독일군의 공격이나 교각을 파괴하는 정도의 일이 아니야. 이 사건들과 맞물려 완전한 의미를 띠는 다른 작전일 테지. 그 여자는 전선에서 1~2킬로미터 앞으로 나가 전투를 해봐야 불운의 사슬이 끊어지지 않는다는 것쯤은 잘 알고 있을 거야. 대체 무얼까? 도대체 무슨 작전일까? 모르겠어. 그래서 불안해."

그날 저녁과 13일 수요일 낮에 폴은 도심 거리와 엔 강변을 조사하며 시간을 보냈다. 그리고 군 당국과도 계속 연락을 주고받았다. 장교와 병사들도 폴의 조사 활동에 참여했다. 모두 여러 집을 수색했고 주민에게 이런저런 질문을 했다.

베르나르도 함께하겠다고 했지만 폴은 단호하게 거절했다.

"안 돼. 그 여자가 엘리자벳을 봐서는 안 돼. 그러니 엘리자벳과 함께 있어줘. 엘리자벳이 외출해서도 안 되니 자네는 한시도 방심하지 말고 지켜줘. 우리가 상대하는 적은 아주 무시무시한 존재야."

베르나르와 엘리자벳은 종일 창문만 내다보며 지냈다. 폴은 끼니때가 되면 얼른 돌아와 두 사람을 챙겨주었다. 폴은 희망에 부풀어 있었다.

"그 여자가 이곳에 있어. 함께 구급차를 타고 온 사람들과 마찬가지로 간호사 변장은 벗어던졌을 거야. 거미줄 뒤로 숨은 거미처럼 어느 구멍 안에서 웅크린 채 숨어 있겠지. 숨어 있는 일당에게 전화로 지시를 내리고 있을 거야. 그 여자가 어떤 계획인지는 조금씩 알 것 같아. 내가 유리한 입장이야. 그 여자는 카를이 죽었다는 것도, 내가 독일 황제와 협상한 것도, 엘리자벳이 탈출했다는 것도, 우리가 여기에 있다는 것도 모르니까.

그 혐오스러운 여자를 잡을 거야, 꼭."

그러나 전투 상황은 나아지지 않았다.

좌안에서는 줄곧 후퇴했다. 크루이 능선에선 피해 규모가 큰 데다 진흙이 두꺼워서 모로코 병사들이 전진할 수가 없었다. 게다가 급조된 선교도 급류에 떠내려갔다.

폴은 저녁 6시쯤에 다시 나타났다. 소매에 피가 조금 묻어 있었다. 엘리자벳은 피를 보고 놀랐다.

"별것 아닙니다." 폴이 웃으며 말했다. "조금 긁혔을 뿐이에요."

"하지만 당신 손, 당신 손을 봐요, 피가 나잖아요!"

"아니, 이건 내 피가 아니에요. 걱정하지 마세요. 모든 게 잘될 테니까."

베르나르가 폴에게 말했다.

"오늘 아침부터 수아송에 총사령관이 있던데 알고 있었어요?"

"그래, 그럴 거야…. 잘된 일이지. 총사령관에게 그 여자와 일당을 넘겨 줄 거야. 멋진 선물이 되겠지."

폴은 한 시간을 나가 있다 돌아와서는 저녁 식사를 했다.

"이제는 자신감 있게 보여요." 베르나르가 폴에게 말했다.

"자신감이라니? 그 여자는 악마 그 자체야."

"하지만 그 여자가 어디에 있는지는 알지요?"

"그래."

"그런데 무얼 기다리는 거예요?"

"9시. 그때까지는 쉴 생각이야. 9시 조금 전에 깨워줘."

밤에도 먼 곳에서 대포 소리가 멈추지 않았다. 가끔 포탄 하나가 도시에 떨어져 아수라장이 됐다. 부대들이 사방으로 흩어졌고, 조금 뒤 전쟁의 모든 소란이 멈춘 듯 적막이 흘렀다. 그런 때야말로 가장 두려운 의미를 띤다. 폴은 일어났다.

폴이 엘리자벳과 베르나르에게 말했다.

"둘 다 모험에 나서야 해. 엘리자벳, 힘들 거예요, 아주 힘들 겁니다. 약해지지 않을 자신이 있나요?"

"오! 폴⋯. 그런데 당신 안색이 창백해요!"

"그래요." 폴이 다소 흥분하며 말했다. "앞으로 일어날 일 때문은 아닙니다⋯. 마지막 순간까지, 결국 아무리 주의를 기울여도 적이 도망칠까 봐 걱정돼서 그래요⋯."

"하지만⋯."

"아! 그래요, 조금만 방심하거나 운이 없어도 적이 눈치챌 수 있습니다. 그러면 처음부터 다시 시작해야 하지요⋯. 그런데 베르나르, 지금 무얼 하는 거야?"

"권총을 챙기고 있어요."

"그럴 필요 없어."

"그럴 필요가 없다니요! 함께 싸우러 가는 게 아니었나요?"

폴은 아무 대답도 하지 않았다. 평소 폴은 행동으로써 말하거나 행동한 후에 말했다. 어쨌든 베르나르는 권총을 챙겼다.

세 사람이 광장을 지날 때 시계 종소리는 9시를 알렸다. 닫혀 있는 어느 가게에서 새어 나온 가느다란 빛이 광장의 어둠을 밝히고 있었다.

성당의 앞뜰에서 셋은 커다란 그림자가 드리워져 있음을 느껐다. 병사들이 모여 있었다.

폴은 손전등을 비추며 지휘관인 사람에게 말했다.

"별일 없나, 중사?"

"없습니다, 중위님. 건물에는 누구 하나 들어가거나 나오지 않았습니다."

중사는 가볍게 휘파람을 불었다. 거리 중간쯤에서 두 사람이 어둠에서 나와 이쪽으로 왔다.

"건물 안에는 아무 소리도 안 나던가?"

"예, 중사님."

"덧창 뒤로 불빛이 새어 나오는 곳도 없었나?"

"예, 중사님."

폴은 앞으로 걸어가기 시작했다. 다른 사람들도 폴의 지시에 따라 아무 소리도 내지 않고 따라갔다. 폴은 산책을 나왔다가 시간이 늦어져 서두르는 사람처럼 힘차게 걸었다. 폴 일행은 어느 좁은 건물 앞에 멈춰 섰다. 컴컴한 어둠 때문에 1층은 잘 보이지 않았다. 문은 계단 세 개 높이에 있었다. 폴은 문을 네 번 두드렸다. 동시에 다른 한 손으로 주머니에서 열쇠를 꺼내 문을 열었다.

현관에 들어서자 손전등을 켰다. 일행은 여전히 아무 말 없이 지켜봤다. 폴은 현관의 한쪽 벽을 가득 채운 거울 쪽으로 갔다.

폴은 거울을 네 번 두드린 후 옆쪽을 밀어 열었다. 거울 문 뒤로 지하로 통하는 계단이 드러났다. 폴은 얼른 손전등을 비추었다.

신호를 보내듯 세 번이나 손전등을 비추었다. 저 아래에서 허스키하고 거친 여자의 목소리가 들렸다.

"발터 영감인가?"

행동할 시간이 왔다. 폴은 아무 대답도 하지 않고 단숨에 계단을 내려갔다.

육중한 문이 닫히고 지하 저장고로 통하는 입구가 차단되려는 순간, 폴은 어깨로 문을 지탱해 들어갔다.

헤르민 백작부인은 어둠 속에서 꼼짝도 하지 않은 채 주저하듯 서 있었다.

그러다 급히 맞은편으로 달려가 탁자 위에 있는 총을 잡고 돌아서서 방아쇠를 당겼다.

철컥! 총소리가 나지 않았다.

백작부인은 세 번이나 다시 시도했으나 결과는 똑같았다.

"저항해봐야 소용없어. 총알은 제거되었으니까." 폴이 빈정거렸다.

백작부인은 악을 썼고 테이블 서랍을 열어 다른 권총을 꺼내더니 네 번 연속 방아쇠를 당겼다. 역시 총소리는 나지 않았다.

"소용없다니까. 그 총도 총알이 제거되었어. 두 번째 서랍에 있는 총도 마찬가지야. 이 건물에 있는 모든 무기가 같은 꼴이지." 폴이 비웃으며 말했다.

백작부인은 무기력한 이 상황이 이해되지 않아 놀란 눈으로 바라봤다. 폴은 백작부인에게 인사하고 나서 간단히 자신을 소개했다. 단 두 마디에 모든 뜻이 담겨 있었다.

"폴 들로즈입니다."

# 9

# 호엔촐레른

지하 저장고는 작았지만 샹파뉴에서 흔히 볼 수 있는 아치형의 커다란 지하실을 떠올리게 했다. 깨끗한 벽, 벽돌이 깔린 고른 바닥, 따뜻한 공기, 와인 두 통 사이에 있는 커튼이 드리워진 알코브, 의자를 비롯한 가구와 카펫 등 모든 것이 안락한 숙소의 요건을 갖추고 있었다. 또 포탄이나 원치 않은 방문객을 피할 수 있는 은신처였다.

폴은 이제르 강가의 오래된 등대 건물의 폐허라든가 오르느캉에서 에브르쿠르트까지의 지하 터널이 떠올랐다. 전투는 지하에서 계속되고 있었다. 참호전이나 이 같은 지하실 전투, 첩보전, 간교한 전략이 난무하는 전쟁은 모두가 음침하고 파렴치한 모호한 범죄였다. 폴은 손전등을 껐다. 아치형 천장에 달린 석유램프의 희미한 불빛만이 안을 비추고 있었다. 전등갓으로 동그랗게 모인 빛은 폴과 백작부인이 있는 곳 한가운데에 흰색 원을 그렸다.

엘리자벳과 베르나르는 뒤의 어둠에 가려 있었다. 중사와 다른 병사들도 보이지 않는데, 계단 아래 어디쯤에서 소리가 나는 걸로 보아 그곳에 모여 있는 듯했다.

백작부인은 움직이지 않았다. 콘라트 왕자의 별장에서 열린 저녁 파티에서 입었던 옷차림이다. 백작부인의 얼굴에는 더는 두려움이나 놀라움도 나타나지 않았다. 그보다는 상황이 어떻게 된 건지 계산하려는 듯 골똘히 생각에 잠긴 표정이었다. 폴 들로즈? 이자가 여기에 들이닥친 목적은 무엇인가? 헤르민 백작부인은 이런 생각을 하며 긴장된 표정을 점차 풀었다. 아마 아내를 풀어달라는 거겠지?

백작부인은 미소를 지었다.

비록 함정에 빠지기는 했지만 엘리자벳이 독일에 포로로 있는 한 아직은 유리한 입장이라고 판단했기 때문이다. 상황을 유리하게 이끌어갈 수 있을 듯했다.

폴이 신호하자 베르나르가 앞으로 나섰다. 폴이 백작부인에게 말했다.

"내 처남입니다. 헤르만 소령은 뱃사공 휴게소에 묶여 있을 때 나와 함께 처남을 봤을 수도 있군요. 어쨌든 헤르민 부인, 아니 정확히 당드빌 백작부인이라고 불러도 아들인 베르나르 당드빌을 잊었을지도 모르겠군."

백작부인은 이제 한층 안심한 태도를 보였고 상대와 똑같은 무기, 심지어 더 강한 무기로 전투에 임한 듯한 표정을 지었다. 백작부인은 베르나르 앞에서도 동요하지 않고 무심하게 말했다.

"베르나르 당드빌은 누나인 엘리자벳과 많이 닮았군. 누나는 내가 데리고 있지만 말이야. 엘리자벳, 콘라트 왕자와 저녁 파티를 즐긴 지 벌써 사흘이 되었군. 콘라트 왕자는 엘리자벳에게 큰 애정을 품고 있어. 엘리자벳은 매력적이고 너무나 다정해서 반하는 게 당연하지! 나도 실제로는 엘리자벳을 무척 사랑하니까!"

증오심을 제대로 누르지 못했다면 폴과 베르나르가 동시에 백작부인에게 달려들었을 것이다. 폴은 베르나르가 지나치게 흥분해 무슨 일이라도 저지를까 봐 베르나르를 물러나게 했고, 상대의 도전에 쾌활한 목소리로 응했다.

"그래, 나도 알고 있습니다…. 그곳에 있었으니까…. 엘리자벳이 떠나는 것도 봤습니다."

"정말인가?"

"정말입니다. 당신 친구 카를이 내게 자동차 자리 하나를 권했지."

"카를의 자동차에?"

"물론 우리는 힐텐스하임 성으로 떠났어요…. 자세히 보고 싶을 정도로 아름다운 성이더군요…. 그러나 머물렀다간 위험해져서 목숨이 위태로울 수 있으니…."

백작부인은 점점 불안한 눈빛으로 폴을 바라봤다. 도대체 이 자가 무슨 말을 하는 건가? 어떻게 여기까지 알고 있는가?

백작부인은 폴이 걸어오는 게임을 자세히 파악하기 위해 날카로운 목소리로 물었다.

"실제로 그곳에 머물다가 죽음을 당하는 경우도 많지. 그곳 공기가 좋지 않아서 말이야…."

"독이 있는 공기…."

"정확히 알고 있군."

"엘리자벳이 걱정되나요?"

"그렇긴 해. 그 애의 건강은 이미 많이 상한 터라서 말이야. 안심할 수가 없지…."

"엘리자벳이 죽으면 안심하겠지요?"

백작부인은 잠시 아무 말도 하지 않더니 폴에게 자신의 의견을 제대로 전달했다.

"그래, 그 애가 죽어야…. 조만간 그렇게 되겠지…. 이미 그렇게 되었을지도…."

좀 더 긴 침묵이 흘렀다. 폴은 다시 한 번 이 여자를 죽여서 증오심을 풀고 싶은 마음을 느꼈다. 반드시 그래야 했다. 이 여자를 죽이는 게 폴의 의무다. 그 의무를 수행하지 않는 게 오히려 범죄다. 엘리자벳은 뒤로 세 발짝 떨어진 곳, 어둠 속에 서 있었다.

폴은 아무 말 없이 천천히 옆으로 돌아서는 팔을 들어 손전등 버튼을 누르고 엘리자벳을 비추었다. 엘리자벳의 얼굴이 환하게 드러났다.

폴은 헤르민 백작부인이 얼마나 놀랄 것인가에만 신경 쓰고 있었다. 이런 여자는 어떠한 상황에도 환각이나 속임수에 휘둘리지 않는다. 그랬다. 백작부인은 폴이 엘리자벳을 구했고 엘리자벳이 이 자리에 있음을 즉각 인정했다. 그런데 어떻게 이런 일이 일어날 수 있을까? 사흘 전만 해도 엘리자벳은 카를의 손에 맡겨져 있었는데…. 지금쯤이면 이미 죽었거나 200만 명 이상의 독일군이 지키는 독일 요새에 갇혀 있어야 했다. 그런데 엘리자벳이 여기 있다고…?

사흘도 안 되어 엘리자벳이 카를의 손에서 빠져나와 힐덴스 하임 성을 탈출해 독일군 200만 명을 무사히 뚫고 왔다는 것인 가?

헤르민 백작부인은 잔뜩 얼굴을 일그러뜨린 채 방어벽처럼 놓여 있는 탁자 앞에 앉았다. 그런 뒤 분한 듯 주먹을 부르르 떨 며 양볼에 갖다 대었다. 백작부인은 상황을 이해했다. 더 이상 농담하고 도발할 때가 아니다. 흥정할 때가 아니다. 기대한 승 리의 모든 가능성이 갑자기 날아가 버렸다. 백작부인은 승리자 의 법칙을 받아들일 수밖에 없었다. 승리자는 폴 들로즈다!

백작부인이 더듬거리며 물었다.

"어떻게 할 건가? 목적은 뭐지? 날 죽이는 건가?"

폴이 어깨를 으쓱했다.

"우리는 사람이나 죽이는 인간이 아닙니다. 당신은 법의 심 판을 받을 것입니다. 당신은 자신을 변호할 수 있고 합법적인 논의를 거쳐 합당한 형을 받게 될 겁니다."

백작부인이 몸을 떨며 대들었다.

"너희는 날 심판할 권리가 없어. 너희는 심판관이 아니야."

백작부인은 지금까지 몰랐던 두려움이라는 감정이 치미는 것을 느꼈다.

백작부인은 아주 작은 목소리로 아까 했던 말을 또 했다.

"너희는 심판관이 아니야…. 난 버틸 거라고…. 너희에게는 권리가 없어."

바로 그때, 계단 쪽이 소란스러워졌다.

"차렷!" 크게 외치는 목소리가 들렸다.

이윽고 문이 활짝 열리더니 큰 망토를 걸친 장교 세 명이 들어왔다. 폴은 재빨리 장교들을 맞았고 조금 어두운 곳에 있는 의자를 권했다. 네 번째로 들어온 장교 역시 폴이 맞이했으나 좀 더 따로 떨어진 곳에 있는 의자를 권했다.

엘리자벳과 베르나르는 서로 붙어 있었다.

폴은 테이블 옆에 자리를 잡고 서 있었다. 폴이 진지하게 말했다.

"사실 우리는 심판관이 아닙니다. 우리 것이 아닌 권리를 행사하고 싶지는 않습니다. 여기 이분들이 당신을 심판할 겁니다. 난 당신을 고발하겠습니다."

말은 매우 신랄하고 명확하며 힘이 넘쳤다. 폴은 마치 미리 원고를 준비한 사람처럼 증오나 분노가 느껴지지 않는 담담한 목소리로 또박또박하게 말했다.

"당신은 조부가 관리하다가 1870년 전쟁 이후 부친에게 물려준 힐덴스하임 성에서 태어났습니다. 당신의 진짜 이름은 헤르민, 헤르민 드 호엔촐레른입니다. 부친은 호엔촐레른이라는 성을 무척이나 영광스럽게 생각했고, 큰 힘이 없는데도 나이든 황제의 남다른 총애를 받았습니다. 누구도 여기에 대해 뭐라고 할 수 없는 분위기였습니다. 당신의 부친은 1870년 전투 때 대령으로 참전했는데 잔인함과 포악함을 마음껏 발휘한 덕택에 눈에 띄었습니다. 당신의 힐덴스하임 성을 장식한 화려한 보물은 전부 프랑스에서 가져온 것입니다. 뻔뻔스럽게도 보물마다 어디의 누구에게서 훔쳐왔는지, 원래의 장소와 소유주

의 이름을 표시해놓았습니다. 게다가 현관에 있는 대리석 판에
는 드 호엔촐레른 백작 대령의 지시로 불탄 프랑스 마을의 이
름 전부가 황금색 글씨로 새겨져 있습니다. 황제가 그 성에 자
주 오는데 그때마다 대리석 판 앞에서 인사를 올렸다고 하더군
요.”

　백작부인은 듣는 둥 마는 둥했다. 본인에게는 하찮은 이야기
인 듯했다. 오직 자신에 관한 이야기가 나올 때까지 기다렸다.

　폴이 말을 이었다.

　“당신은 부친에게 두 가지 감정을 물려받았는데, 그 감정들
이 당신의 인생을 지배했습니다. 첫 번째는 호엔촐레른 왕조
에 대한 집착 어린 사랑입니다. 당신의 부친이 황제의 변덕, 아
니 왕실의 변덕으로 갖게 된 탐욕이지요. 두 번째는 프랑스에
대한 맹목적이고 야만적인 증오심입니다. 당신의 부친이 프랑
스를 제대로 망가뜨리지 못해 늘 아쉬워했지요. 왕조에 대한
사랑이 지나치다 보니 당신은 성인이 되자 그 애정을 현재 왕
조를 대표하는 사람, 즉 황제에게 쏟아부었습니다. 왕좌에 오
를 수 있다는 희망을 품은 당신은 황제에게 모든 것을 바쳤습
니다. 결혼이든 배신이든, 그가 하는 일이라면 몸과 마음을 바
쳐 헌신했습니다. 황제의 주선으로 당신은 오스트리아 왕자와
결혼했지만 왕자는 의문의 죽음을 당했습니다. 그 뒤에는 러시
아 왕자와 결혼했는데 러시아 왕자 역시 의문의 죽음을 맞았지
요. 당신은 이곳저곳에서 오로지 당신의 우상인 황제의 영광만
을 위해 일했습니다. 영국과 트란스발 사이에 전쟁(1899~1902
년에 벌어진 보어 전쟁. 영국이 보어인이 세운 남아프리카공화국을

식민지로 삼으려 하자 이에 반발한 원주민과 영국 사이에 벌어진 전쟁 - 옮긴이)이 벌어졌을 때 당신은 트란스발에 있었습니다. 러일 전쟁 때는 일본에 있었고, 로돌프 왕자가 암살되었을 때는 빈에 있었으며 알렉상드르 왕과 드라가 왕비가 암살되었을 때는 베오그라드에 있었습니다. 하지만 당신이 했던 외교적인… 역할에 대해서는 더는 언급하지 않겠습니다. 그보다는 당신이 열심히 노력을 기울인 일, 20년 동안 프랑스를 상대로 추진해 온 일을 한시라도 빨리 이야기하고 싶습니다."

헤르민 백작부인은 사악하고 얄미운 표정이었으나 경직되어 있었다. 정말로 헤르민이 열을 올렸던 일이다. 자신의 모든 힘과 사악한 전략을 총동원한 일이었으니 말이다.

"또한 당신이 이끌어온 거대한 준비와 첩보 작업에 대해서도 더는 언급하지 않겠습니다. 북쪽의 어느 마을에 있는 종탑에서 당신 이름의 머리글자가 새겨진 단도를 가진 공범 한 명과 마주친 적이 있었지요. 하지만 이 모든 일은 당신이 계획하고 조직해서 실행에 옮긴 일이었습니다. 내가 모은 증거, 즉 당신이 공범들과 교환한 편지들은 이미 법정에 넘겨졌습니다. 내가 특별히 밝히고 싶은 일은 오르느캥 성과 관련해 당신이 얼마나 노력했는가에 대한 것입니다. 이것을 밝히는 데 그리 오래 걸리지는 않을 겁니다. 살인 행각과 관련된 몇 가지 사실만 언급하면 되니까요."

다시 침묵이 흘렀다. 백작부인은 불안이 담긴 호기심을 품은 채 귀를 기울였다. 폴이 말을 이었다.

"1894년 당신은 황제에게 에브르쿠르트에서 코르비니까지 이어지는 터널을 뚫자고 했습니다. 이 작업을 조사한 기술자들은 오르느캥 성을 소유해야만 효과가 나타날 것이라고 했습니다. 당시 이 성의 주인은 건강이 무척 안 좋았습니다. 그러나 죽을 기미는 보이지 않아서 당신은 코르비니로 왔습니다. 그로부터 여드레 후 성의 주인을 죽였습니다. 첫 번째 살인이었습니다."

"거짓말을 잘도 하는군! 거짓말이야!" 백작부인이 소리쳤다. "증거가 전혀 없잖아. 증거를 제시해."

폴은 아무 대답 없이 말을 이어갔다.

"성은 팔렸습니다. 하지만 설명할 수 없는 이상한 일이 일어났습니다. 성을 판매하는 일이 광고도 없이 은밀하게 이루어졌습니다. 그러나 당신의 지시를 받은 대리인이 일을 서툴게 하는 바람에 당드빌 백작에게 성이 낙찰되었고, 백작은 아내와 두 아이를 데리고 성에서 머물렀습니다. 분노하고 당황한 당신은 일단 현장 조사를 시작하기로 했습니다. 당시만 해도 영지 밖에 있는 작은 예배당 부지에 대한 조사였습니다. 황제는 에브르쿠르트에 여러 번 왔습니다. 어느 날 예배당을 나오던 황제는 우리 아버지, 그리고 나와 우연히 마주쳤습니다. 그로부터 10분 후 당신은 우리 아버지 앞에 다시 나타났습니다. 나도 찔렸고 아버지도 칼에 찔려 쓰러졌습니다. 두 번째 살인이었습니다."

"거짓말이야!" 백작부인이 다시 한 번 소리쳤다. "거짓말일 뿐이야! 증거가 없잖아!"

"그로부터 한 달 뒤, 당드빌 백작부인은 건강 문제로 오르느캥 성을 떠나 남프랑스로 가서 요양해야 했습니다. 그곳에서 남편인 당드빌 백작의 품에 안겨 세상을 떠나고 말았지요. 아내의 죽음으로 오르느캥을 다시 보고 싶지 않았던 당드빌 백작은 다시는 성에 돌아가지 않기로 했습니다." 폴은 여전히 침착하게 말을 이었다.

"얼마 안 있어 당신의 계획이 실행되었습니다. 성이 비자 그곳에 살아야 했지요. 하지만 어떻게? 관리인 제롬과 아내를 매수해서지요. 그래, 관리인 부부를 매수했습니다. 나는 성지기 부부의 소박한 행동과 친절한 태도에 속아 넘어가고 말았습니다. 아무튼 당신은 성지기 부부를 매수했습니다. 비천한 그 두 사람은 알자스인이 아닌 외국인 출신으로, 배신이 가져올 결과는 신경 쓰지 않은 채 당신이 내세운 계약을 덥석 받아들였습니다. 그때부터 당신은 제집 드나들 듯이 원할 때마다 오르느캥 성에 갈 수 있었습니다. 당신의 지시에 따라 제롬은 헤르민 백작부인, 진짜 헤르민 백작부인의 사망 소식을 주변 사람들에게 함구하기까지 했습니다. 평소에 교류하지 않아서 사람들은 진짜 헤르민 백작부인을 몰랐습니다. 그래서 모든 계획이 잘 풀렸습니다. 또한 당신은 매우 신중했습니다. 무엇보다 날 혼란스럽게 한 게 있었습니다. 성지기 부부의 공모 사실만큼 혼란스러웠던 점이 바로 당드빌 백작부인의 규방에 걸린 초상화였어요. 당신은 자신의 전신 초상화를 주문해 규방의 액자에 끼워놓았고 백작부인의 이름을 새겼습니다. 당드빌 백작부인과 아주 닮은 모습으로, 옷이며 머리 모양까지 똑같이 꾸민 당신의 초상화였습니다. 한마디로 당신은 당드빌 백작부인 생전의 옷차림을 흉내 내며 백작부인 행세를 하려고 노력한 겁니다. 오르느캥 성에 사는 동안만이라도 당신은 헤르민 당드빌 백작부인처럼 행세했습니다. 한 가지 불안한 요소는 당드빌 백작이 예고 없이 돌아올 가능성이었습니다. 이를 확실하게 대비하려면 한 가지 방법밖에 없었습니다. 바로 살인이었지요. 당신은 당드빌 백작에 대해 알아보기 시작했습니다. 그래서 당드빌 백작을 감시하며 서신을 교환했지요. 다만 한 가지, 예상하지 못한 일이 벌어졌습니다. 당신 같은 여자에게는 생기지 않을 듯한 감정이었지요. 당신은 당신이 희생자로 지목한 사람에게 조금씩 끌렸습니다. 베를린에서 당드빌 백작에게 보낸 사진을 증거자료로 첨부했습니다. 당신은 당드빌 백작과의 결혼을 바랐지만, 당드빌 백작은 수작을 알아챘는지 당신과의 관계를 끊었습니다."

백작부인은 눈썹을 찌푸리고 입을 삐죽였다. 그때 일로 얼마나 큰 모욕감을 느끼고 원망을 품었는지 알 수 있을 듯했다. 동시에 백작부인은 완전히 감췄다고 생각한 인생이 세세히 밝혀지고, 숨겼다고 생각한 과거의 범죄가 어둠에서 튀어나와 공개되자 점점 놀라는 듯했다.

"전쟁이 선포될 시점에 당신의 계획도 완성 단계였습니다. 터널 입구에 있는 에브르쿠르트 별장에 자리를 잡고 만반의 준비를 한 상태였지요. 그런 와중에 나와 엘리자벳 당드빌과의 결혼, 내가 갑자기 오르느캥 성에 도착한 일, 아버지를 죽인 여자의 초상화 앞에서 놀랐던 일, 이 모든 일이 제롬을 통해 당신에게 알려졌고 당신은 깜짝 놀라 대책을 마련해야 했습니다.

그러다가 나도 없애 버리기로 한 거지요. 그러나 내가 군대의 동원령에 따르자 내게 손을 떼어야 했습니다. 아무튼 당신은 전쟁이 시작되자 작전에 들어가기로 했습니다. 3주 후 코르비니는 폭격당했고 오르느캥 성은 함락되었으며 엘리자벳은 콘라트 왕자의 포로가 되었습니다. 당신은 그야말로 완전한 행복을 누렸습니다. 복수를 이룰 날이 머지않았고 위대한 승리, 위대한 꿈, 호엔촐레른의 영광까지 독일에 가져다줄 수 있으리라고 생각했으니까요. 이틀 후에는 파리가 함락되었고 또 두 달 후에는 유럽이 함락되리라고 생각했습니다. 얼마나 황홀한 꿈이었을까! 그 당시에 당신이 한 말을 알고 있습니다. 당신이 쓴 편지를 읽어보니 진정한 광기, 오만함의 광기, 야만적인 광기, 불가능하고 초인적인 것을 꿈꾸는 광기를 느낄 수 있었습니다… 하지만 갑자기 당신의 꿈은 깨져버렸습니다. 마른 전투 때문이었습니다! 아! 그에 대해 당신이 쓴 편지들도 봤습니다. 당신처럼 약은 여자는 마른 전투가 희망과 확신을 무너뜨릴 것이라는 사실을 예상했습니다. 당신은 황제에게 그런 내용을 편지로 썼습니다. 그래, 그렇게 썼습니다! 편지의 사본은 가지고 있습니다! 일단은 방어해야 했습니다. 당신은 내 처남인 베르나르를 통해 내가 코르비니에 있음을 알아냈습니다. 엘리자벳이 구출될까 봐 불안했겠지요. 엘리자벳은 당신의 비밀을 전부 알고 있으니까…. 그러니 엘리자벳은 죽어야 했지요. 당신은 엘리자벳을 처형하라고 지시했습니다. 모든 준비가 다 되었지만, 콘라트 왕자 덕에 엘리자벳은 구출되었습니다. 그래서 생각한 게 엘리자벳이 처형당한 것처럼 꾸며 내가 엘리자벳을 찾아다니는 것을 포기시키는 일이었습니다. 그런 뒤 엘리자벳을 노예처럼 끌고 가는 겁니다. 그나마 제롬과 로잘리가 희생되어서 마음의 위로가 되었겠지요. 제롬과 로잘리는 당신과 거래한 것을 후회하고, 엘리자벳이 괴로워하는 모습에 마음 아파 하며 함께 탈출하려고 했으니까. 당신은 제롬과 로잘리가 입을 놀릴 게 두려워 총살했습니다. 세 번째, 네 번째 살인이었어요. 다음 날에 두 건의 살인을 또 저질렀습니다. 나와 베르나르로 착각해 병사 두 명을 죽였지요. 다섯 번째, 여섯 번째 살인이었습니다."

이처럼 모든 비극이 처절한 에피소드, 사건 순서와 살인 행각에 따라 재구성되었다. 참으로 많은 죄를 저지른 여자였다. 그런 여자가 동굴 안에서 원수와 마주하는 운명 또한 참으로 끔찍한 광경이었다. 이런 상황에서도 여자는 어떻게 희망을 버리지 않는 것일까? 이를 눈치챈 베르나르가 폴에게 말했다.

"저 여자 좀 봐요." 베르나르가 폴에게 다가와 말했다. "두 번이나 손목시계를 봤어요. 기적, 아니 더 확실하고 직접적인 구조가 벌어질 시간이 오기를 기다리고 있어요…. 보세요…. 눈으로 뭔가를 찾고 있잖아요…. 귀를 기울이고 있어요…."

"계단 아래에 있는 병사들을 전부 들어오게 해. 내가 할 나머지 말을 그들이 못 들을 이유는 없으니까."

폴은 백작부인 쪽으로 몸을 돌려 점점 더 생기 있는 목소리로 말했다.

"결말이 가까워지고 있습니다. 이 모든 싸움은 당신이 헤르만 소령의 모습으로 해왔습니다. 그래야 군대를 따라다니며 첩보 대장 역할을 하기에 편하니까요. 헤르만, 헤르민…. 헤르만 소령은 당신의 필요에 따라 오빠로 보이게 한 인물이었습니다. 하지만 헤르만 소령은 바로 당신, 헤르민 백작부인이었지요. 이제르 강변 등대 건물의 잔해에서 가짜 벨기에인 라셴, 아니 첩자 카를과 이야기하던 당신의 모습을 봤습니다. 뱃사공 휴게소에서 내가 잡아 구석에 꽁꽁 묶은 헤르만 소령도 당신이었습니다. 아! 당신은 그날 정말 운이 좋았지요. 부상당한 적 세 명이 손 닿는 데 있었는데…. 그러나 당신은 눈치채지 못해서 세 명의 적을 해치우지 않고 탈출했습니다. 우리는 당신의 계획을 알고 있었지만 당신은 우리에 대해 아무것도 몰랐습니다. 1월 10일 일요일, 당신은 카를과 에브르쿠르트에서 만나기로 약속했습니다. 카를에게 엘리자벳을 꼭 제거하겠다는 의지를 밝히며 한 약속 말입니다. 그 1월 10일 일요일에 나 역시 그 약속 장소에 있었습니다. 덕분에 콘라트 왕자의 파티도 봤지요! 파티가 끝난 후 당신이 카를에게 독약이 든 병을 건네주는 모습도 목격했습니다! 당신이 카를에게 마지막 지시를 내릴 때 나 역시 자동차에 타고 있었습니다! 난 어느 곳에나 있었습니다. 그날 저녁 카를은 죽었습니다. 다음 날 밤, 나는 콘라트 왕자를 납치했고 그다음 날, 즉 그저께는 독일 황제에게 콘라트 왕자를 포로로 잡고 있음을 내세워 내가 원하는 요구 조건을 협상했습니다. 내 첫 번째 요구 사항은 엘리자벳을 즉시 풀어달라는 거였습니다. 황제가 이를 받아들였지요. 그래서 우리가 여기로 왔습니다!"

폴의 말은 전부 헤르민 백작부인의 처지를 확고하게 각인시

켜주는 역할을 했다. 그중에서도 백작부인에게 천재지변 같은 큰 충격으로 다가온 한마디가 있었다.

백작부인이 더듬거렸다.

"죽었다고? 지금 카를이 죽었다고 했나?"

"카를이 날 죽이려는 순간 자기 정부에게 총을 맞았습니다." 폴은 다시 한 번 증오에 휩싸여 외쳤다. "짐승처럼 비참하게 죽었습니다! 그래, 첩자 카를은 죽었습니다. 그자는 지금까지의 인생이 그러했듯 반역자로 죽었지요. 증거가 필요합니까? 카를의 주머니에서 증거를 찾아냈습니다! 카를의 수첩에서 당신이 저지른 사건과 관련된 이야기를 읽었고 이런저런 편지 사본도 발견했습니다. 당신이 직접 쓴 편지 일부도 얻었지요. 당신은 언젠가 작전이 모두 끝나면 당신의 안전을 위해 카를을 희생시켰겠지요. 그걸 알고 있는 카를이 미리 복수해둔 셈이지요…. 카를도 성지기 제롬과 그의 아내 로잘리처럼 복수한 겁니다. 성지기 부부는 당신의 지시로 총살당하기 직전, 엘리자벳에게 당신이 오르느캥 성에서 비밀리에 어떤 일을 했는지 알려주어 복수했지요! 이들은 당신의 공범들입니다! 당신은 공범들을 죽였고, 공범들은 당신을 파멸시키고 있습니다. 당신을 고발하는 사람도 내가 아니라 바로 당신의 공범이던 그들입니다. 그들의 편지와 증언은 이미 판사들 손에 들어가 있습니다. 할 말이 있으면 해보시겠습니까?"

폴은 헤르민 백작부인에게 바짝 다가갔다. 탁자 한 귀퉁이가 두 사람 사이에 있었으나 폴은 노기 어린 태도와 폭로로 무섭게 백작부인을 위협했다.

백작부인은 벽이 있는 곳까지, 옷걸이 아래 지점까지 뒷걸음 쳤다. 옷걸이에는 변장할 때 사용한 각종 의상이 걸려 있었다. 이미 함정에 빠져 증거들이 공개되고 정체가 폭로되어 꼼짝 못 하는 신세가 되었지만 백작부인은 도전적이고 도발적인 태도를 유지했다. 아직 패배라고 인정하지 않는 듯했다. 게임에서 유리한 패를 쥔 사람처럼 이렇게 말했다.

"대답할 말이 없군. 너는 살인을 저지른 한 여자에 대해 이야 기했지만 난 그 여자가 아니야. 헤르민 백작부인이 염탐하고 살인했다는 사실을 증명하는 건 중요하지 않아. 내가 과연 헤 르민 백작부인인가를 밝히는 게 중요하지. 누가 이를 증명해줄 수 있어?"

"내가 있습니다!"

폴이 재판관들로 지목한 장교 세 명과 떨어져 있던 네 번째 장교였다. 장교는 지금까지 조용히, 미동도 없이 이 모든 이야 기를 듣고 있었다.

네 번째 장교가 앞으로 걸어나왔다.

전등 빛에 장교의 얼굴이 환하게 드러났다.

백작부인이 중얼거렸다.

"스테판 당드빌… 스테판…."

그 장교는 엘리자벳과 베르나르의 아버지였다. 백작은 전에 입은 부상으로 아직도 얼굴이 창백했고 서서히 회복되는 중이 었다.

백작은 아들과 딸을 껴안았다. 베르나르가 감정에 북받쳐 말 했다.

"아! 아버지가 와 계셨어요."

"그래. 사령관님에게 말을 전해 들었고 폴이 불러서 왔단다. 엘리자벳, 네 남편은 정말 대단한 남자더구나. 아까 수아송 거리에서 폴을 다시 만났는데 내게 언질을 주더구나. 그리고 지금 폴이 이 사악한 여자를… 물리치기 위해 그동안 무엇을 했는지 모든 걸 알게 되었지."

백작은 가짜 헤르민 백작부인 앞에 섰다. 모두 백작이 무슨 말을 할지 관심을 기울였다. 여자는 백작이 앞에 서자 갑자기 고개를 숙였다. 그러나 눈은 곧 다시 도발적인 빛을 띠었다. 여자가 말했다.

"당신도 날 비난하러 왔나요? 당신은 나에 대해 무슨 말을 할 건가요? 거짓말 아닌가요? 말도 안 되는 소리 아닌가요?"

백작은 침묵한 채 여자가 말을 멈추길 기다렸다. 그러다 마침내 입을 열었다.

"방금 당신의 정체를 밝혀달라고 해서 증언해주러 왔습니다. 예전에 당신은 가짜 이름으로 내 앞에 나타났고 그 덕에 내 신뢰를 얻었습니다. 나중에 나와 좀 더 긴밀한 관계를 맺기 위해 당신이 진짜 정체를 공개했지요. 화려한 타이틀과 인맥으로 날 어리둥절하게 만들고 싶었던 것일 테지. 나는 하느님과 사람들 앞에서 당신이 정말 헤르민 드 호엔촐레른 백작부인이라는 것을 밝힐 권리와 의무가 있습니다. 당신이 내게 보여준 양피지 족보는 진짜였습니다. 내가 관계를 끊기로 한 것도 당신이 드 호엔촐레른 백작부인이었기 때문이었습니다. 왠지 모르지만 부담스럽고 거부감이 생겼거든요. 자, 이것이 나의 증언입니다."

"파렴치한 증언이야." 여자가 무섭게 화를 내며 소리쳤다. "거짓 증언이라고요. 분명해요. 무엇보다 증거가 없잖아요!"

"증거가 없다고?" 당드빌 백작은 분노에 휩싸여 몸을 떨며 여자에게 다가와 말했다. "당신이 베를린에서 직접 서명한 후 내게 보낸 이 사진은 증거가 아니고 뭐겠습니까? 이 사진에서 당신은 경솔하게도 내 아내처럼 차려입었습니다. 그래, 당신! 당신! 당신이 한 일이에요! 당신은 사랑하는 내 아내와 비슷하게 보이면 내 호감을 얻으리라고 생각했겠지요! 그러나 오히려 내겐 모욕적이었습니다. 죽은 아내에 대한 끔찍한 모욕! 당신은 감히… 지금까지 한 일을 부정하면서 감히…!"

아까 폴 들로즈가 그랬던 것처럼 백작도 여자 앞에 서서 위협적이고 증오 어린 표정을 지었다. 여자는 당황한 듯 중얼거렸다.

"그래서, 그러면 안 되나요?"

백작이 주먹을 불끈 쥐고 말했다.

"그러면 안 되느냐고? 나는 당신이 누구인지 전혀 몰랐고 비극적인 사건들 역시 몰랐습니다…. 과거의 비극… 오늘에서야 그 사건을 알았습니다. 전에는 본능에 따라 거부감이 들어 당신을 밀어냈지만 지금 당신을 비난하는 이유는 모든 것이 밝혀졌기 때문입니다…. 이제야 알겠어…. 그래, 확실히 알겠어. 내 아내가 병에 걸려 앓고 있을 때 의사가 이런 말을 한 적이 있습니다. '이상합니다. 기관지염, 폐렴은 확실한데 이해할 수 없는… 증상이… 있습니다. 말씀 못 드릴 이유는 없겠지요? 중독

증상입니다.' 그때 나는 말도 안 되는 소리라고 했습니다. 생각도 못 한 일이었으니까. 내 아내가 독에 중독되다니! 누구에 의해서? 바로 당신, 헤르민 백작부인에 의해서! 오늘은 확실히 말할 수 있습니다. 바로 당신에 의해 내 아내가 중독된 겁니다! 내 목숨을 걸고 단언합니다. 증거? 당신의 인생 자체가 당신에게 죄가 있음을 보여주고 있습니다. 자, 폴 들로즈가 밝히지 못한 부분이 있습니다. 폴 들로즈는 당신이 그의 아버지를 죽였을 때 왜 내 아내의 옷과 비슷한 옷을 입고 있었는지 이해하지 못했습니다. 왜 그랬을까요? 정말 끔찍하게도 당신은 그때 이미 내 아내가 죽으리라고 확신하고 있었던 겁니다. 언젠가 장애물이 될 사람들이 당드빌 백작부인과 당신을 혼동하게 하겠다는 계산이었어요. 확실한 증거지요. 내 아내는 당신에게 짜증 나는 존재였고 그래서 죽였습니다. 아내가 죽으면 더는 오르느캥 성으로 돌아오지 않으리라는 것도 예상하고 있었어요. 당신이 내 아내를 죽였습니다…! 폴 들로즈, 자네는 여섯 가지 살인에 대해 알렸는데 여기 일곱 번째 살인이 있네. 당드빌 백작부인 살인 사건!"

백작은 두 주먹을 들어 한 대 칠 것처럼 헤르민 백작부인의 얼굴 앞에 들이댔다. 분노로 몸이 부르르 떨렸다.

그런데 여자는 움직이지 않았다. 이 새로운 비난에 대해 반박할 말이 없어 보였다. 생각지 못한 새로운 고발이나 아까 들었던 고발에도 모두 관심이 없는 듯했다. 이제는 어떤 위협이 있어도 개의치 않겠다는 태도였다. 대답도 하지 않을 것이며 더는 신경도 쓰지 않겠다는 듯 보였다. 여자는 딴생각 중이었다. 사람들의 말소리 대신 다른 것에 귀를 기울였고, 지금 눈앞에서 일어나는 광경이 아닌 다른 광경을 보고 있었다. 베르나르가 언급했듯이 헤르민 백작부인은 이 끔찍한 상황 대신 다른 것에 신경 쓰는 것 같았다.

왜 그럴까? 무엇을 기대하는 걸까?

여자는 세 번째로 손목시계를 바라봤다. 1분이 흘렀다. 또다시 1분이 흘렀다.

그리고 지하 저장고 윗부분 어딘가에서 무엇인가 철컥하는 소리가 들렸다.

백작부인이 자세를 바로 하고는 바짝 귀를 기울였다. 아주 긴장한 표정이라 그 누구도 무거운 침묵을 깨뜨릴 수 없었다. 본능에 따라 폴 들로즈와 당드빌 백작은 탁자가 있는 곳까지 뒤로 물러났다. 헤르민 백작부인은 듣고… 또 듣고 있었다.

갑자기 백작부인 위의 육중한 아치형 천장에서 벨소리가 울렸다. 단 몇 초 사이에… 네 번의 동일한 신호음… 그게 다였다.

# 10
# 두 번의 사형

갑자기 울리는 벨소리보다 사람들을 더 놀라게 한 것은 헤르민 백작부인의 태도였다. 백작부인은 승리의 쾌재를 불렀다. 기쁨에 겨운 비명을 지르고는 깔깔거리며 웃었다. 백작부인의 얼굴도 변해 있었다. 도망갈 틈을 찾던 불안감과 긴장 대신 오만함, 확신, 무시, 끝없이 거만한 표정이 자리 잡았다.

"멍청이들!" 백작부인이 빈정거렸다. "멍청이들…! 다 끝났다고 생각했지? 아니, 프랑스인들은 이렇게 순진하다니까…! 내가 잡혔다고 생각했겠지? 내가! 내가…!"

백작부인은 하고 싶은 말이 너무 많아서 제대로 뱉어내지 못하는 것 같았다. 백작부인은 몸을 꼿꼿이 한 뒤 잠시 눈을 감고는 숨을 내쉬었다. 그러고는 오른쪽 팔을 길게 뻗어 소파를 밀고 조그만 마호가니 나무판자를 꺼냈다. 백작부인은 판자 위에 달린 납으로 된 손잡이를 잡았고 여전히 폴, 당드빌 백작, 베르나르, 장교 세 명에게서 눈을 떼지 않았다.

백작부인이 냉정한 목소리로 또박또박 끊어 말했다.

"아직도 너희가 무서운 줄 알고 있나? 헤르민 드 호엔촐레른 백작부인이 너희를 무서워할 거라고? 그게 나인지 알고 싶나? 그래, 나야. 아니라고는 안 하겠어…. 아니, 확실하게 선언하지. 너희가 바보처럼 살인이라고 부르는 그 행위들, 그래, 내가 했어…. 황제를 위한 나의 의무였으니까…. 첩자? 첩자는 아니지…. 단지 독일인이었던 거야…. 독일인이 조국을 위해 하는 일은 모두 정당해. 과거에 대한 멍청한 이야기는 그만 떠들었으면 해. 현재와 미래가 중요하잖아. 물론 내가 주인인 현재와 미래지. 그래, 너희 덕분에 내가 이 상황을 다시 이끌 수 있게 됐어. 우리 모두 웃게 될 거야. 한 가지 알고 싶나? 며칠 전부터 여기서 벌어진 일은 내가 준비한 거야. 교각이 강물에 빨려들어 무너진 것도 내 지시에 따라 토대가 파훼쳐졌기 때문이야…. 왜냐고? 너희가 뒷걸음치게 하려는 그런 하찮은 이유 때문이라고 생각해? 물론 그것도 필요했지. 승리를 예고할 필요가 있었으니까…. 승리인지 아닌지 곧 결과가 나타나겠지. 그 결과가 나타날 거야. 그래, 하지만 내가 원한 것은 그 이상이었어. 지금 난 성공했고 말이야."

헤르민 백작부인은 말을 멈추었고 더 나지막한 목소리로 말했다. 그러면서 듣고 있는 사람들 쪽으로 몸을 숙였다.

"너희 부대가 혼란에 빠지고 후퇴를 해야, 독일군의 진격을 방해하고 지원을 보충할 필요성이 커지겠지. 그러면 너희 총사령관은 전투장으로 와 장군들과 회의해야 할 거야. 몇 달 전부터 내가 노린 것이었어. 총사령관에게 내가 다가가야 계획을 이룰 수 있으니까. 그렇다면 어떻게 해야 할까? 내가 갈 수 없으니 총사령관이 내게로 오게 해야지…. 내가 마음대로 행동할 수 있는 곳, 내가 선택한 곳으로 끌어들이는 거야. 총사령관이 온 뒤에 내 마음대로 상황을 주도해나가는 게 바로 내가 원하는 바야…. 그게 내가 원하는 거라고! 총사령관이 여기 작은 별장의 방에 묵고 있지. 수아송에 올 때마다 묵는 별장. 그곳에 있단 말이야. 이미 알고 있어. 우리 요원 한 명이 신호를 보내주기로 되어 있어서 기다리고 있었거든. 그 신호는 아까 들었겠지. 이젠 확실해졌어. 내가 노린 총사령관이 현재 미리 폭탄을 설치한 별장에서 장군들과 회의하고 있어. 총사령관 곁에는 육군 사령관, 군단장이 있고, 그들은 모두 뛰어난 군인들이지. 세 명이 있는 거야. 그 외 피라미 같은 것들은 이야기할 필요가 없군. 중요한 장군 세 명은 이 손잡이만 올리면 별장과 함께 날아갈 거야. 내가 이 손잡이를 올려야 할까?"

방에서 잠시 철컥하는 소리가 들렸다. 베르나르 당드빌이 권총을 장전했다.

"저 사악한 여자를 죽여야 해요!"

폴이 베르나르 앞을 가로막고 소리쳤다.

"입 닥쳐! 움직이지 마!"

백작부인이 다시 깔깔거리며 웃었다. 매우 사악한 쾌재의 웃음이었다!

"자네 말이 맞아, 폴 들로즈. 자네는 상황을 이해하고 있군. 저 애송이가 내게 권총을 쏜다 해도 내가 이 손잡이를 돌릴 시간은 있지. 그렇게 해서는 안 되겠지? 저 장교들과 자네가 필사적으로 피하고 싶어 하는 상황이지…. **차라리 날 풀어주는 한이 있어도 말이야**, 안 그래? 상황이 이렇군! 나의 멋진 계획이 전부 허물어지고 있어. 내가 당신들 손에 있기 때문이지. 하지만 최고 장군 세 명이 나 한 사람과 맞먹는단 말이야, 안 그래? 내가 살아 나가면 그 장군들을 해치지 않을 수 있어…. 동의하나? 장군 세 명의 목숨과 내 목숨을 맞바꾸라는 거야! 당장…! 폴 들로즈, 이 신사들과 의논할 시간을 1분 주겠다. 1분 안에 자네 입에서, 나를 풀어주고 스위스로 갈 수 있게 보호하겠다는 약속이 나오지 않으면…《빨간 모자》에 나오는 대사처럼 '손잡이를 당겨'가 되는 거지(샤를 페로의 동화《빨간 모자》에서 할머니로 변장한 늑대가 과자를 들고 찾아온 문 밖의 손녀에게 하는 말-옮긴이). 아! 너희는 이렇게 꼼짝 못하게 된 거야. 정말 코미디가 따로 없다니까! 서둘러, 들로즈. 약속해…. 그러면 돼. 프랑스 장교의 약속이니까…! 하하하!"

신경질적이고 비아냥대는 웃음소리가 무거운 침묵 속에서 이어졌다. 하지만 기대한 효과가 나오지 않는 것 같자 백작부인의 웃음소리는 점점 작아졌다. 그러더니 결국 웃음을 뚝 멈췄다.

백작부인은 당황한 듯했다. 폴 들로즈가 움직이지 않았다. 방에 있는 장교, 병사 들 중 그 누구도 움직이지 않았다.

백작부인은 주먹을 을러대며 위협했다.

"서두르란 말이야…! 1분밖에 안 남았어, 프랑스 신사들. 딱 1분….."

그러나 아무도 움직이지 않았다.

백작부인은 낮은 목소리로 10단위로 숫자를 세며 시간이 흐르고 있다고 알렸다.

40까지 센 백작부인은 불안한 얼굴로 입을 다물었다. 사람들은 여전히 움직이지 않았다.

백작부인은 분노에 차 소리쳤다.

"미쳤군! 이해가 안 가? 내 말을 못 믿는 거야? 그래, 예상은 했어. 내 말을 믿지 않을 거라고! 그럴 리가 없다고 생각하겠지. 내가 그렇게까지 할 수 있겠느냐고 생각하겠지! 기적에 가까우니까, 안 그래? 하지만 잘못 생각했어. 강한 의지력과 정신력만 있으면 돼…. 이 작전에 너희 병사들이 한 일은 없었을까? 이런, 초소와 총본부에 전화선을 설치함으로써 너희 병사들도 나를 도운 셈이지! 우리 요원들이 거기에 폭탄 선만 연결하면 되는 거였으니까. 모든 것이 준비되어 있어. 그 선을 통해 별장 밑에 장치된 발파공이 이 지하실에 연결되어 있거든! 이제 나를 믿겠나?"

백작부인은 쉬어서 갈라진 목소리로 헐떡였다. 점점 더 불안해졌는지 얼굴도 일그러졌다. 도대체 이 인간들은 왜 움직이지 않는 걸까? 왜 지시를 내려도 들은 척도 안 하는 걸까? 자신을 풀어주느니 차라리 어쩔 수 없는 희생을 받아들이려는 건가?

"대체 뭐하는 짓이야?" 백작부인이 중얼거렸다. "내 말이 이해되는 거야…? 아니면 미친 거야! 자, 생각해봐…. 너희 장군들은? 장군들이 죽으면 어떤 결과가 있을까…? 장군들의 죽음은 우리 쪽에 활기를 불어넣겠지? 너희는 혼란스럽고…! 너희 군대는 후퇴할 거야! 그러면 군 수뇌부는 무너지는 거지…! 자, 자…!"

백작부인은 설득하기 위해 애쓰는 것 같았다. 차라리 자신과 같은 생각을 하고 자신이 하는 행동이 가져올 결과를 인정해달라고 애원하는 것에 가까웠다. 계획이 진행되려면 상식적인 반응을 보여주어야 하는데….

백작부인은 불쑥 오기가 일었는지 비굴하게 애원하는 듯한 태도를 버리고 위협적으로 소리쳤다.

"하는 수 없지! 어쩔 수 없어! 장군들은 너희 때문에 죽은 거야! 그걸 원하나? 서로 합의는 본 거지? 자, 이제는 날 잡은 것으로 생각하겠지? 그래, 보라고! 너희가 그토록 고집을 부려도 나 헤르민 백작부인은 항복하지 않았으니까! 너희는 헤르민 백작부인을 몰라…. 절대 항복하지 않아…. 헤르민 백작부인… 헤르민 백작부인…."

백작부인의 모습은 보고 있기 끔찍할 정도였다. 정신착란에 빠진 것 같았다. 약이 오를 대로 올라 분노에 빠진 모습은 아주 흉측했고 20년은 더 늙어 보였다. 마치 지옥의 불구덩이에서 타고 있는 악마 같았다. 백작부인은 욕설과 저주를 퍼부었으며 입에 담긴 어려운 거친 말을 쏟아냈다. 심지어 자신의 행동으로 나타날 재앙을 생각하며 웃었다. 그리고 이렇게 더듬거리며 말했다.

"어쩔 수 없지! 너희… 너희 때문이야, 지독한 것들…. 아! 단단히 미쳤군! 장군들 일인데도? 미쳤어…! 자기네 장군들인데! 자기네들 수장인데 저러고 있다니! 미친 거야! 장군들을 희생시키면서도 태평하다니! 자기네들 지휘관들인데! 멍청한 고집을 피우는 걸 보니 제정신이 아니군. 좋아! 하는 수 없지! 하는 수 없다고! 너희가 원한 거야! 너희가 원한 거라고. 너희 책임이야. 한마디만 했으면 되는데, 한 마디만…"

백작부인은 마지막으로 망설였다. 그러면서 어떤 절대적인 명령을 따르는 사람들처럼 고집스러운 폴 일행을 완고하고 야수 같은 얼굴로 흘끔 바라봤다.

아무도 움직이지 않았다.

백작부인은 치명적인 결정을 앞두자 자신이 처한 끔찍한 상황을 잠시 잊은 듯 마음속에 차오르는 희열을 느꼈다. 백작부인이 간결하게 말했다.

"신의 뜻이 이루어지리다. 그리고 나의 황제가 승리를 차지하리라!"

백작부인은 눈을 고정한 채 몸을 꼿꼿이 세우고 손잡이를 올렸다.

반응이 즉각 일어났다. 아치형 천장과 공간을 통해 저 멀리에서 난 폭발 소리가 지하 저장고까지 들려왔다. 땅속에서 충격이 퍼져 나가는지 바닥이 흔들리는 듯했다.

그리고 적막.

헤르민 백작부인은 좀 더 귀를 기울이더니 얼굴이 밝게 빛났다. 그리고 다시 한 번 말했다.

"나의 황제가 승리를 차지하리라!"

갑자기 헤르민 부인은 두 팔을 몸에 대고는 뒤로 물러나 옷가지가 있는 벽면에 기대고는 벽 속으로 빨려 들어가듯 사라졌다.

육중한 문이 닫히는 소리가 들렸고 동시에 방 안에서는 총성이 울렸다.

베르나르가 옷가지에 대고 총을 쏜 것이다. 베르나르는 비밀의 문 쪽으로 달려가려고 했다. 그런데 폴이 붙잡았다. 베르나르는 몸부림을 치며 빠져나가려 했다.

"저 여자가 도망치잖아요…! 저렇게 도망치게 놔둘 건가요? 에브르쿠르트의 터널과 전기선 시스템, 기억나시지요…? 이번에도 같을 거예요…! 저렇게 도망가게 놔두면…!"

베르나르는 폴의 행동을 이해할 수 없었다. 엘리자벳 역시 분해하고 있었다. 어머니를 죽이고 어머니 이름으로 그 자리까지 차지한 끔찍한 여자가 도망치고 있었다.

엘리자벳이 외쳤다.

"폴, 폴, 저 여자를 쫓아가야 해요…. 가만두어선 안 돼요…. 폴… 저 여자가 한 짓을 잊은 거예요?"

엘리자벳은 잊지 않았다. 오르느캥 성, 콘라트 왕자의 별장, 샴페인 잔을 비워야 했던 저녁 파티, 강요된 타협, 모든 치욕과 괴로움이 기억났다….

그러나 폴은 베르나르에게도, 엘리자벳에게도 신경 쓰지 않았다. 다른 장교들과 병사들도 마찬가지였다. 모두 꼼짝하지 않고 그대로 있었다. 어떤 사건이 일어나도 눈 하나 깜짝하지 않을 것 같았다. 그 누구도 자리를 뜨지 않고 조그만 목소리로 이야기를 주고받으며 2~3분이 흘렀다. 힘이 풀리고 낙담한 엘리자벳은 울음을 터뜨렸다. 베르나르도 엘리자벳의 울음소리에 마음이 아팠고, 악몽에 가위 눌린 사람처럼 괴로워했다.

바로 그때 베르나르와 엘리자벳을 제외한 나머지 사람들이 아주 당연하게 여기며 기대한 일이 일어났다. 옷가지에 가려

보이지 않던 문이 삐걱거리는 소리와 함께 회전하며 열린 것이다. 옷가지가 흔들거렸고 사람 모양의 꾸러미가 짐짝처럼 바닥에 나뒹굴었다.

눈앞의 장면에 베르나르 당드빌은 기쁨의 비명을 질렀고 엘리자벳도 눈물이 그렁거리는 눈으로 활짝 웃었다. 꾸러미 같은 그것은 꽁꽁 묶이고 재갈이 물린 헤르민 백작부인이었다.

그 뒤로 군경 세 명이 들어왔다.

"여기, 물건입니다." 굵은 목소리가 멋진 군경 한 명이 농담하듯 말했다. "골치가 아파지려는 참이었는데 이 여자가 출입구를 통해 나왔습니다, 중위님. 마침 이마저도 중위님이 예상하신 것인지 궁금해지려던 참이었습니다. 그런데 중위님, 이 여자 보통이 아니더군요. 어찌나 발악하던지! 악취 나는 짐승처럼 물어뜯더라고요. 소리도 지르고! 아! 개 같은 년…!"

군경은 자기 말을 듣고 키득거리는 병사들에게 말했다.

"동지들, 이런 사냥감은 다음 사냥 때는 안 걸렸으면 좋겠어. 들로즈 중위님이 추적을 잘하셨기에 망정이지. 사냥감 목록은 이제 다 채워졌네. 하루 만에 독일 놈들을 일망타진했지! 중위님, 뭐하시는 겁니까? 조심하세요! 이빨이 꽤 날카로운 짐승입니다!"

폴은 헤르민 백작부인 위로 허리를 숙여 고통스러워 보이는 재갈을 느슨하게 해주었다. 백작부인은 곧바로 소리를 지르려했으나 소리는 토막토막 끊겼다. 폴은 백작부인에게 몇 마디 말로 윽박질렀다.

"안 되지, 말도 안 되고 말이야. 작전은 실패했어…. 그거야말

로 가장 끔찍한 벌 아닌가? 그렇게 하고 싶었던 악행을 하지
못하고 죽다니 말이야. 꽤 사악한 짓이지!"

폴이 일어나 장교들에게 다가갔다.

장교들 셋이 의논하는 가운데 판결을 끝낸 장교 한 명이 폴
에게 말했다.

"잘했어, 들로즈. 정말 훌륭해."

"감사합니다, 장군님. 이 여자가 도망치는 것을 막을 수도
있었지만 죄를 입증할 증거를 모으고 싶었습니다. 지금까지의
범죄 행위뿐만 아니라 꼼짝 못하게 할 완벽한 증거 말입니다."

장군이 말했다.

"아! 보통 계집이 아니더군! 들로즈 자네가 아니었다면 별
장과 함께 나와 동료가 모두 날아갈 뻔했어! 그런데 우리가 들
었던 그 폭발은 뭔가?"

"쓸모없는 건물이었습니다, 장군님. 이미 포탄을 맞아 파괴
된 건물인데 현지 사령부도 없애고 싶어 하던 건물이었습니
다. 여기서 뻗어 나간 전선을 살짝 틀어놓았습니다."

"그리고 독일 일당을 일망타진한 건가?"

"예, 장군님. 공범 중 한 명을 붙잡았는데 이곳과 관련된 정
보를 술술 불더군요. 헤르민 백작부인의 계획과 공범들의 이
름까지 전부 댔습니다. 오늘 밤 10시에 그 병사가 아까와 같은
방식으로 백작부인에게 신호하기로 되어 있었던 겁니다. 당연
히 조금 전에 들은 그 신호는 제 지시에 따라 우리 병사가 낸
것입니다."

"브라보, 다시 한 번 고맙네, 들로즈."

어둠 속에 있던 장군이 둥그렇게 쏟아지는 빛을 받으며 앞으로 나왔다. 장군은 키가 크고 풍채가 좋았으며 새하얀 콧수염이 입술을 덮고 있었다.

보고 있던 사람들이 무엇에 놀란 듯 웅성거렸다. 베르나르 당드빌과 엘리자벳은 서로 바짝 붙어 있었다. 병사들은 차려 자세를 취했다. 총사령관을 알아본 것이다. 육군 사령관과 군단장도 함께 있었다.

군경들은 세 장군 앞에 포로를 벽에다 붙여 세웠다. 군경들은 포로가 휘청거려 붙잡고 있어야 했다.

백작부인의 얼굴은 두려움을 넘어 멍한 표정이었다. 두 눈을 휘둥그레 뜨며 자신이 죽이려 했던 총사령관을 뚫어지게 바라봤다. 죽었다고 생각했는데 버젓이 살아 사형 선고를 내리려는 총사령관을 보고 기겁한 것이다.

폴이 다시 한 번 말했다.

"하고 싶었던 악행을 하지 못하고 죽는 것은 끔찍하지 않은가?"

총사령관이 살아 있었다! 그 대단한 음모가 실패한 것이다! 총사령관은 살아 있고 모든 협력자도 살아 있으며 모든 적이 역시 살아 있다. 폴 들로즈, 스테판 당드빌, 베르나르, 엘리자벳… 끝없이 증오했던 이들이 눈앞에 살아 있다! 이들 적이 한데 모여 행복해하는 끔찍한 광경을 보면서 죽음을 맞이할 것이다.

무엇보다도 자신이 계획한 모든 것이 실패했다는 생각을 가슴에 품고 죽어가야 한다. 자신의 커다란 꿈이 무너졌다. 헤르민 백작부인과 함께 호엔촐레른 가문의 영혼도 사라지는 것이다. 이 모든 것이 백작부인의 멍한 눈 속에 신기루처럼 허물어지고 있었다.

장군이 수행 장교에게 말했다.

"지시는 했나? 모두 총살형에 처하는 거다."

"예, 장군님, 오늘 밤부터입니다."

"자, 이 여자부터 시작하게. 여기서 당장."

백작부인은 몸부림쳤다. 필사적인 노력으로 재갈을 풀어냈고 신음과 함께 살려달라며 애원했다.

"그만 가지." 장군이 매정하게 돌아섰다.

장군은 따뜻한 두 손이 불쑥 자신의 손을 잡는 것을 느꼈다. 엘리자벳이 허리를 굽혀 눈물로 애원했다.

폴이 아내라고 소개했다. 장군이 부드러운 목소리로 엘리자벳에게 말했다.

"그동안 여러 일을 당하셨으나 동정하고 계시는군요. 하지만 동정심을 가지실 필요가 없습니다, 부인. 예, 죽어가는 사람에게 동정심을 갖는 것은 당연합니다. 그러나 저런 여자와 저들 종족에게는 동정심을 가지실 필요가 없습니다. 이미 인간이기를 포기한 것들입니다. 우린 이 점을 잊어서는 안 됩니다. 부인께서 훗날 어머니가 되시거든 아이들에게 프랑스가 잊어온 감정, 미래에 우리를 지켜줄 감정을 가르쳐주십시오. 그 감정이란 바로 야만인들에 대한 증오심입니다." 장군은 엘리자벳의 팔을 다정하게 붙잡고는 문까지 걸어갔다.

"제가 모시도록 하겠습니다. 들로즈, 자네도 같이 가지 않겠나? 힘든 하루였을 테니 좀 쉬어야지."

장군과 엘리자벳이 나갔다.

백작부인이 소리쳤다. "살려주세요! 제발!"

이미 병사들은 맞은편 벽을 따라 열을 지었다.

당드빌 백작, 폴, 베르나르는 잠시 자리에 서 있었다. 당드빌 백작부인, 즉 베르나르의 어머니와 폴의 아버지를 죽이고 엘리자벳을 괴롭힌 여자다. 그동안 이 여자에게 시달리느라 괴롭기 그지없었으나 지금은 정의가 실현된다는 사실에 마음이 안정되었다. 그 어떤 복수심도 일어나지 않았다.

여자를 지탱하기 위해 군경들은 벽에 박힌 못에 여자의 허리띠를 고정했다. 그리고 물러섰다.

폴이 말했다.

"저 병사들 가운데 한 명은 사제다. 무언가 도움이 필요하면…."

하지만 여자는 이해하지도 못하고, 듣고 있지도 않은 듯했다. 여자는 그저 지금 일어나는 일, 앞으로 벌어질 일만 생각하느라 계속 중얼거렸다.

"살려줘…! 제발 살려줘…! 살려줘…!"

폴과 백작, 베르나르도 자리를 떴다. 폴 일행이 계단 위로 올라오자 방 안에서 명령이 들렸다.

"거총…!"

더 이상의 소리를 듣지 않기 위해 건물을 나선 폴은 현관문과 거리로 통하는 바깥문을 닫았다. 바깥의 상쾌한 공기를 한껏 들이마셨다. 여러 부대가 노래를 부르며 지나갔다. 전투가 끝났고 전선을 사수했다는 소식이 들려왔다. 헤르민 백작부인은 완전히 실패했다….

그로부터 며칠 뒤, 오르느캥 성에서 베르나르 당드빌 소위는 부하 열두 명과 함께 지하감옥처럼 사용되던 방에 들어갔다. 깨끗하고 따뜻한 이곳은 콘라트 왕자의 감옥으로 사용되고 있었다.

탁자 위에는 술병들과 푸짐한 식사를 하고 난 흔적이 남아 있었다. 옆쪽의 침대에는 콘라트 왕자가 자고 있었다. 베르나르가 콘라트 왕자의 어깨를 쳤다.

"용기를 가지십시오, 전하." 왕자가 놀란 표정으로 몸을 일으켰다.

"뭐라고! 뭐라고 했나."

"용기를 가지십시오, 전하. 시간이 되었습니다."

왕자는 죽은 사람처럼 얼굴이 창백해져서 말을 더듬었다.

"용기…? 용기라니…? 이해가 안 가는 군…. 제발! 제발! 설마…!"

베르나르가 말했다.

"언제나 모든 일이 가능합니다. 일어날 일은 언제나 일어납니다, 특히 재앙은."

베르나르가 왕자에게 제안했다.

"마음 좀 진정시키게 럼주 한잔 드릴까요, 전하…? 담배라도 한 대…?"

"이런! 이런." 왕자는 종잇장처럼 떨며 말했다.

왕자는 베르나르가 건네는 담배를 기계적으로 받아 쥐었다.

그러나 연기 몇 모금을 빨고는 입술에서 담배를 떨어뜨렸다.

"이런…! 이런…!" 왕자는 계속 중얼거렸다.

왕자는 소총을 옆구리에 낀 열두 명의 병사들을 보자 더욱 불안해졌다. 멍한 눈빛은 마치 희미한 새벽빛 속에서 단두대의 윤곽을 살피는 사형수의 눈빛 같았다. 왕자는 병사들이 자신을 성토까지 데려가 벽 앞에 세울 것이라고 생각했다.

"앉으시지요, 전하." 베르나르가 말했다.

왕자는 더는 서 있을 힘도 없었다. 돌바닥에 무너지듯 털썩 주저앉았다.

병사 열두 명이 앞에 서 있었다. 왕자는 병사들을 보지 않으려고 고개를 숙였고 마치 실에 매달린 꼭두각시처럼 몸을 들썩였다. 잠깐 시간이 흘렀다. 베르나르가 다정한 친구 같은 목소리로 왕자에게 물었다.

"앞이 좋으십니까, 뒤가 좋으십니까?"

왕자는 멍한 채로 아무 대답도 하지 않았다. 베르나르가 큰 소리로 말했다.

"전하, 조금 괴로우신가 봅니다. 하지만 자신에게 책임은 져야 하지요. 아직 시간은 있습니다. 폴 들로즈 중위님은 10분 뒤에나 오실 겁니다. 중위님은… 뭐라고 해야 할까요, 작은 의식에 참석하고 싶어 하십니다. 그런데 왕자님 안색이 안 좋군요. 얼굴이 파랗게 질리셨어요, 전하."

베르나르는 여전히 재미있어하며 왕자의 마음을 안심시켜 주려는 듯 말했다.

"이야기나 하나 전할까요? 전하의 친구인 헤르민 백작부인의 죽음에 대해서? 아! 귀가 번쩍 뜨이시나 봅니다. 그렇습니다. 일전에 그 의젓한 부인이 수아송에서 사형을 당했습니다. 그때 백작부인의 안색도 전하보다 나은 게 없었습니다. 부축까지 해야 했지요. 더구나 어찌나 소리를 질러대던지요! 살려달라고 애원했습니다! 품위와 위엄이라고는 전혀 없었습니다! 왕자님은 다른 모습을 보여주리라고 생각합니다, 이런! 어떻게 왕자님을 즐겁게 해드릴 수 있을까요? 아! 생각났습니다…."

베르나르는 주머니에서 소책자를 꺼냈다.

"전하, 책 한 구절을 읽어드리겠습니다. 성경책이 낫겠지만 아쉽게도 지금은 없군요. 어쨌든 잠시라도 현실을 잊는 게 중요합니다. 안 그렇습니까? 조국과 군대의 성과를 자랑스러워하는 선량한 독일인에게 이 책자만큼 기운을 돋우어주는 것은 없을 겁니다. 함께 이 책을 음미해볼까요, 전하? 제목은《독일인이 증언하는 독일의 범죄》입니다. 전하의 나라 국민이 적은 여행 비망록입니다. 독일 학계에서도 존경을 표하며 깍듯하게 다루는, 나무랄 데 없는 자료입니다. 아무 데나 펼쳐서 읽겠습니다.

주민들은 마을에서 달아났다. 끔찍했다. 건물마다 핏자국이 붙어 있었다. 죽은 사람들의 얼굴은 그야말로 끔찍했다. 즉각 매장이 이루어졌는데 매장된 시신이 예순 구였다. 그들 중 할머니, 할아버지가 제일 많았고 임신한 여자도 한 명 있었다. 어린이 세 명은 서로 꼭 껴안은 채 죽어 있었다. 살아남은 사람들은 전부 추방되었다. 어린 남자아이 네 명이 막대기 두 개에 요람을 얹어 그 위에 생후 5~6개월 된 아이를 눕혀 데려갔다. 어디든 약탈이 일어났다. 두 아이와 함께 있는 어머니 한 명도 보였다. 그중 한 아이는 얼굴에 큰 상처가 있고 한쪽 눈은 없었다.

"흥미롭지 않습니까, 전하?"

8월 26일 ― 게 도쉬라는 아름다운 마을이 방화로 불에 탔다. 내가 보기에 방화 원인은 사소했다. 자전거병이 자전거에서 떨어지면서 소총이 저절로 발사되었다. 그러자 총이 발사된 방향에 독일군이 불을 질렀다. 그리고 마을 남자들을 불 속에 던져 넣었다.

베르나르는 계속 읽었다.

8월 25일(벨기에) ― 도시 주민 300명이 총살을 당했다. 무차별 총격에서 살아남은 사람들은 무덤을 파야 했다. 이 순간에도 여자들은 어떻게 될지 모르는 일이다….

베르나르는 계속 책을 읽어주었고 중간에 부드러운 목소리로 자신의 의견을 이야기했다. 마치 역사책에 주석을 다는 것처럼 말이다. 콘라트 왕자는 거의 기절할 지경이었다.

한편 폴은 오르느캥 성에 도착해 자동차에서 내렸고 성토로 가다가 콘라트 왕자와 열두 명의 병사들이 있는 것을 보았다. 보아하니 베르나르가 장난기를 발휘해 한 편의 코미디를 연출한 게 분명했다. 폴은 나무라는 말투로 말했다. "오! 베르나르…."

베르나르는 시치미를 떼며 큰 소리로 말했다.

"아! 이제 오신 건가요? 어서 오세요! 전하와 함께 기다리고 있었어요. 이제 시작해야지요."

베르나르는 왕자에게서 열 발자국 떨어져 있는 병사들 앞으로 갔다.

"준비되셨습니까, 전하? 아! 앞을 좋아하시는군요…. 좋습니다! 앞이 보기에도 더 낫지요! 아! 다리에 좀 더 힘을 주세요! 기운 좀 차리시라고요…! 그리고 미소 좀 지어보시겠어요? 잠깐만요…. 제가 숫자를 세겠습니다. 하나, 둘… 웃으세요, 웃으시라니까요…!"

베르나르는 고개를 숙여 가슴에 단 작은 카메라를 들여다보았다. 잠시 후 찰칵 소리가 났다. 베르나르가 큰 소리로 말했다.

"됐습니다! 전하, 뭐라고 감사드려야 할지 모르겠습니다. 잘참고 기다려주셨습니다! 미소가 조금 어색하고, 사형수처럼 경직된 눈이 시체처럼 퀭하지만 표정은 꽤 매력적이었어요. 정말감사드립니다."

폴은 웃지 않을 수 없었다. 콘라트 왕자는 농담을 즐길 마음이 아니었다. 그러나 생각한 위험이 사라졌다고 생각해서인지 근엄하게 모든 역경을 견딘 사람처럼 자세를 꼿꼿하게 했다. 폴 들로즈가 왕자에게 말했다.

"이제 자유의 몸이십니다, 전하. 황제 폐하의 전속부관과 제가 3시에 전선에서 만나기로 약속했습니다. 폐하 쪽에서는 프랑스인 포로 스무 명이 나올 것이고 저는 전하를 보내드릴 겁니다. 이 차에 올라타시지요."

콘라트 왕자는 폴이 하는 말을 이해하지 못한 듯했다. 전선에서 만나기로 한 약속, 포로 스무 명 등 여러 말이 머릿속에 들어오지 않았다.

어쨌든 왕자는 자동차를 탔고 자동차가 천천히 잔디밭을 빙돌 때 왕자는 무언가를 보고 깜짝 놀랐다. 엘리자벳 당드빌이 잔디밭에 서서 미소를 지으며 인사하는 게 아닌가.

분명 헛것을 본 것이라고 생각한 왕자는 눈을 비비며 멍한 표정을 지었다. 베르나르는 왕자가 무슨 생각을 하는지 알아차렸다. 베르나르가 말했다.

"정신 차리십시오, 전하. 엘리자벳 당드빌이 맞습니다. 매형과 저는 누나를 독일에서 찾아와야겠다고 생각했습니다. 우리는 베데커 여행 안내서를 들고 이리저리 헤맨 끝에 황제 폐하와 만날 약속을 정했지요. 이번 일도 폐하께서 자비를 베풀어주셔서 성사되었습니다. 전하, 기대하십시오. 폐하께서 전하를 질책하실 겁니다. 폐하는 전하 때문에 화가 단단히 나신 상태입니다. '이게 웬 망신이냐…! 칠칠치 못한 행동 같으니!'라고 말이지요. 단단히 각오하셔야 할 겁니다, 전하!"

정해진 시간에 맞교환이 이루어졌다. 프랑스인 포로 스무 명이 나와 있었다.

폴 들로즈가 전속 부관을 따로 불러 이야기했다.

"황제 폐하께 보고할 내용이 있습니다. 헤르민 드 호엔촐레른 백작부인은 수아송에서 프랑스군 총사령관을 살해하려 하다가 제게 붙잡혀 재판을 받은 뒤 총사령관의 명령에 따라 총살형을 당했습니다. 백작부인의 서류를 많이 가지고 있는데 그중에는 폐하께서 개인적으로 매우 중요하게 여기시는 은밀한 내용의 편지들도 있습니다. 오르느캥 성의 약탈당한 가구와 소장품들이 돌아오면 그 편지들을 보내드릴 겁니다. 그럼, 이만."

결국 끝이 났다. 폴은 모든 전선에서 승리를 거머쥐었다. 엘리자벳을 구했고 아버지 원수도 갚았다. 독일 첩보대를 물리쳤고 프랑스군 장교 스무 명을 풀어달라고 요청해 총사령관과 한 약속도 지켰다.

폴은 자신이 한 일에 자부심을 느껴도 된다고 생각했다.

돌아오는 길에 베르나르가 폴에게 말했다.

"내가 아까 했던 장난에 놀랐지요?"

"놀라기보다는 화가 났지." 폴이 웃었다.

"화가 나다니요…! 그 정도로 화가 나다니요! 그 예의 없는 독일 왕자는 폴에게서 누나를 빼앗으려 했는데 겨우 감방에서 며칠 갇혀 있는 것에서 끝났어요. 살인과 약탈을 일삼는 깡패들의 우두머리잖아요. 그자는 집으로 돌아가 약탈과 살인을 다시 시작할 거예요! 말도 안 되는 일이에요. 한번 생각해봐요. 전쟁을 원한 족속들, 왕자와 황제, 그 아내들은 모두 전쟁에 대해 승리의 영광과 비장미만 생각한다고요. 최후의 심판

때 받게 될 벌이 무서워서 고통을 느낄지언정 불쌍한 사람들이 당하는 고통은 마음에 와 닿지 않는 거예요. 다른 사람들은 죽고 그자들은 계속 살아가요. 그 못된 종족들 가운데 한 명을 잡은 좋은 기회였어요. 저들이 우리의 누이와 아내들에게 한 것처럼 나도 그 왕자와 공범들을 냉정하게 처리해 복수할 수 있었단 말이에요. 나는 왕자에게 10분 동안 죽음의 공포를 알게 해주었어요. 폴은 그것만으로도 과하다고 생각하겠지요! 아니에요, 인간적이고 합리적인 정의에 따라도 왕자에게 절대 잊지 못할 최소한의 고통은 안겨주었어야 해요. 그놈의 귀 하나를 자른다든지 코끝을 베어버린다든지."

"백번 옳은 말이야." 폴이 말했다.

"그래요, 내가 그놈의 코끝을 베어버렸어야 했어요! 폴도 같은 생각이군요! 행동으로 옮기지 못해 아쉬워요. 그런데 난 멍청이처럼 그놈이 내일이면 기억도 못할 알량한 교훈이나 읽어주었어요. 참 멍청한 짓이었지요! 그래도 아주 귀한 자료가 될 사진을 찍을 수 있어서 그나마 위안이 돼요…. 죽음을 앞둔 호엔촐레른가 사람의 얼굴이라니! 매형도 아까 그 얼굴 보셨지요?"

자동차는 오르느캥 마을을 지나가고 있었다. 황량했다. 야만인들이 집이란 집은 모조리 불태우고 노예 무리를 사냥하듯 주민을 전부 데려가 버린 것이다.

폴과 베르나르는 건물 잔해 사이에 누더기 차림의 노인 한 명이 앉아 있는 모습을 보았다. 노인은 미친 사람 같은 눈으로

차 안의 폴과 베르나르를 멍하니 바라보고 있었다.

　노인 옆에는 아이 한 명이 두 팔을 내밀고 있었다. 손이 떨어져 나간 가엾은 작은 두 팔을….